ELKE WEDIG

ÜBER PFERDE UND MENSCHEN

AUTOBIOGRAFIE

© 2023 Elke Wedig · www.barockreitzentrum.de

Verlag: spiritbooks, Ulrike Dietmann, Plieninger Str. 1/43, 70771 Leinfelden-Echterdingen · spiritbooks.de

Satz u. Layout/E-Book: Büchermacherei · Gabi Schmid · buechermacherei.de

Covergestaltung: OOOGrafik · ooografik.de

Bildquellen: Privatarchiv Autorin; Anja Blum · anja-blum.com; Angela Brückl; Thomas Hartig · tomspic.de; Karolin Heepmann; Miriam Heidt · miriam-heidt. fotograf.de; Carola Steen · carola-steen.de; Sabine Walczuch · swphotoart.com

Druck und Distribution im Auftrag des Verlags: tredition GmbH, Heinz-Beusen-Stieg 5, 22926 Ahrensburg

ISBN Softcover: 978-3-946435-18-1

ISBN Hardcover: 978-3-946435-19-8

ISBN E-Book: 978-3-946435-20-4

Inhalt

Vorwort

Elke Wedig kann man eigentlich nicht beschreiben. Sie ist ein Geist mit vielen Dimensionen.

Für mich ist Elke eine wundervolle Freundin, mit der ich sprichwörtlich schon viele Pferde gestohlen habe. Und sie ist eine großartige Inspiration, nicht nur, was Pferde betrifft. Sie ist eine Welten-Reisende, die fließend vier Sprachen spricht. Und ein paar Sprachen, die nur die Reisenden der Anderswelt kennen.

Ich kenne keine andere Pferdefrau, die so viel erlebt hat und gelernt hat und sich umgeschaut hat in der Pferdewelt wie Elke. Ihr Geist ist ewig neugierig, ähnlich wie meiner, und wenn wir uns treffen, vergessen wir, die Stopptaste zu drücken.

Ich habe von Elke unendlich viel gelernt über Pferde. Wir sind uns begegnet, als ich einen Hof gesucht habe, um die Arbeit von Linda Kohanov in Deutschland bekannt zu machen. Elke hat mir großzügig ihre einzigartigen, wertvollen Pferde zur Verfügung gestellt. Ich durfte viele Jahre in Workshops mit ihnen arbeiten, mit Maxim, Baron, Habanero, Impressioso, den Ponies Susi und Snow und vielen anderen. Die Pferde von Elke haben die Herzen und Seelen vieler Menschen unvergesslich berührt.

In Elkes Barockreitzentrum durfte ich auch zehn Jahre lang das Horse & Spirit Festival veranstalten, ein hoch spirituelles Event, das neue Visionen vom nicht-dominanten Umgang mit Pferden und einer friedlichen Mensch-Pferd-Beziehung in die Welt trug.

Elke und ich haben viele Jahre zusammen Horse Dancing und andere Seminare unterrichtet, wir haben wundervolle Reisen zusammen unternommen und sie hat mir im Dschungel von Jamaika das Leben gerettet, indem sie einen Arzt für mich fand.

Elke ist ein Mensch mit ungewöhnlicher Intelligenz und Tatkraft. Das

Barockreitzentrum zu leiten, mitsamt dem Programm internationaler Trainer, war ein Kraftakt, den nur wenige zu Stande bringen würden. Ihr unbestechlicher Realitätssinn, ihre Toleranz und ihre sehr hohe Arbeitsmoral haben es möglich gemacht.

Mit Elke kann ich Tacheles reden wie mit wenigen Menschen, schnörkellos, wahr und mit viel Gelächter. Sie ist nicht nur eine wetterfeste Geschäftsfrau, sondern auch ein kreativer Freigeist, der immer offen ist für neue Abenteuer. Und dabei liebevoll und herzlich, wohlwollend und großzügig. Wie gesagt, man kann Elke eigentlich nicht beschreiben. Man muss sie erleben. Oder lesen. Ich lege ihre Autobiografie jedem Pferdemenschen ans Herz.

Elkes Buch ist ein Zeugnis der wichtigsten Entwicklungen, die es in den letzten Jahrzehnten in der Pferdewelt gegeben hat. Elke war hautnah dabei. Egon von Neindorff, Monty Roberts, Linda Kohanov, you name it - Elke kennt sie alle.

Elkes Buch beschreibt, wie sich die Pferdewelt hin zu einem einfühlsamen Umgang mit Pferden entwickelt hat. Elke hat diese Bewegung selbst mit in Gang gebracht.

Es ist eine Ehre, eine Freude und ein Geschenk, ihre Freundin zu sein.

In jeder Zeile ihres Buches stecken nicht nur wertvolle Informationen, sondern vor allem auch eine überaus große, ganz und gar gelebte Liebe für die Pferde.

Toll, dass du das alles aufgeschrieben hast, liebe Elke.

Ich wünsche vielen Lesern den Genuss, den ich beim Lesen haben durfte. Deine Ulrike

Mehr als jede Kunst ist die hippische mit den Weisheiten des Lebens verbunden.
Viele ihrer Grundsätze können jederzeit als Richtlinien für das Verhalten im Leben dienen.
Das Pferd lehrt den Menschen Selbstbeherrschung, Konsequenz und Einfühlung in Denken und Empfinden eines anderen Lebewesens – es fördert also Eigenschaften, die für unseren Lebensweg ausserordentlich wichtig sind.

Alois Podhajski

Einstimmung

Ich heiße Elke Wedig und – das kann ich heute mit über fünfzig Jahren Reiterfahrung sagen – ich habe mein Leben den Pferden gewidmet.

Pferde haben mich schon immer fasziniert. Ich hatte aber auch durch meine erste schicksalhafte Begegnung mit einer bissigen Stute im zarten Alter von sechs Jahren gebührenden Respekt vor ihnen.

Mit dreizehn begann meine reiterliche Karriere, und schon wenige Jahre später wurde ich zur erfolgreichen Turnierreiterin und war stolz, mich dem Reitsport verschrieben zu haben.

Über zwanzig Jahre lang war ich fast jedes Wochenende auf Reitturnieren. Anfangs ritt ich Springprüfungen bis zur schweren Klasse, danach Military bis Klasse M und schließlich, weitere zehn Jahre klassische Dressur, ebenfalls bis zur schweren Klasse.

Persönlich war ich damals auch sehr aktiv in der esoterischen Szene unterwegs. Ich besuchte viele Seminare und Kongresse im In- und Ausland und übte mich täglich in der indischen Raja Yoga Meditation. Durch meine persönlichen Erfahrungen wurde mir immer bewusst, dass Pferde nicht wie Motorräder funktionieren, also nicht auf Knopfdruck. Es machte also gar keinen Sinn, nur technisch perfekt reiten zu wollen. Man musste einen Zugang zu ihnen finden und eine persönliche, freundschaftliche und vertrauensvolle Beziehung mit ihnen aufbauen. Man musste herausfinden, wie sie ticken und was sie wollen.

Da es in der Turnierszene natürlich in erster Linie um Erfolge geht und der Spruch „gekämpft wird mit allen Mitteln" leider kein Märchen ist, verlor sich deshalb für mich irgendwann die Faszination für Erfolg und Schleifen unter den auf Turnieren herrschenden Bedingungen, und Reiten als Sport zu betreiben war auf einmal keine Option mehr.

Ich wollte mehr und machte mich auf zu neuen Ufern. Immer mehr festigte sich mein Wunsch, Reiten als Kunst erlernen zu wollen und so entstand die Idee für das Barockreitzentrum, dessen Aufbau ich über fünfzehn Jahre meines Lebens gewidmet habe.

Das Konzept war von Anfang an klar: mein Reitzentrum sollte ein Tempel der Ruhe, der Kompetenz und der Möglichkeiten sein für eine fachgerechte und geduldige Ausbildung von Reiter und Pferd.

Die Pferde sollten durch die Ausbildung glücklicher und schöner werden. Die Reiter sollten nicht nur lernen, korrekte Hilfen zu geben, sondern immer mehr in die Seele des Pferdes eindringen und die Welt mit den Augen der Pferde sehen können. Das war auch der Grund, warum ich außer meinen eigenen Pferden, die als Schul- und Showpferde dienten, nur zehn Kundenpferde hatte. Ich brauchte nicht nur Raum für Kunden und Reitschüler, sondern auch für neue Ideen. Dabei sollten meine ganz unterschiedlichen persönlichen Erfahrungen und Fähigkeiten in das Konzept mit einfließen.

Aber am Wichtigsten war mir, dass das Ausbildungszentrum eine Begegnungsstätte mit den Besten werden sollte. Und so begann ich, einen Seminarbetrieb mit den hervorragendsten Ausbildern und Coaches, die ich bekommen konnte, aufzubauen.

Durch das Reitinstitut und später auch durch meine Reitweisen übergreifenden Ausbildungen in American Horsemanship bei Monty Roberts in Kalifornien und der fortführenden, ganz ins Therapeutische gehenden Ausbildung bei Linda Kohanov in Arizona, kam ich meinem Ziel, holistisch arbeiten wollen, entscheidend näher. Durch Monty habe ich gelernt „Schnell ist langsam" und „Langsam ist schnell". Linda wurde dann mit dem „Tao des Equus" noch präziser: „Der Weg ist das Ziel".

Das war für mich eine entscheidende Erkenntnis. Ich verstand auf einmal, dass der Prozess das Entscheidende war. Ich musste die Geduld bekommen für die kleinen Schritte und die Wichtigkeit Herrn von Neindorffs Standardsatz „Gehe bis an die Grenze, überschreite diese nie!" verstehen und umsetzen lernen. Ich musste aufhören, Kommandos zu geben und das Endprodukt erzwingen zu wollen. Ich musste lernen, zuzuhören und dem Prozess zu vertrauen.

Die besten Lehrmeister waren aber mit Unterstützung meiner zweibeinigen

Ausbilder zweifelsfrei die Pferde. Ich habe ihnen alles zu verdanken. Kluge Ausbilder sagen immer „Reiten ist Persönlichkeitsentwicklung". Und ja, wenn man ausdauernd genug ist und keine Rückschläge und Enttäuschungen scheut, wenn man bereit ist, sich von erfahreneren Reitern und vor allem von den Pferden korrigieren zu lassen, hat man die Chance zum Diamanten geschliffen zu werden.

Ich erinnere mich noch an meine Diskussionen mit Herrn von Neindorff, weil ich es als junger Mensch – ich war damals Anfang dreißig – einfach nicht wahrhaben wollte, dass Reiten Reife und Erfahrung erfordert. Wir sprachen mehrfach über Nicole Uphoff, die 1988 in Seoul mit Rembrandt die Goldmedaille in der Einzelwertung und in der Mannschaft gewonnen hatte, und ich fand es höchst ungerecht, dass Herr von Neindorff den eigentlichen Erfolg ihrem Trainer Uwe Schulten-Baumer zusprach und meinte, Frau Uphoff sei viel zu jung um eine derartige Anforderung zu bewältigen.

Ich dachte damals, aus seinen Worten spreche Neid auf das junge, hübsche Mädchen, das es der Reiterwelt und den ganzen Favoriten gezeigt hatte.

Aus heutiger Sicht habe ich die Wichtigkeit des Ausbilders verstanden. Ich weiß heute, dass der Reiter Hilfestellung von Seiten eines versierten Trainers braucht, und dass das Pferd gleichermaßen einen Herdenchef und einen Freund braucht, den es respektiert und zu dem es Vertrauen fassen kann.

Ein Gegenüber, das seiner Kraft, Schnelligkeit und Sensibilität ebenbürtig ist. Es braucht einen Menschen, dem es nicht mehr auf Selbstdarstellung, egoistische Zielerreichung und Zurschaustellung ankommt, jemand der in den Hintergrund treten kann und über Jahre täglich für sein Pferd da ist, ihm lebenslang regelmäßige, an Alter und Fähigkeiten angepasste Arbeit bietet und ohne Zeitdruck die Entfaltung seines ganzen Potentials ermöglicht.

Kurz gesagt kämpfe ich heute nicht mehr mit allen Mitteln. Ich kämpfe überhaupt nicht mehr.

Ich arbeite dafür auf mehreren Ebenen mit meinem Pferd: der körperlichen, der mentalen, der intuitiven, der emotionalen und der seelischen.

Ich wünsche mir, dass immer mehr Menschen die Welt mit den Augen ihres Pferdes sehen lernen und Freude daran finden, an sich selbst zu arbeiten. Dass die Reiter still werden und beobachten lernen, dabei ihrer persönlichen

Erfahrung vertrauen und sich immer mehr auf die Erkenntnisse, die uns die Pferde vermitteln, einlassen können.

Ich bin stolz darauf, dass ich in einigen meiner Reitschüler die gleiche Leidenschaft für die Pferde entfachen konnte, die ich von frühester Jugend an verspürt habe und die mich mein ganzes Leben lang begleitet und zu dem Menschen gemacht hat, der ich heute bin.

Wie Audrey Hasta Luego, eine junge Reiterin, die ich das erste Mal 2006 auf der Apassionata kennengelernt habe und seither maßlos bewundere, gesagt hat, kann die Erfüllung der Leidenschaft die Quelle größten Glücks sein. Sie kann einen aber auch in die Isolation führen, wenn man niemanden findet, der sie teilt.

In diesem Zusammenhang wäre es schön, wenn ich mit meiner Geschichte und dem Teilen meiner Erfahrungen einen kleinen Beitrag in Richtung Verständnis und Liebe für die Pferde leisten könnte.

Herzlichst, Elke Wedig

Also lautet ein Beschluss:
Dass der Mensch was lernen muss.
Nicht allein das ABC
Bringt den Menschen in die Höh,
nicht allein im Schreiben, Lesen
übt sich ein vernünftig Wesen.
Nicht allein in Rechnungssachen
soll der Mensch sich Mühe
machen,
sondern auch der Weisheit Lehren
muss man mit Vergnügen hören.

Max und Moritz Vierter Streich – Wilhelm Busch

Kindheit und erste Begegnungen mit Pferden

Ich hatte eine behütete Kindheit mit meinen Eltern und meiner Urgroßmutter Friederike, die bereits über achtzig war und mit der ich mein Kinderzimmer teilte. Mein Leben war völlig unspektakulär. Ich ging wie alle anderen Kinder in der Nachbarschaft mit drei Jahren in den Kindergarten, der einen wunderschönen großen Garten hatte mit Wildblumen und vielen bunten Schmetterlingen, die ich sehr liebte.

Ich war ein verträumtes Kind und beobachtete gerne Tiere, nicht nur Schmetterlinge, sondern auch Ameisen und Kellerasseln und von den meisten Wiesenblumen wusste ich schon damals, wie sie hießen und wofür sie gut waren.

Meinen Vater bekam ich die ganze Woche über kaum zu Gesicht. Er war nach dem verlorenen Krieg Architekt geworden. Mehr aus einer Laune heraus. Er hatte, um nach dem Krieg als schlesischer Flüchtling Lebensmittelmarken zu bekommen, helfen müssen in Stuttgart, seiner neuen Wahlheimat, Kriegstrümmer in der Innenstadt zu beseitigen.

Da diese Tätigkeit beim Architekturstudium als Praktikum anerkannt wurde und da nach dem Krieg die meisten Häuser zerstört waren, dachte er sich, wenn er schon nicht Flugzeugbauer werden konnte, was eigentlich sein Traumberuf gewesen wäre, wäre es schlau, Architekt zu werde und statt Flugzeugen Häuser zu bauen. Seine Überlegungen waren richtig gewesen. Er war ein ziemlich erfolgreicher Architekt und hat einige hundert Häuser gebaut.

Für mich als Kind hatte das eher negative Folgen, weil ich meinen Vater so gut wie nie sah. Zum Mittagessen war er selten da und abends kam er oft so spät, dass ich schon schlief. Selbst am Wochenende sah ich ihn nur zu den Mahlzeiten und, wenn das Wetter gut war, am Sonntagnachmittag bei einem Spaziergang um den Riedsee. Sonst verbrachte er seine Zeit im Büro, auf Baustellen oder im Kunden- oder Handwerkergespräch.

Da ich ein Einzelkind war und – zumindest aus meiner Warte – immer nur den Mund zu halten hatte und lieb und unauffällig sein musste, verbrachte ich die meiste Zeit bei meinen Freundinnen Christine und Conny auf der anderen Seite der Straße. Dort genossen wir viele Freiheiten. Wir spielten im Garten und im Haus. Dort bauten wir manchmal die halbe Wohnung um, wenn wir eins unserer Lieblingsspiele „Geisterbahn" spielten. Dann wurden die Rollläden heruntergelassen und die Möbel mit Leintüchern abgedeckt. Zwei von uns versteckten sich in der Kulisse und erschreckten die Dritte, die die Geisterbahn alleine betreten musste. Das war ein großer Spaß. Bei uns zu Hause wären derartige Spiele völlig undenkbar gewesen.

Christine und Conny hatten auch eine Puppenküche, die mit Karbid funktionierte. Darauf produzierten wir in den Wintermonaten Apfelkompott, und geröstete Haferflocken. Das schmeckte köstlich, und so konnten wir auch „Restaurant" spielen.

Super waren auch unsere Zeltnächte im Garten, bei denen es, als wir etwas älter waren, eine Mutprobe gab. Wir mussten nachts um zwölf Uhr über die Zäune in andere Gärten steigen. Das war besonders aufregend, weil wir uns nicht immer sicher waren, ob die Leute Hunde hatten.

Der absolute Exzess war aber, mitten in der Nacht über den dunklen Friedhof zu laufen. Wir hatten alle drei tierische Angst, waren aber total stolz, dass wir uns das getraut hatten. Die Erwachsenen hatten natürlich keine Ahnung von unseren nächtlichen Abenteuern.

Besonders schön war es auch, mit Christine und Conny und deren Mutter zum Volksfest auf den Cannstatter Wasen mitgehen zu dürfen. Da fuhren wir nämlich Kettenkarussell, Boxauto, Achterbahn und natürlich Geisterbahn. Am beeindruckendsten für mich war aber, dass Conny, die Jüngste von uns, auf dem Volksfest immer reiten wollte. Ich bewunderte sie maßlos, hatte ich doch große Angst vor Pferden.

Meine erste Begegnung mit Pferden war nämlich eher traumatisch gewesen. Wie jeden Sonntag musste ich mit meinen Eltern und meiner Urgroßmutter nach dem Mittagessen spazieren gehen. Das war total doof, aber unumgänglich. Meine Eltern wussten natürlich, dass ich diese Spaziergänge überhaupt nicht mochte, zumal wir immer denselben Weg vor und zurück gingen, vom Sonnenberg in Richtung Möhringen, einmal um den besagten Riedsee und wieder heim. In meinen Augen ein völlig sinnloses Unterfangen Dann gab es Kaffee. Ich fand das schrecklich langweilig und völlig unsinnig, und Kaffee war für mich zu damaligen Zeiten nichts Erfreuliches.

Dieses Mal, es war ein sonniger Sonntag im Mai, machten wir einen Umweg über die Felder an einer Koppel vorbei, auf der mehrere Pferde grasten. Meine Eltern hatten sich das höchstwahrscheinlich ausgedacht, um mehr Begeisterung für ihre Spaziergänge bei mir hervorzurufen, was ihnen allerdings niemals gelungen ist. Bis heute sehe ich keinen gesteigerten Sinn im sinnlosen durch die Gegend Laufen oder Wandern.

Trotzdem, die Aussicht bei unserem Spaziergang an der Pferdekoppel vorbei zu kommen, gefiel mir. Ich mochte Tiere schon immer sehr gerne, vor allem Pferde, und ich war sehr traurig, dass ich nach jahrelangem Betteln nur eine Schildkröte bekam. Ein Hund, eine Katze oder womöglich ein richtiges Pony waren völlig außer Diskussion.

Ich war erst sechs Jahre alt und daher noch niemals auf einem Pferd gesessen. Ich bewunderte meine Freundin Conny immer total, wenn sie jede Gelegenheit mit Pferden in Kontakt zu kommen nutzte und dann überglücklich strahlte und unendliche Runden auf dem Rücken von irgendwelchen Zirkus- oder Volksfestpferden drehte, anstatt wie ihre Schwester und ich Eis zu essen oder Kettenkarussell, Riesenrad oder Boxauto zu fahren.

Als wir uns nun dieser Koppel näherten, wollte ich mir die Pferde ganz genau aus der Nähe ansehen. Ich hegte ja bereits seit einiger Zeit den heimlichen Wunsch, auch einmal reiten zu dürfen. Die Pferde erschienen mir sehr groß, aber zwischen uns war ja zum Glück ein ziemlich hoher und, wie ich dachte, sicherer Zaun. Umso erschrockener war ich, als ein riesiges weißes Pferd blitzschnell einen Satz nach vorne machte, seinen langen Hals über den Zaun bog, die Ohren anlegte und mich beherzt in den Rücken biss. Das Pferd biss richtig zu und ließ auch nicht los. Es hob mich an meiner Jacke hoch und schüttelte mich durch die Luft.

Ich erinnere mich noch genau an den Schmerz und das Gefühl der Panik, die ich damals empfand. Ich war mir sicher, dass das wilde Pferd mir den Rücken brechen und ich gleich tot sein würde. Mein Vater griff ein, indem er laut schreiend, mit einem Knüppel bewaffnet, auf das Pferd losging. Die Drohgebärde war erfolgreich und der Schimmel ließ mich mit einem Ruck fallen. Es sollte fast sieben Jahre dauern, bevor ich mich wieder in die Nähe von Pferden wagte.

Mit zwölf Jahren – ich war inzwischen schon auf dem Gymnasium – erzählte mir eine Klassenkameradin, dass sie Reitunterricht nehme. Ich war völlig sprachlos, auf der einen Seite entsetzt, auf der anderen Seite neidisch, und rang mehrere Wochen mit mir selbst, was das nun für mich bedeutete. Je länger ich darüber nachdachte, umso sicherer war ich mir, dass ich auch reiten lernen wollte.

Ich nahm allen Mut zusammen und teilte meiner Mutter meinen Wunsch mit. Ihre Antwort war „Du spielst doch schon Klavier und im Übrigen gehst du doch auch noch aufs Gymnasium. Du hast doch gar keine Zeit für noch ein Hobby."

Klavier spielen war für mich ähnlich wie unsere sonntäglichen Spaziergänge eine ebenso unerfreuliche wie sinnlose Tätigkeit, obwohl ich im Grunde genommen ein musischer Mensch bin und schon immer dem Künstlerischen gegenüber aufgeschlossen war. Aber ich sah einfach keinen Sinn im Üben endloser Etüden, zumal es ja Radios und Plattenspieler gab, wenn man richtig schöne Musik hören wollte, und die Fingerübungen hauten einen echt nicht vom Hocker. Und überhaupt fragte ich mich, wieso das Ganze bei stillstehender Hand und leicht gebogenen Fingern ablaufen sollte. So bescheuert, wie das in meinen Ohren klang, das hätte mir erst einmal einer erklären müssen.

Meine Klavierlehrerin, die meiner kindlichen Auffassung nach mindestens siebzig sein musste, trug leider auch nicht zu meiner Begeisterung für das Klavierspiel bei. Mit ihrem ewigen Czerny und der Kunst der Fingerfertigkeit, sowie kurzen, täglichen und praktischen, in jedem Fall aber endlosen Finger-übungen hatte ich einfach keine Freude daran. Ich erinnere mich bis heute an die Schmerzen, die ich hatte, wenn sie mir meinen kleinen Finger mit ihrem fetten Daumen auf eine schwarze Taste drückte und dabei „haaalten!!!" brüllte.

Meine Freundinnen, die nicht annähernd so lange spielten wie ich, durften bereits Schlager und Volkslieder spielen, während ich mich immer noch mit Akkorden oder blödsinnigen Triolenübungen, abplagte.

Aber das Allerschlimmste waren meine Freundinnen Christine und Conny, an deren Haus ich jedes Mal vorbeigehen musste, wenn ich in die Klavierstunde ging. Sie wussten genau, wann ich Unterricht hatte, und lauerten schon am Gartentörchen. Sie hüpften dann herum, zeigten mit dem Finger auf mich und lachten mich aus, weil meine Klaviermappe größer war als ich selbst.

Meine Mutter hatte einmal etwas über das Wunderkind Mozart gelesen und mich deshalb im zarten Alter von drei Jahren gefragt, ob ich nicht Klavierspielen lernen wollte. Ich hatte nur einmal an der falschen Stelle „ja" gesagt und musste das nun seit meinem vierten Lebensjahr bereits neun Jahre lang durchziehen.

Als ich bei meiner Mutter auf Granit biss, fragte ich am nächsten Sonntag meinen Vater. Er meinte diplomatisch, ich solle es mir die nächsten vier Wochen überlegen, denn Reiten sei teuer, und wenn ich das wirklich anfangen wolle, dann müsste ich ganz sicher sein, dass ich dabeibleiben würde.

Ich war ein folgsames, eher schüchternes Kind und als Einzelkind war es ja sowieso schwer, einen eigenen Standpunkt vertreten zu können. Die Erziehung in den fünfziger Jahren war immer noch von den Kriegserfahrungen der Erwachsenen und damit natürlich auch von denen meiner Eltern geprägt. Meine Mutter hatte im Krieg mit siebzehn Jahren beide Eltern verloren und lebte mit ihrer Großmutter zusammen. Mein Vater war seit seinem siebzehnten Lebensjahr als Nachtjäger im Krieg gewesen und wusste lange Zeit nicht einmal, ob seine Familie überhaupt noch lebte und wo sie waren.

Als Schlesier waren sie aus ihrer Heimat vertrieben worden und das Einzige, was meinem Vater wichtig war, war, die russische Besatzungszone zu verlassen, sonst, so teilte er seiner Familie schon während des Krieges mit, würde er sie nie mehr besuchen kommen. Er selbst ging nach dem Krieg mit einem Kriegskameraden, der aus Stuttgart kam, in die amerikanische Zone, möglichst weit weg von den Russen, und landete deshalb in Stuttgart. Das war ein großes Glück für ihn und unsere Familie. Viele seiner Verwandten und Freunde waren in Ostdeutschland geblieben und lebten so bis zum Mauerfall am 9. November 1989 in der DDR.

Das Datum des Mauerfalls hat sich mir stark eingeprägt, weil ich mich noch ganz genau erinnere, wie ich davon Kenntnis erhielt. Ich war damals mit meinen Eltern, wie schon seit einigen Jahren, im Urlaub in den Vereinigten Arabischen Emiraten. Mein Vater hatte im November Geburtstag und den verbrachten wir immer traditionell bei einem Strandurlaub in Sharjah.

Wir hatten das schönste Hotel am Ort und waren begeistert von den üppigen arabischen Büffets, den frischen Früchten und Desserts, aber auch von Langusten, Austern und Kaviar, Dinge, die ich von Deutschland überhaupt nicht kannte und die es im Nachkriegsdeutschland für Otto Normalverbraucher vermutlich auch gar nicht gab. Nach dem Abendessen machten wir meistens noch einen ausgedehnten Spaziergang in Richtung der arabischen Souks, einer Art Markthalle, in denen man allerlei Exotisches, aber auch zunehmend europäische Waren zu Schnäppchenpreisen erwerben konnte. Die Emiratis bezahlten ihre Importwaren damals nämlich mit Erdgas und Öl, das aus der Wüste sprudelte und hatten daher noch nicht den richtigen Bezug zu westlicher Ware und internationalen Währungen.

An besagtem 9. November 1989 nahmen wir noch einen Fruitcocktail. Das war ein halber Liter frisch gepresster Saft in mehreren Farbschichten aus mindestens fünf verschiedenen Früchten wie Kiwi, Mango, Erdbeere, Banane und Orange. Wir fanden das absolut köstlich und setzen uns in einen der vielen Saftläden. Im Hintergrund saßen einheimische, im traditionellen Dishdash gekleidete arabische Männer mit den typischen weißen Baumwolltüchern und dem doppelgeflochtenen Stirnband, das das Tuch hält und früher angeblich zum Anbinden der Kamele in der Wüste verwendet wurde. Man konnte es in eine Acht legen und so den Kamelen die beiden Vorderbeine zusammenbinden, was sie daran hinderte, einfach in der Wüste zu verschwinden.

Ich beobachtete die arabischen Männer. Sie erschienen mir damals geheimnisvoll und elegant und, obwohl ich nur ein paar Floskeln arabisch verstand, empfand ich ihre Unterhaltungen immer als harmonisch und fröhlich, ganz anders, als die Unterhaltungen deutscher Männer, die nach meiner Erfahrung oft in Streitgesprächen über Politik, Wirtschaft oder Ähnlichem endeten.

Mir fiel deshalb auf, dass die Stimmung am anderen Tisch plötzlich total kippte. Alle waren plötzlich sehr aufgeregt und automatisch sah ich zum Fernseher und sah Willy Brandt auf der Mauer. Mein erster Gedanke war „die spinnen doch total die Araber. Wie kann man so einen Schrottfilm drehen. Und wie haben die das wohl gemacht. Einfach unglaublich." Auch meine Eltern waren der Meinung, dass es sich um einen schlecht inszenierten Film handelte. Wir konnten uns einfach gar nicht vorstellen, dass das, was wir da sahen, wahr sein konnte. Erst am nächsten Morgen, als wir darüber in der Zeitung lasen, verstanden wir, dass das wirklich passiert war.

Ähnliche Erlebnisse hatte ich noch öfter in meinem Leben und ich habe daraus gelernt, wie sehr wir alle von Vorurteilen, unserer Erziehung und unserem Umfeld geprägt sind. Ich verstand, dass auch ich in einer subjektiven Realität lebte, in der es das, was ich mir nicht vorstellen konnte, selbst, wenn ich es sah, einfach nicht gab.

Ganz ähnlich erging es mir, als ich am 11. September 2001 nachmittags unser Wohnzimmer betrat und dort meinen Mann vorfand, der, wie gebannt auf den Fernseher starrte, wo man gerade sehen konnte, wie ein Flugzeug in einen Tower des World Trade Centers flog. Ich war nicht besonders beeindruckt, weil ich dachte, das sei wieder einer dieser typischen Katastrophenfilme, die mein Mann so toll fand.

Diese ganzen Erlebnisse sollten meinen Umgang mit Ereignissen jedweder Art, anderen Menschen und in späteren Jahren vor allem den Umgang mit Pferden maßgeblich beeinflussen.

Doch zurück zum Jahr 1967, dem Jahr, in dem ich beschlossen hatte, dass ich nichts auf der Welt mehr wollte, als reiten zu lernen.

Die Verhandlungen mit meinem Vater liefen zäh.

Nach vier Wochen war ich mir meiner Sache ganz sicher, bekam aber nur Ausflüchte zu hören: Reiten sei eine harte Angelegenheit, teuer, anstrengend und gefährlich und ich solle mir überlegen, ob ich nicht lieber Tennis spielen wolle. Es war natürlich suboptimal, dass mein Vater in meinem Alter bereits bei der HJ geritten war. Reiten und fliegen zu lernen war damals auch für junge Männer ohne Geld leicht möglich. Es diente der Kriegsvorbereitung, obwohl das damals vermutlich den Wenigsten klar war. Jedenfalls war mein Vater einige Jahre vor dem Krieg geritten und hatte beim Thema Reiten keine

Erinnerungen an weiße Einhörner mit Glitter in der wehenden Mähne oder von Pferdeflüsterern, die ganz ohne Longe und Peitsche mit den Pferden arbeiteten, und von einfühlsamer Hand und sanfter Kommunikation hatte er bei der HJ auch nie etwas gehört.

Es folgten daher noch wochenlang Berichte über unschöne Erlebnisse, die mein Vater bei der Reiter-HJ gehabt hatte. Besonders auf der rüden Art des Unterrichts hackte er andauernd herum und auf den bösartigen Pferden, die einem schon beim Satteln nach dem Leben trachteten. Der Ausbilder habe ihnen bei ihrer ersten Reitstunde gesagt, sie hätten das große Glück, nun reiten lernen zu dürfen. Das bedeute, sie müssten ab sofort nicht mehr zu Fuß gehen. Dann ging es sofort aufs Pferd und es wurde Abteilung gebildet. Nach zwei Runden Schritt wurde angetrabt, was bedeutete, dass die Hälfte der Jungs bereits das erste Mal vom Pferd fiel. Es wurde sofort wieder aufgesessen, weil es nun ans Galoppieren gehen sollte. Die meisten seien da natürlich wieder heruntergefallen, was total weh täte und die, die sich bis dahin noch oben gehalten hätten wie – seinem Bericht zufolge – er selbst, hätten dann zum Abschluss noch über Cavalettis springen müssen.

Mit dieser Geschichte war die Diskussion fürs Erste beendet. So zogen sich die Reitdiskussionen über ein halbes Jahr. Anfang Januar fragte mich meine Mutter, was ich mir denn zum Geburtstag wünsche. Ich erwiderte spontan „Ich will aufhören, Klavier zu spielen und stattdessen reiten lernen." Meine Mutter sagte überhaupt nichts dazu, aber am nächsten Wochenende erklärte mir mein Vater, ich müsse noch bis Ostern in die Klavierstunde gehen, danach könne ich dann mit dem Reitunterricht beginnen.

Ich konnte mein Glück kaum fassen und grinste nur vergnügt vor mich hin, wenn sich meine Klavierlehrerin mal wieder darüber beschwerte, dass ich den Czerny nicht richtig hinkriegte.

Eine neue Ära würde in Kürze beginnen und eins hatte ich in den zehn Jahren Klavierunterricht gelernt: hartes Exerzieren und ein autoritärer Unterricht ließen keine Freude aufkommen. Und ohne Freude am Spiel, Begeisterung und Leichtigkeit gab es eben auch keine Glanzleistungen.

Wer hat nicht schon das, was er
sich zutraut, für das gehalten,
was er vermag.

Marie v. Ebner-Eschenbach

Das Glück dieser Erde in der Reitschule Hölzel

Ich kann mich auch heute, nach über fünfzig Jahren, noch genau an den Tag in den Osterferien erinnern, als meine Eltern gemeinsam mit mir zur Reitschule Martin Hölzel ins untere Körschtal nach Stuttgart-Möhringen fuhren, um mich für den Reitunterricht anzumelden. Es war ein sonniger Tag mit blauem Himmel. Im Eingangsbereich der zur Reitschule gehörenden Gaststätte gab es einen runden Tisch, um den wir alle standen. Hier wurde uns zuerst einmal erklärt, was ich für den Unterricht alles brauchte: eine Reithose, Reitstiefel und Helm, eine Gerte und Handschuhe.

Im Hintergrund hörte ich Gespräche einiger Jugendlicher, die sich für ein Reitturnier vorbereiteten, was großen Eindruck auf mich machte. Außerdem wurden die Turnierergebnisse der Jugendlichen diskutiert, die bereits Turniere ritten. Wie ich hörte war Martin Hölzels Tochter Gisela Sechste in der A-Dressur geworden. Ich war total beeindruckt.

Für mich überschlugen sich ab diesem Moment die Dinge. Der Unterricht begann schon in der folgenden Woche mit einer von fünf Einzelstunden an der Longe, danach würde ich in der Abteilung mitreiten können. Geplant waren zwei Reitstunden pro Woche. Ich war glücklich.

Aber zuerst fuhren wir in die Stadt, und ich durfte mir bei „Reiter und Pferd" meine erste Reitkombination aussuchen. Eine grüne Reitjacke bekam ich noch dazu, und so sah ich zumindest äußerlich wie eine richtige Reiterin aus.

Endlich war der große Tag gekommen. Ich durfte aufs Pferd. Ich holte mir mein Pferd, Polar, einen kleinen Schimmel, im Schulpferdestall ab und war ehrlich gesagt etwas schockiert als man von mir erwartete, das Pferd alleine in die etwa zweihundert Meter entfernte Reithalle zu führen. Das

Pferd nutzte meine Unsicherheit voll aus und drängte mich ständig gegen irgendwelche Boxenwände. Es versuchte auch mehrfach umzudrehen. Kein Mensch war in der Nähe, der mir hätte helfen können, aber irgendwie kamen wir schließlich in der Reithalle an.

Ich stieg auf, was sich bereits als die erste große Herausforderung herausstellte, und wir drehten die ersten Runden im Schritt. Ich war sehr überrascht wie das schwankte und wie schwierig es war, das Gleichgewicht zu halten. Trotz allem entspannte ich mich ein wenig und fand das Schrittreiten gar nicht so übel. Gerade als ich es richtig toll finden wollte, kam Stufe zwei der Ausbildung: wir trabten an. Das war nun wieder ein völlig unsicheres, beängstigendes Erlebnis. Ich hatte überhaupt keinen Halt und drohte in jedem Moment, herunterzufallen. Man erklärte mir, dass ich Leichttraben solle, wobei ich auf das äußere Vorderbein achten sollte. Ich sollte mich immer dann hinsetzen, wenn das Vorderbein zurückging und aufstehen, wenn es nach vorne ging. Das war ziemlich viel auf einmal, klappte aber mit der Zeit ganz gut. Mein Vater saß auf der Zuschauertribüne und beobachtete uns die ganze Zeit über. Die Stunde verging wie im Fluge, das Pferd ließ sich auch wieder in den Stall zurückführen, und ich war ziemlich stolz, meine erste Reitstunde so gut gemeistert zu haben.

Ich freute mich bereits auf meine weiteren Longenstunden und wurde zunehmend sicherer im Sattel.

In der fünften Longenstunde bekam ich King, ein größeres schwarzes Pferd, zugeteilt. Wir kamen problemlos in die Halle. Ich war ziemlich erstaunt, als noch weitere vier Pferde in der Halle erschienen, und nur jeweils einer von uns longiert wurde, während die anderen vier im Schritt ganze Bahn reiten sollten. Bei der zweiten Schrittrunde bockte mein Pferd King und ging im gestreckten Galopp und wild buckelnd mit mir durch. Ich hatte gar keine Zeit, mir viel zu überlegen und flog in hohem Bogen vom Pferd. Die Berührung mit dem Boden verlief ziemlich hart, und ich hatte das Gefühl, mir alle Knochen gebrochen zu haben. Herr Schreiner, der Reitlehrer, ein Kriegsversehrter mit Holzbein, der so laut brüllen konnte, dass man ihn auch noch drei Ortschaften weiter hören konnte, fing an dieser Stelle an, laut zu werden und brüllte mich im Befehlston an, ich solle augenblicklich wieder aufsteigen. Von außen kam eine Helferin, die mein Pferd einfing und es mir zum Aufsteigen festhielt. Nach dem Vorfall durfte ich als Nächste an die Longe und die weitere Stunde verlief unauffällig, wenngleich ich auch am ganzen Körper zitterte und das erhebende Gefühl zu Pferde zu sitzen, sich nicht wirklich einstellen wollte.

Um ehrlich zu sein, wäre an dieser Stelle meine Reiterkarriere beendet gewesen. Ich hatte nur das Problem, dass ich meine Eltern nun monatelang drangsaliert hatte, Reiten lernen zu wollen, und mein Vater hatte mir ganz klar zu verstehen gegeben, dass das kein Sport für mich sei und dass ich auf keinen Fall nach den ersten Rückschlägen wieder aufhören konnte. Er begleitete mich auch zu allen meinen Reitstunden und verfolgte meine Fortschritte.

Zu allem Unglück fing er auch noch an, sich bei Herrn Hölzel über das unqualifizierte Geschrei von Herrn Schreiner zu beschweren, worauf dieser meinte, der Kasernenton erscheine einem nur auf der Zuschauerbank so schlimm, er solle doch am besten mitreiten.

Mein Vater hatte ja vor dem Krieg bereits das Jugendreitabzeichen Reiten und Fahren in Bronze und Silber gemacht und war mir daher haushoch überlegen. Er akzeptierte zu meinem Erstaunen den Vorschlag von Herrn Hölzel, und so traten wir bald darauf gemeinsam zur Reitstunde an.

So hatten wir natürlich nicht gewettet. Mir gefiel diese Wendung der Dinge absolut nicht, aber was blieb mir anderes übrig als den Mund zu halten und mitzuspielen.

Wir blieben ein gutes halbes Jahr in der Reitschule Hölzel. Ich durfte ab und zu auf kleinen „Ausritten" mitreiten, die sich als halbstündige Schrittrunden erwiesen und mir sehr viel Spaß machten und immer samstags stattfanden. Mein Lieblingspferd Kristall bekam ich nur, wenn Herr Grimm, ein für mich damals ziemlich alter Herr und Stammkunde in der Reitschule Hölzel, nicht da war oder keine Lust zum Reiten hatte.

Ein besonderes Highlight war, dass ich sogar beim Umzug des Möhringer Kinderfestes mitreiten durfte und es gibt noch entsetzliche Bilddokumente, wie ich krumm und schief auf meinem Pferd hänge.

Unser Reiterleben änderte sich aber völlig unerwartet durch eine Einladung eines Geschäftsfreundes meines Vaters, Walter Osterland, der uns nach Waldenbuch in den Hasenhof einlud, wo er drei Pferde hatte. Er bot uns an, am Wochenende mit ihm auszureiten. Das war natürlich phantastisch, da es in der Reitschule Hölzel eine lange Warteschlange für die beliebten Samstagvormittagsritte gab, und wir, speziell bei schönem Wetter, wenig Chancen hatten, berücksichtigt zu werden. Herr Hölzel hatte meinem Vater auch schon ein Pferd zum Kauf angeboten, da er meinte, wir wären jetzt so weit, und wenn man richtig reiten lernen wollte, brauche man ein eigenes Pferd.

Es gibt so viele schöne Pferde auf
der Welt
und ausgerechnet ich habe das
schönste.

Unbekannt

FREIZEITREITERFAHRUNGEN AUF DEM HASENHOF – MEIN ERSTES EIGENES PFERD

Herbert Näher und erste Einblicke in die Springreiterszene

Unser erster Besuch auf dem Hasenhof war traumhaft. Wir bekamen zwei Pferde gestellt und machten einen wunderschönen Ausritt durch Wiesen und Wälder. Anschließend hielt Frau Osterland Kaffee und Kuchen bereit, den wir vor dem auf der Pferdekoppel geparkten Wohnwagen im Freien einnahmen und dabei den Pferden beim Grasen zusahen.

So ging das zwei Mal. Bei unserem dritten Besuch zeigte mir Herr Osterland einen braunen Wallach, der auf der Koppel graste und meinte, dass sei Flingo, den ich heute reiten dürfe. Ich war überrascht, ging aber mit Flingo in die Halle und hatte sehr viel Spaß. Sein Besitzer, Herr König, baute sogar einen kleinen Sprung für uns auf, den wir ganz gut bewältigten, und ich war absolut begeistert. Nach der Reitstunde kam Herr König auf uns zu und fragte, ob uns denn das Pferd gefallen würde. Als wir ihm versicherten, dass das ein ganz tolles Pferd sei, meinte er, Flingo würde fünftausend Mark kosten.

Mein Vater, als Architekt, meinte dazu nur, dafür würde er ja ein ganzes Haus bauen. Um Herrn König los zu werden, fragte er, ob da Sattel, Trense und Halfter wenigstens mit dabei seien. Herr König meinte, der Sattel allein koste schon sechshundert Mark, und mein Vater warf zurück, ohne Sattel könne man nicht reiten und freute sich schon, dass das Thema damit beendet war.

Keine fünf Minuten später kam Herr König und meinte, es sei ok. Wir bekämen das Pferd mit dem gesamten Zubehör für fünftausend Mark, aber das Wichtigste sei beim jetzigen Stand der Dinge, dass wir nun eine Runde für alle schmeißen müssten. Das sei so Sitte. Das sprach sich herum wie ein Lauffeuer und der ganze Stall, mit dem wir nun auf einen Schlag befreundet zu sein schienen, brach in Richtung Hasenhofwirtschaft auf, und ich trank mit dreizehn Jahren meinen ersten Williams Christ.

Nach einiger Zeit fiel uns plötzlich ein, dass wir meine Mutter anrufen sollten. Mein Vater übertrug mir diese Aufgabe. Schließlich sei es ja auch mein Pferd. Als sie fragte, ob etwas passiert sei, da wir so lange nicht nach Hause kämen, meinte ich „Keine Sorge, wir haben nur ein Pferd gekauft!" Meine Mutter war sprachlos und befürchtete schon, die Garage leer räumen zu müssen, denn keiner von uns, ich am allerwenigsten, hatte mit dem Kauf eines Pferdes gerechnet und, wo das Pferd nun stehen sollte, hatten wir uns auch überhaupt noch nicht überlegt. Als ich das Thema dann am Wirtshaustisch ansprach, meldete sich gleich Herr Beck, der Reitstallbesitzer, zu Wort und meinte, er habe zufällig einen Ständer frei.

Auch das war wieder eine gute Lektion für mich als Einzelkind, die ich bei meinen Aufgaben und Herausforderungen in der Schule oder auch ganz allgemein immer auf mich selbst gestellt war. Probleme ließen sich, wie man sah, am besten in der Gruppe und in der Praxis lösen, und reden half da ungemein weiter.

Flingo war ein fünfjähriger Württemberger Wallach und nach kurzer Zeit wurden wir ein richtig gutes Team. Wir nahmen regelmäßig an der Gruppenreitstunde teil, wo Flingo es sich allerdings angewöhnt hatte, immer mindestens ein bis zwei Mal pro Reitstunde aus der rechten oberen Ecke wild buckelnd im Galopp über die Diagonale auszubrechen, also wie ein Rodeopferd buckelnd quer durch die Halle zu rasen. Ich saß mittlerweile schon so gut im Sattel, dass ich das lustig fand, wenngleich ich mich auch ein kleines bisschen schämte, dass ich das Pferd nicht von seinen Scherzen abhalten konnte.

An den Wochenenden nahmen wir an großen Gruppenausritten teil, die mindestens zwei bis drei Stunden dauerten und ein halbes Jahr später, im

Oktober, ritt ich meine erste Fuchsjagd. Es war wunderbar. Wir waren alle sehr zufrieden und glücklich und in völliger Harmonie mit uns und unserem Pferd, und ich war unsagbar stolz auf mein Pferd.

Flingo war eine Lebensversicherung. Wir ritten – so dachten wir damals wenigstens – Dressur und Springen und gingen regelmäßig ins Gelände. Für die Weihnachtsfeier im Stall studierten wir unsere erste Quadrille ein, und an Fasching gab es dann sogar eine Springquadrille in bunten Kostümen.

Ein Jahr später beschlossen wir, um endlich gemeinsam ausreiten zu können, ein zweites Pferd zu kaufen. Wir kauften eine super schöne acht-jährige Hannoveraner Stute, ein Fuchs mit vier weißen Beinen und viel Weiß im Auge. Sie hieß Welfenherz und stammte von Welf ab, einem hübschen Hannoveraner Hengst, der, wie wir später erfuhren, viele Pferde gezeugt hatte, die Probleme mit der Wirbelsäule hatten in Form von sogenannten Kissing Spines, also Wirbel, die zu eng standen und die den Pferden beim Reiten riesige Probleme und Schmerzen bereiten konnten.

Wir nannten unsere hübsche Stute Winnie und fanden es toll, dass man sie nicht treiben musste. Sie ging sehr gut vorwärts, hatte elegante Bewegungen und sprang sehr gut, allerdings konnte sie auch kerzengerade steigen und die Courbette springen. Wir wussten damals natürlich noch nicht, dass die Courbette eine höhere Lektion der Schulen über der Erde ist, bei der das Pferd kerzengerade steigt und dann wie ein Känguru mehrere Sprünge nach vorne macht, ohne mit den Vorderbeinen den Boden zu berühren.

Winnie tat genau das. Sie stieg senkrecht und hüpfte dann auf zwei Beinen durch die Halle. Uns störte das damals nicht sonderlich, da wir ja einfach nur Spaß haben wollten, und es nicht darauf ankam, dass die Pferde irgendeine Lektion unbedingt ganz korrekt und sofort beherrschen mussten. Wir hatten auch so wenig Erfahrung mit Pferden, dass wir Steigen eher cool und gar nicht als gefährlich empfanden. Wir gingen viel ins Gelände, ließen die Pferde täglich auf die Koppel und fühlten uns sehr wohl mit den beiden.

Besonders gut gefielen mir die sonntäglichen Gruppenausritte, die oft den ganzen Tag dauerten. Meistens ritten wir den Sommer über in die Walzenmühle zu Fritz Limbächer, der damals Pferde züchtete. Es war immer lustig dort. Die Familie Limbächer war sehr gastfreundlich. Es gab jede Menge Most, den ich auf nüchternen Magen gar nicht so gut vertrug und der mir auch überhaupt nicht schmeckte, aber als Reiter muss man halt Verschiedenes abkönnen und dann ging es ja auch viel beschwingter und wagemutiger über den kleinen Springparcours, der im Freien für uns aufgebaut war. Das waren meine allerersten Parcours-Erfahrungen nach dem Prinzip „Learning by Doing".

Anschließend wurde gevespert und dann ritten wir wieder zurück zum Hasenhof. Heute ist Klaus Limbächer, der Sohn von Fritz, der damals noch gar nicht geboren war, sehr erfolgreich in der Military und reitet sogar als Kadermitglied in der CIC*** international.

Ebenfalls ein Highlight in unserem damaligen Reiterleben waren die Hubertusjagden im September/Oktober, bei denen immer ungefähr zwanzig Reiter starteten. Fritz war ganz klar auch einer der Aktiven. Es ging durch Wald und Wiese, über kleine Birkensprünge und sogar durchs Wasser, und Flingo machte sich ganz hervorragend bei diesen Veranstaltungen, weil er niemals extrem heftig wurde und die kleinen Sprünge immer zuverlässig und brav absolvierte. Auch vor Wasser hatte er keine Angst und die vielen anderen Pferde und Zuschauer waren absolut kein Problem für ihn.

Im Herbst kam dann der bekannte Turnierreiter, Herbert Näher, mit fünf Pferden in den Stall. Er war der beste Reiter, den ich je gesehen hatte, ich bewunderte ihn sehr und war maßlos in ihn verliebt.

Das sollte schwerwiegende Folgen für meinen weiteren Lebensweg haben, denn, obwohl er mich mit meinen vierzehn Jahren überhaupt nicht zur Kenntnis nahm, spornte mich Herbert dazu an, ebenfalls Turnierreiterin werden zu wollen.

Nach kurzer Zeit bekam ich es hin, dass er mich ab und zu auf eines seiner Pferde setzte und im leichten Sitz ganze Bahn galoppieren ließ. Er stellte an der langen Seite einen Steilsprung und auf der anderen langen Seite eine zweifache Kombination auf, die jedes Mal erhöht wurden, wenn ich durch die Ecke kam. Obwohl ich das ziemlich beängstigend fand, gab ich die Mutige und beschwerte mich mit keiner Silbe. Außerdem vertraute ich meinem neuen Reitlehrer und war stolz, in seiner Nähe sein zu dürfen, koste es, was es wolle. Ich drehte daher tapfer meine Runden.

Den ganzen Winter über trainierten wir regelmäßig. Die Anforderungen wurden schwieriger. Ich bekam jüngere und schwierigere Pferde und auch die Hindernisse wurden höher und im Aufbau komplexer. Im Frühjahr fingen wir dann mit dem Training auf dem Platz an, wo ich bereits kleine Parcours springen sollte.

Herbert erklärte mir, dass Flingo zwar ein ganz nettes Pferdchen sei, ich aber sei durchaus talentiert und, wenn ich wirklich reiten lernen wollte, sei das Pferd total ungeeignet. Ich verstand das zunächst gar nicht und war sehr traurig. Flingo war ja meine große Liebe. Er hatte mir alles beigebracht, was ich konnte und für mich war und blieb er der Allerschönste. Dass er ein Anfänger- und Freizeitpferd sei und nun ausgedient habe, wollte ich nicht akzeptieren.

Trotzdem saß die Bemerkung und ich wurde immer zwiespältiger in Hinblick auf meine Pferde und meine ehrgeizigen Pläne. Auch Winnie, wie wir unsere Stute Welfenherz nannten, meinte Herbert, sei nichts für uns. Sie sei gefährlich und wir bräuchten endlich ein richtiges Turnierpferd. Nach wenigen Wochen und nachdem mein Vater sich im Gelände einmal rückwärts an einem Bahndamm mit ihr überschlagen hatte und mitsamt Pferd den ganzen Abhang hinuntergefallen war, hatte uns Herbert überzeugt, dass wir uns von Winnie trennen mussten.

Stattdessen verkaufte er uns ein voll ausgebildetes Dressurpferd, das laut seinen eigenen Ausführungen nicht ganz gesund war, von dem ich aber viel lernen konnte. Das Pferd beherrschte sämtliche Seitengänge und fliegende Wechsel und war auf M-Niveau ausgebildet. Es war ein Holsteiner Rapp-wallach namens Sagapo, was auf Griechisch so viel heißt wie „Ich liebe dich".

Ich hielt das für ein gutes Zeichen, besser gesagt, schmolz ich geradezu dahin, als ich das hörte, und Sagapo war zugegeben ein klasse Pferd, nur war er für meine Reitkünste viel zu fein ausgebildet und gesundheitlich restlos am Ende. Die ersten Tage konnte ich nicht einmal im Schritt geradeaus reiten, da ich nicht ruhig und gerade genug auf dem Pferd saß und er somit ständig Seitengänge anbot.

Insgesamt war ich aber mächtig stolz auf mein neues Pferd und lernte in kurzer Zeit, besser mit ihm umzugehen. Ich fing an, Seitengänge und fliegende Galoppwechsel zu üben, und das Reiten machte richtig Spaß. Ich lernte schnell und viel, aber Sagapo hatte einen gravierenden Fehler: er war dämpfig.

Von Dämpfigkeit spricht man beim Pferd, wenn die chronische Bronchitis soweit fortgeschritten ist, dass sich ein Lungenemphysem gebildet hat. Das Pferd leidet an Kurzatmigkeit bis hin zu Atemnot und ist in seiner Leistungsfähigkeit stark beeinträchtigt. Es kam daher auch immer öfter vor, dass ich mein Pferd nicht reiten konnte und das verschlimmerte sich in den Wintermonaten ganz extrem. Herbert erklärte mir, der Innenstall sei auch völlig unmöglich, am besten wäre es, wenn ich ihn an die Nordsee stellen würde, und im Übrigen könne natürlich niemand wissen, wie lange das Pferd noch einsatzfähig sei.

Ich war todtraurig, weil ich so gar nichts für mein Pferd tun konnt. Das mit der Nordsee war ja absolut keine Option für mich, und richtig trainieren konnte ich schon lange nicht mehr mit ihm.

Es vergingen wenige Monate, bis mein Vater, Herbert Näher und ich zu Edelbert Ohmer, einem Pferdehändler aus Billigheim fuhren, um endlich ein „richtiges" Pferd für mich auszusuchen. Ich probierte einige Pferde aus und Herbert riet mir zu einem noch nicht einmal drei Jahre alten Gotthard-Nachkommen, einem Rappen, namens Graf Eberhard, der von Gotthard, einem damals sehr bekannten Hannoveraner Deckhengst, abstammte. Die Nachkommen dieses Hengstes verfügten über viel Ausdruck und Spring-vermögen, konnten aber auch große Erfolge in Dressur- und Fahrprüfungen nachweisen.

Ich fand eine kleine achtjährige Rappstute, die „Liebling" hieß, und mit der ich sofort klarkam, viel schöner und einfacher zu reiten, vertraute aber Herberts Pferdeverstand und so kauften wir den Gotthard, den wir in „Ginger" umtaufen ließen, was, wie wir später feststellten, nicht unbedingt meine beste Idee gewesen war. Die Sprecher auf den Turnieren konnten oder wollten das nicht korrekt aussprechen und zogen mich und meine

Reiterkameraden immer damit auf, in dem sie fragten „Ging er?". Herbert nahm Sagapo damals zurück. Er stand ab sofort nicht mehr bei uns im Stall und ich habe nie mehr etwas von ihm gehört.

Mit Ginger hatte ich ganz klar ein Pferd, mit dem ich restlos überfordert war. Er war zwar angeritten konnte aber außer wegrennen und gegen die Hand gehen nichts. Er war einfach mit seinen knapp drei Jahren ein völlig rohes, junges Pferd.

Da ich natürlich gar nicht in der Lage war, ein junges Pferd anzureiten, nahm ich bei Herbert regelmäßig Unterricht und machte so Bekanntschaft mit dem Hilfsgerät „Schlaufzügel". Der Schlaufzügel war ziemlich praktisch, da man den Kopf des Pferdes in eine Position ziehen konnte, die so aussah als ob man reiten könnte. Man erspart sich so den langwierigen klassischen Weg, in dem es darauf ankommt, dass das Pferd locker ist, seine Muskulatur entspannt und dadurch vertrauensvoll den Kopf fallen lässt. Die Nachteile, dass ein Reiter mit wenig Erfahrung, wie ich es war, mehr Schaden beim Pferd anrichten kann, und sich das Pferd auf die Vorhand und hinter den Zügel zieht, ist heute hinreichend bekannt. Damals fand ich es prima und ritt ab sofort alle meine Pferde auf Schlaufer.

Abteilungsreiten, Quadrillen und Ausritte fand ich mittlerweile langweilig und doof. Nur das Parcours-Reiten war wichtig, und ich wollte so früh wie möglich auf mein erstes Turnier. Nachdem ich Herbert in Davos beim internationalen Eisspringen zugeschaut hatte und wahnsinnig beeindruckt war, zumal Wilamovic, sein damaliges Springpferd, sogar platziert war, war ich überhaupt nicht mehr zu bremsen. Das wollte ich auch.

Ich sprach mit ihm und erzählte ihm von meinen Träumen. Ich wollte noch mehr trainieren und möglichst viele verschiedene Pferde reiten, um Erfahrung zu bekommen.

Als Herbert mir erklärte, dass der Hasenhof keine optimalen Trainings-möglichkeiten für uns bot und, dass er selbst auch weggehen werde, war ich schockiert. Herbert versuchte, mich zu beruhigen und sagte er habe eine super Adresse für mich. Ich solle doch zu seinem alten Turnier-Kumpel und Freund Kurt Müller in den Springstall nach Maichingen gehen. Herr Müller habe auch noch einen Sohn in meinem Alter, der ebenfalls gerade mit der

Turnierreiterei anfangen wolle, außerdem besitze er eine ganze Reihe gut ausgebildeter Springpferde und eine wunderschöne Anlage, die optimale Trainingsmöglichkeiten biete.

Unser grösster Ruhm ist nicht, niemals zu fallen, sondern jedes Mal wieder aufzustehen.

Nelson Mandela

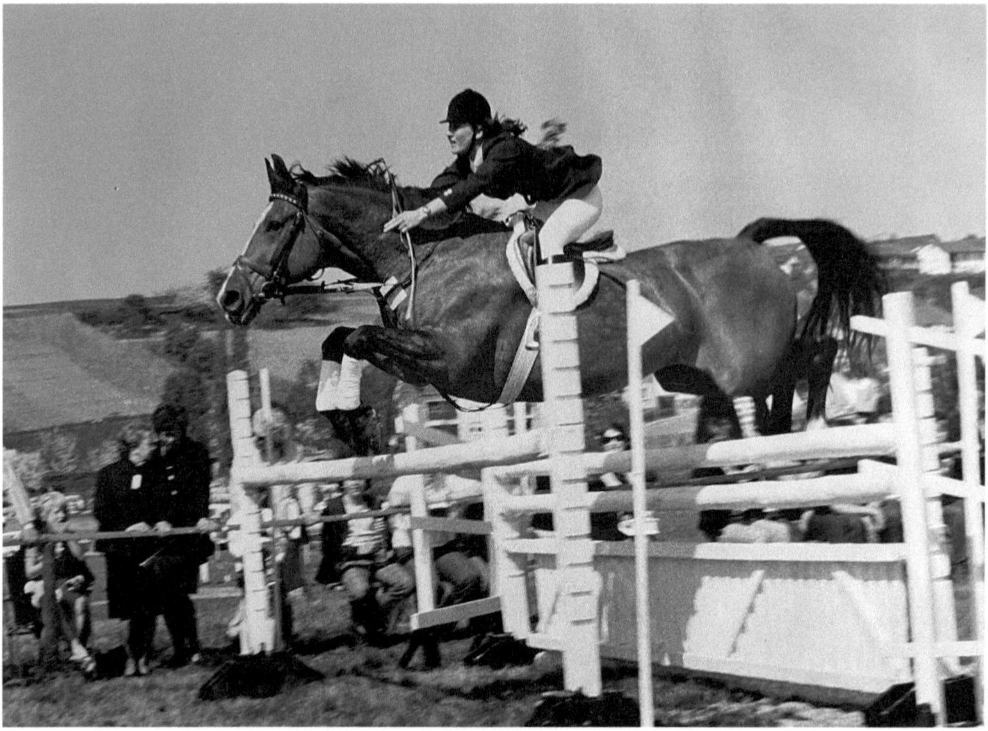

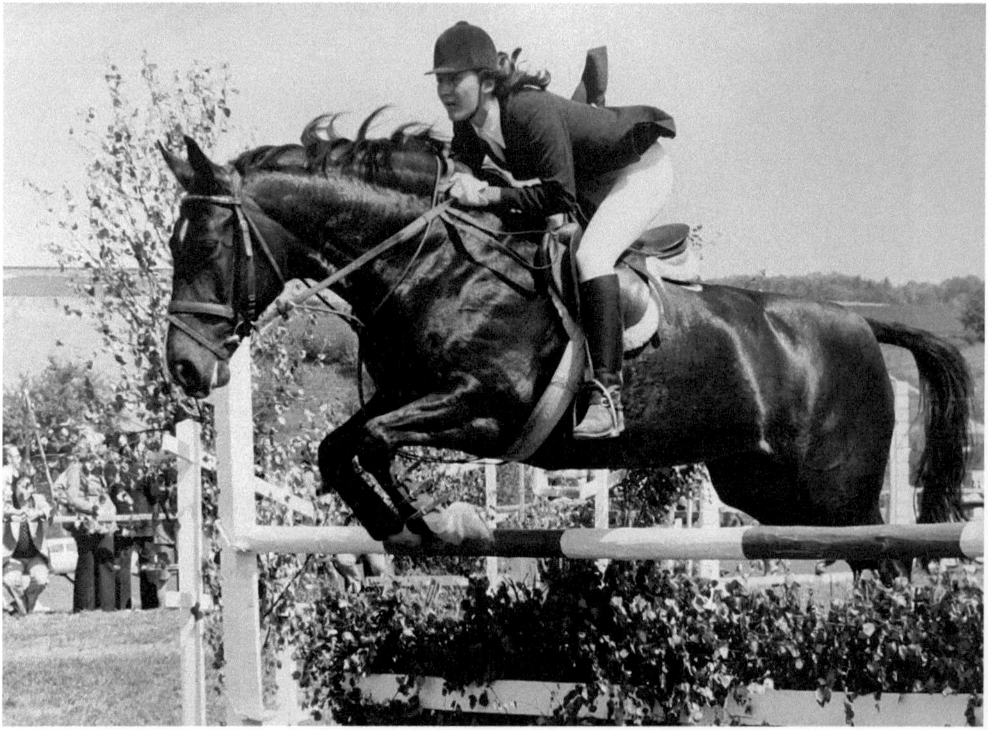

Erste Turniererfahrungen

Bei Kurt Müller begann nun meine wirkliche Springkarriere. Wir zogen mit unseren beiden Pferden, Flingo und Ginger, in Maichingen ein und nahmen am Springunterricht teil. Kurt Müller ritt selbst bis zur schweren Klasse und hatte mehrere Bereiter und eine Menge hoch ausgebildeter Springpferde. Außerdem war da auch Stefan, sein Sohn, der in meinem Alter war, was mir Herbert ja bereits erzählt hatte, und so meinte er, wenn ich fleißig trainieren würde, könnten Stefan und ich im Frühjahr gemeinsam zusammen aufs Turnier gehen. Wie Herbert Näher war er aber der Meinung, dass Flingo dazu absolut nicht geeignet sei.

Nach nicht allzu langer Zeit kamen wir überein, dass wir ihm Flimmer, einen achtjährigen Hannoveraner abkaufen würden. Flimmer war ein etwas kompakter Fuchswallach mit sehr liebem Charakter. Er war L- und M-Springen erfolgreich gegangen, gesundheitlich aber nicht ganz in Ordnung. Als Einstiegsgeschenk in meine Springkarriere bekam ich von Kurt Müller einen richtigen Springsattel geschenkt. Ich war sehr stolz und trainierte fleißig auf A- und L-Level Parcoursreiten. Meinem Vater gefiel die Entwicklung ebenfalls ganz gut, und so verhandelten wir wenige Woche später erneut mit Herrn Müller, um zusätzlich Fiesta, eine fünfzehnjährige kleine braune Hannoveranerstute zu kaufen.

Herr Müller erzählte uns dann, er wolle weg von Maichingen, in das wenige Kilometer entfernte Döffingen. Er habe dort mit einem Landwirt verhandelt und wolle eine ganz neue Anlage errichten und zwar zusammen mit uns. Die Genehmigung und das Material für die noch nicht erstellte Reithalle lägen bereits vor, und mein Vater als Architekt, solle doch bitte die Planung für die Anlage übernehmen.

So fuhren wir eines Sonntagmorgens nach Döffingen, das landschaftlich sehr schön lag und besichtigten „die neue Anlage". Wir fanden einen herabgewirtschafteten Bauernhof mit Bullenmast vor und jede Menge schrottreifer alter Bretter, die mit einer Reithalle gar nichts gemein hatten.

Der Landwirt, Richard Rothfuß, war aber sehr nett, und so nahm mein Vater den Auftrag an. Er plante Boxen, eine Reithalle mit nicht ganz 20 × 40 m und einem Reiterstübchen sowie einen 20 × 60 m großen Sandplatz.

Es war eine aufregende Zeit und wir waren alle begeistert. In Kürze stand auch unser erstes Turnier in Schwaigern bevor. Da die Pferde bereits genannt waren, sollte mein erstes Springen ein L-Springen sein. Normalerweise hätte ich meine Karriere mit Juniorenspringen und A wie Anfänger beginnen müssen. Beim L-Springen, der leichten Klasse, war die Sprunghöhe immerhin schon ein Meter fünfzehn mit acht Hindernissen, inklusive einer zweifachen und einer dreifachen Kombination und eventuell einem Wassergraben.

Flimmer absolvierte den Parcours als alter Hase mit Bravour, und so ritten wir auf unserem ersten Turnier als Sechste in die Siegerehrung ein. Als Unterstützung bekamen wir Fridolin Enzenroß, der als Bereiter bei Kurt Müller angestellt war, zur Seite gestellt. Er stellte den dreijährigen Ginger in einer Jungpferdeprüfung vor. Es folgten noch drei weitere Turniere im selben Jahr in Forst, Rottweil und Ilsfeld. Flimmer und ich kamen von jedem Turnier mit einer Schleife nach Hause.

Am Ende der Turniersaison zogen wir in unseren neuen Stall nach Döffingen um. Neun Boxen waren bereits fertig. Die Genehmigung der Halle und der Bau zwölf weiterer Boxen gestaltete sich als schwierig.

Sonst schien das Leben mit unseren vier Pferden perfekt zu sein. Umso überraschter und schockierter waren wir, als wir eines Tages Besuch vom Gerichtsvollzieher bekamen. Der Gerichtsvollzieher wollte mehrere tausend Mark für die beiden Pferde Flimmer und Fiesta von uns haben, anderenfalls würden wir die Papiere, die gepfändet waren, für die beiden Pferde nicht bekommen. Ich war völlig fassungslos, dass so etwas möglich war.

Mein Vater reagierte aber gelassen und teilte dem Gerichtsvollzieher mit, er wolle den von uns an Herrn Müller bezahlten Kaufpreis von ihm zurückhaben und damit würden ihm die Pferde dann ganz gehören. Ich war schockiert und maßlos enttäuscht, aber am Allerunerwartetsten kam diese Wendung für den Gerichtsvollzieher. Er fand schlagartig heraus, dass die Pferde, sollten er sie wieder zurücknehmen müssen, täglich Geld kosten würden und bewegt werden mussten, und so dauerte seine Entscheidung, uns die Papiere zu übergeben nicht sehr lange.

Herr Müller aber war wie vom Erdboden verschluckt. Erst der Gerichtsvollzieher teilte uns mit, er befinde sich in U-Haft wegen Verdachts auf Steuerhinterziehung. Für uns bedeutete das, zu entscheiden, ob wir das neue Projekt in Döffingen nun alleine durchziehen oder uns aus der Sache herauswinden sollten. Für die Erbengemeinschaft Rothfuss, denen der Hof gehörte und die Handwerker, die seit Jahren mit meinem Vater zusammenarbeiteten, wäre das natürlich ein Desaster gewesen.

Und so hatte das Schicksal schon wieder eine einschneidende Veränderung meines Lebens auf Lager, denn daraus folgte, dass ich damals von einem Tag auf den anderen mit meinen siebzehn Jahren, völlig blauäugig und ungeplanter Weise ins große Business eintrat. Mein Vater und ich beschlossen nämlich, gemeinsam die Anlage fertig zu bauen und als Investoren im Hintergrund zu bleiben, wobei mein Vater ganz klar das Risiko trug und die ganze Arbeit als Architekt und Planer machte. Trotzdem involvierte er mich, indem er mich fast mein ganzes Sparbuch plündern ließ, und ich somit Mitinvestorin war.

Das Ganze hatte ganz sicher didaktische Hintergründe, da ich ja das nötige Kleingeld, um eine Reitanlage zu bauen, gar nicht besaß. Ich lernte jedenfalls sehr schnell, was es heißt kein Geld oder sogar Schulden zu haben und traute ich mich ab sofort kaum noch, mit meinen Freundinnen ins Kino oder zum Eisessen zu gehen. Ich war ja gewissermaßen total pleite.

Das Geld, das wir der Familie Rothfuss für die Erstellung der Reitanlage geliehen hatten, war ein zinsloses Darlehen. Das heißt, wir wollten den Betrag mit unseren damals vier Pferden auf der Anlage abwohnen.

Ohne, dass ich es merkte, hatte mich mein Vater somit auch am Unterhalt der Pferde beteiligt, denn Geld würden wir keines zurückbekommen. Der Vorteil und vermutlich das Hauptziel meines Vaters aber wurde voll erfüllt. Ich lernte die Schattenseiten des Unternehmertums kennen, die Verantwortung, die Risiken und die schlaflosen Nächte, die ich manchmal hatte, weil es sich nicht sehr schön anfühlte, gar nichts mehr auf dem Konto zu haben.

Das war sozusagen die erste und intensivste Lektion meiner betriebswirt-schaftlichen Ausbildung, die ich dann ja in späteren Jahren komplettierte.

Damals hatte ich aber in kürzester Zeit begriffen, wie allein man sich als selbst und ständig geforderter Unternehmer fühlte, was es hieß, Entscheidungen zu treffen und dafür auch einzustehen und auch, wie es sich anfühlt, vom eigenen Freundeskreis beneidet und aus der Herde aus-geschlossen zu werden.

GENIESSE DEINE ZEIT,
DENN DU LEBST NUR JETZT UND HEUTE.
MORGEN KANNST DU GESTERN NICHT
MEHR NACHHOLEN
UND SPÄTER KOMMT FRÜHER ALS DU
DENKST.

Albert Einstein

WENNINGER HÖFE UND GUNNAR SCHLOSSER

Ich hatte nun zwei voll ausgebildete, wenn auch nicht mehr ganz taufrische Turnierpferde, ein Nachwuchspferd und mein erstes Pferd Flingo und ich werde nie vergessen, wie ich nach unserem Umzug nach Döffingen mit Ginger über die morschen Bretter der sogenannten Reithalle lief und „Stangenarbeit" übte.

Die erste Turniersaison war mit vier Starts und vier Schleifen überraschend gut verlaufen, und ich wollte mehr. Flingo, das hatte ich mittlerweile auch erkannt, würde nie ein Turnierpferd werden und so verkauften wir ihn an Familie Schumann mit der Auflage, er müsse bei uns im Stall bleiben. Was Pferde betraf, wurden wir weiterhin von Herbert beraten, und so wurde Flingo durch Roanna, eine sechsjährige Holsteiner Rappstute ersetzt.

Über Familie Schumann bekamen wir den Kontakt zu Gerhard Mayer-Vorfelder, der damals Staatssekretär mit Kabinettsrang im Finanzministerium war, und uns bei der Genehmigung der Reithalle weiterhelfen konnte, und so konnten wir ein Dreivierteljahr später endlich wieder mit dem richtigen Training beginnen.

Für die Halle wählten wir Gerberlohe. Das war ein elastischer feuchter Boden, der damals ganz neu als Springboden entdeckt worden war Ich erinnere mich noch gut, wie die Gerberlohe in LKWs angeliefert wurde und wir versuchten, daraus einen ebenen Boden herzustellen. Meine ersten Ritte mit Roanna glichen eher der Military, da der Boden einfach nicht eben zu kriegen war und einer Hügellandschaft glich.

Über unsere Turnierbekanntschaften bekamen wir auch einen neuen Bereiter und Reitlehrer, Gunnar Schlosser, der aus dem Stall Schockemöhle kam und Springreiter war. Den ganzen Winter über trainierten wir in unserer neuen Reithalle und bereiteten uns auf die nächste Turniersaison vor.

Gunnar flogen natürlich sofort die Herzen aller reitenden Damen zu, und auf einmal hatten wir jede Menge Springreiterinnen auf der Anlage. Der Name Schockemöhle machte definitiv Eindruck. Auch bei mir. Das gebe ich zu. Und der Springunterricht war auch wirklich toll. Man merkte schon, dass Gunnar aus einem professionellen, erfolgreichen Springstall kam.

Im März 72 war es endlich so weit. Wir fuhren auf unser erstes Hallenturnier nach Herrenberg. Unser ganzer Stall begleitete uns. Einige der Damen hatten bereits Geschenke für Gunnar mitgebracht in der Annahme, er werde alle Springprüfungen gewinnen oder zumindest ganz vorne mitmischen.

Ich ritt Flimmer und Roanna im L-Springen, mein Vater Fiesta. Als ich mit beiden Pferden im

L-Springen platziert war, bat ich meinen Vater an seiner statt Fiesta im LM-Springen reiten zu dürfen. Wir meldeten kurzer Hand um.

Das LM-Springen war relativ schwer und die Auflagen an den Sprüngen waren ganz flach, sodass die Stangen beim leichtesten Touchieren herunterfielen. Deshalb gab es auch nur einen Nullfehler-Ritt von Hans Gauss mit seinem Pferd Halunke. Kurt Maier hatte mit Schalanka einen Viertel Zeitfehler. Ich ritt ziemlich weit hinten, und so stand für die Insider bereits fest, dass Hans Gauss das Springen gewonnen hatte.

Ich war damals unter den Turnierreitern absolut unbekannt, und der Parcours war, abgesehen davon, dass das mein erstes LM-Springen war, sowieso eine Nummer zu hoch für mich. Nicht aber für Fiesta, meine kleine kämpferische Stute. Sie kam in die Halle, stellte sich zuerst einmal mit hoch erhobenem Kopf Richtung Publikum auf und wieherte laut. Das Publikum lachte. Danach trug sie mich in flottem Tempo mit Null Fehlern durch den Parcours. Die Halle tobte. Ich war wie in Trance.

Nun sollte es ein Stechen geben. Hans Gauss kam zu uns und wollte verhandeln. Er meinte, wenn wir beide nicht gegeneinander antreten würden, würde es zwei Sieger geben. Der Parcours sei für die kleine Halle sowieso relativ schwierig und ich könne mir keine Vorstellung machen, wie das erst im Stechen aussehen würde. Als ich ablehnte, meinte er, dann werde er auf jeden Fall gewinnen.

Der Stechparcours war in meinen Augen unglaublich hoch und schwer. Hans Gauss ritt als Erster. Er kam mit sechzehn Fehlerpunkten, also vier Abwürfen, aus der Prüfung. Ich ritt tapfer lächelnd ein. Fiesta wieherte wieder selbstbewusst und provokativ ins Publikum, als ob sie sagen wollte „Aufgepasst, jetzt komme ich. Seht ihr mich auch alle?". Bereits beim Einreiten bekamen wir tosenden Applaus. Als ich die Oxer und speziell die dreifache Kombination sah, wurde mir ganz übel. Doch nun gab es kein Zurück mehr und so galoppierten wir durch die Startlinie.

Fiesta flog nur so über die Sprünge und touchierte nur zwei Mal leicht mit dem Hinterbein, was uns acht Fehlerpunkte und den unglaublichen ersten Platz einbrachte. Die Halle schien zusammenzubrechen. Die Leute schrien und klatschten und stampften mit den Füßen. Beim Ausreiten wurde ich sofort von Reportern umringt und gab mein erstes Interview. Es war wie im Film.

Das überwältigende Erfolgsgefühl, das ich damals mit meinen siebzehn Jahren auf meiner 16-jährigen Stute hatte, kann ich heute noch nachempfinden. Technisch war ich damals ganz sicher keine gute Reiterin, aber, was ich immer gekonnt habe, das war, eine Beziehung zu meinem Pferd aufzubauen.

Ich liebte meine Pferde und das, was ich technisch noch nicht konnte, überließ ich ihnen. Es war die perfekte Kooperation. Ich habe damals nie versucht, mein Pferd durch Sporen oder Gerte zu etwas zu zwingen. Ich habe nie versucht, meine selbstbewusste kleine Stute mit Gewalt durchs Genick reiten zu wollen. Ich war immer weich in der Hand, störte sie nicht durch falsche Gewichtseinwirkung und vertraute ihr total. Und vor allem wusste ich, dass meine Pferde viel routinierter waren als ich und habe sie deshalb auch nie zu Tode trainiert.

Dieses Springen war sehr entscheidend für mein ganzes weiteres Leben. Es war der Auslöser für meine Turnierkarriere, die über zwanzig Jahre lang dauern sollte.

Lerne die Regeln des Spiels
und dann spiele besser als alle
anderen

Albert Einstein

ENDLICH ERFOLGREICHE
SPRINGREITERIN

Ich war nun schon so vom Pferdevirus befallen und so gierig auf weitere Turniererfolge, dass ich die Schattenseiten des Erfolgszwangs erfolgreich verdrängte. Nach dem gigantischen Erfolg im Jahr 1972 war ich ja nun bewiesenermaßen Springreiterin und hatte einen Namen in der Springreiterszene. Besonders stolz war ich darauf gewesen, dass Manfred Hölzel, der mit meinen dreizehn Jahren mein erster großer Schwarm unter den erfolgreichen Reitern gewesen war, in Rottweil damals auf dem Turnier zu mir herkam, mir gratulierte und meinen Vater fragte, wo um Himmelswillen, wir denn Reiten gelernt hätten.

Obwohl ich damals – einmal neutral betrachtet – wirklich nicht außergewöhnlich gut ritt, fühlte ich mich durch den unerwarteten LM-Sieg in Herrenberg als absoluter Champ. Heute beobachte ich fasziniert, in wie hohem Maße die innere Einstellung die Realität beeinflusst. Ich war mir sicher, super zu reiten und so gewann ich das LM-Springen in Oberderdingen eine Woche später zum maßlosen Erstaunen der Profis ebenfalls mit meiner Siegerstute Fiesta.

Beim ersten Freilandturnier im Mai in Schwaigern ritt ich mein erstes M-Springen der Kategorie A und wurde mit Fiesta Zweite. Die mindestens zehn Sprünge auf dem Außenplatz waren damals bis 1,40 Meter hoch, der Wassergraben vier Meter breit. Von Kurt Müller hatte ich Fiesta bekommen, weil sie alt und sauer war, und er nichts mehr mit ihr anfangen konnte. Ich sah in ihr ein phänomenales S-Springpferd und war noch zwei Jahre lang in L- und M-Springen sehr erfolgreich mit ihr.

Im Jahr 1972 begann durch den einen, völlig unerwarteten Erfolg daher meine erste richtige Turniersaison. Wir starteten auf zehn Turnieren und ich war mit Fiesta auf allen Turnieren in L- und M-Springen platziert. Diese Erfolgsserie motivierte mich so, dass ich im folgenden Jahr in Schwaigern mein erstes S-Springen mit meiner neuen Stute, Alpacca, reiten wollte. Die Sprünge waren hier 1,60 Meter hoch und zwei Meter breit. Es war das Turnier, auf dem auch Thomas Betz, der Sohn des damals bekannten Reutlinger Spediteurs Willi Betz, der etwa in meinem Alter war, sein erstes S-Springen reiten sollte.

Thomas zog zurück, nachdem der Bereiter aus dem Stall seiner Eltern, Manfred Schlüsselburg, mit seinem Pferd am letzten Oxer so unglücklich gestürzt war, dass das Pferd auf dem Platz eingeschläfert werden musste. Es war ausgerechnet das letzte Pferd, das ich mir anschaute, bevor ich zum Abreiten gehen wollte. Das Turnier wurde an dieser Stelle unterbrochen. Keiner wusste, wie es weitergehen würde. Nach eineinhalb Stunden wurde das tote Pferd vom Turnierplatz entfernt und das Turnier fortgesetzt.

Mein Vater kam zu mir und meinte, ich müsse nicht starten. Ich beschloss, trotzdem zu reiten und sattelte Alpacca. Meine Mutter war fassungslos. Alpacca ging spitzenmäßig. Ich machte denselben Fehler wie Manfred Schlüsselburg. Ich ritt nach dem vorletzten Hindernis, einer zweifachen Kombination, die aus Steilsprung und Oxer bestand, vorwärts auf das letzte Hindernis zu, einem sehr hohen und breiten Oxer. Der Abstand zwischen den beiden Hindernissen passte aber nicht. Alpacca sprang auf groß weg und streifte den Oxer leicht mit den Hinterbeinen, was uns vier Fehlerpunkte einbrachte. Das war natürlich schade, denn es hatte wirklich wenig gefehlt für eine Platzierung. Trotzdem erfüllte mich mein erstes S-Springen, bei dem ich in der Platzierung Reserve zwei geworden war, mit großem Stolz. Und ich glaube, mein Vater war sehr stolz auf mich, weill ich den Mut gehabt hatte, trotz des tragischen Reitunfalls anzutreten.

Es sollten in den nächsten sieben Jahren noch viele M- und S-Springen folgen mit vielen verschiedenen Pferden. Alpacca und Roanna waren jahrelang zwei sehr erfolgreiche Pferde.

Mit Alpacca ritt ich 1975 mein erstes Hallen-S in Böblingen und qualifizierte mich mit ihr sogar für das CHI in Donaueschingen, bei dem wir erstmalig gegen die Weltelite antraten.

Ginger ging in den Folgejahren Dressur bis Klasse L, Springen und Military bis M. Mit ihm startete ich auch beim CHA in Altensteig in der Vielseitigkeit. Altensteig war ebenfalls ein internationales Turnier Concours Hippique d'Amitié, ein Freundschaftsturnier zwischen Frankreich, Deutschland und der Schweiz.

Domino, der Vollbruder von Paul Schockemöhles Deister, eine Neuerwerbung, den mir mein stolzer Vater gekauft hatte, war ebenfalls ein super Pferd. Er sprang Häuser. Es konnte gar nicht hoch und weit genug sein. Leider hatte er Probleme mit den Vorderbeinen, und ich konnte ihn deshalb nicht sehr lange im Turniersport einsetzen.

Dimple aus dem Stall Mucha, den ich einige Jahre später bekam, ging Jahre lang sehr erfolgreich in M- und S-Springen, Westwind in den Klassen L und M.

Daneben gab es auch die sogenannten „Fehlkäufe" wie Lanciano und Latino, die zuhause ganz nett sprangen, sich auf dem Turnier aber als sauer erwiesen, das heißt, vor den Sprüngen verweigerten.

Ostwind, ein Trakehner Rapp-Wallach, den ich turniermäßig auch nicht einsetzen konnte, war ein ganz tolles, aber zum damaligen Zeitpunkt für mich viel zu schwieriges, verdorbenes Pferd, das sowohl dressurmäßig als auch im Springen wunderschön und elegant aussah, allerdings auch nur, wenn er Lust hatte.

Als ich ihn bekam, hatte er völlig vergammelte Hufe, was mir mit meiner heutigen Erfahrung bereits zu denken geben würde. Die Pferde, die Jahre lang in der Ecke gestanden haben, sind meistens physisch oder psychisch krank, das heißt keiner konnte oder wollte sie reiten. Bei Ostwind saß der Schaden in der Psyche. Da er nur zu neunzig Prozent verdorben war, warnte er mich aber immer, bevor er aggressiv wurde, indem er laut mit den Zähnen knirschte und sich verwarf bevor er explodierte.

Ich hatte, nachdem ich seine Vorwarnungen verstanden hatte, die Möglichkeit, seine Wutausbrüche, die sich in kerzengeradem Steigen oder Bocken äußerten, zu umgehen. Er sah auch dressurmäßig wunderschön aus und ging auch höhere Lektionen wie Traversalen und fliegende Wechsel. Wenn mir Leute in der Halle beim Training zusahen, waren sie allesamt beeindruckt von dem schönen, harmonischen Bild. Sie wussten ja nicht, dass ich das ritt, was das Pferd wollte, und keine Entscheidungsgewalt über die Lektionen hatte. Oft hatte er beispielsweise einfach keine Lust, anzugaloppieren und so warnte er mich mit seinem Geknirsche. Wenn ich insistierte, ging es richtig übel zur Sache, und ich musste aufpassen, nicht abgeworfen zu werden. Wenn ich ihn einfach weitertraben ließ, schnaubte er und war das friedlichste Pferd, das man sich vorstellen konnte.

Ich erinnere mich noch an eine Trainingseinheit auf unserem Springplatz in Döffingen, als ich ihn zum Abreiten zwischen den Sprüngen traben wollte. Plötzlich zog er den höchsten aller Sprünge an, eine Verdener Bank, die wir benutzt hatten, um die Stangen, die am Boden lagen, trocken zu lagern. Das heißt, die Stangen waren alle eingehängt, und der Sprung war damit bestimmt zwei Meter hoch und zwei Meter breit.

Ostwind zog den Sprung von der falschen Seite aus an. Er hatte viel Springvermögen und hätte den Sprung höchstwahrscheinlich geschafft. Ich war aber damals schon so panisch bei seinen Alleingängen, dass ich vom galoppierenden Pferd absprang. Das habe ich davor und auch danach nie wieder getan.

Mein Vater fragte mich, ob ich verrückt geworden sei und ob ich mir das Genick brechen wolle. Ich sagte, er könne ihn ja reiten, mir reiche es für heute. Also setzte er sich aufs Pferd und ich bereute sofort, mal wieder nicht den Mund gehalten zu haben. Er ritt einen Steilsprung in L-Höhe, also circa ein Meter zehn an. Ostwind zog an, machte dann aber eine Vierradbremse und stieg kerzengerade vor dem Hindernis. Mein Vater fiel vom Pferd, Ostwind galoppierte zuerst weg, nahm dann aber Anlauf und drehte dann auf meinen am Boden liegenden Vater zu, senkte seinen Kopf und biss nach ihm. Dann drehte er sich um und schlug nach ihm. Mein Vater lag mit beiden Händen über dem Kopf am Boden, ich stand fassungslos daneben und traute mich nicht, irgendetwas zu unternehmen.

Ich hatte mit Ostwind damals bereits unfreiwillig bereits zwei Mal die feste Umzäunung der Reitanlage vor unseren Boxen in Höhe von 1,70 Meter, sowie im Gelände einen Kreiselheuer gesprungen und wusste daher, dass er echt gefährlich werden konnte, wenn er sich ärgerte. Er liebte es, unmöglich hohe Hindernisse einfach anzuziehen, während er selbst niedrigste Sprünge in A-Höhe, wenn sie vom Reiter gefordert wurden, verweigerte.

Seinen absoluten Willen, selbst die Entscheidungen in seinem Leben zu treffen, äußerte er auch bei dem einzigen Turnier, auf dem ich ihn jemals geritten habe, in Freudenstadt. Gunnar Schlosser, unser Bereiter, weigerte sich, das Pferd zu reiten, und so ritt ich ihn im A-Springen selbst. Ich ging ganz vorsichtig mit ihm auf dem Abreiteplatz um, und er war verhältnismäßig ruhig und ausgeglichen. Als wir einritten bekam ich bewundernde Worte zu hören. Er war ja auch wirklich rein äußerlich ein prächtiges Pferd.

Ich trabte in den Parcours, hielt vor dem Richterturm und grüßte. Dann gab ich eine Galopphilfe und Ostwind knirschte mit den Zähnen. Ich ritt im Schritt an, ging auf den Zirkel und wiederholte die Hilfe. Erneutes Knirschen. Ich richtete rückwärts, ritt im Schritt an und überlegte gerade, was nun zu tun sei, als der Starter – damals wurde noch mit Starterfahne gestartet – mich anschrie, ob ich jetzt endlich einmal in die Gänge kommen könne und Ostwind mit der Starterfahne eine auf den Hintern haute. Ostwind ging sofort zum Angriff über. Er fuhr blitzschnell herum, stürzte sich auf den Mann und biss ihn kräftig in den Oberarm. Der Mann schrie, genau wie die Zuschauer, die teilweise auf der Umzäunung saßen. Ostwind stieg kerzengerade wie Fury im Film und fing an, mit den Vorderbeinen gegen die Zuschauer zu schlagen, die blitzartig ihre Sitzgelegenheit verließen. Alles schrie durcheinander. Vom Richterturm kam die Ansage, ich solle sofort den Parcours verlassen, anderenfalls würde man mich für das ganze Turnier sperren. Ich hätte das ja gerne gemacht, wusste aber absolut nicht, wie, denn Ostwind schlug mit den Vorderhufen nach allem, was sich bewegte, und blieb senkrecht auf den Hinterbeinen.

Nach einer Zeit, die mir endlos erschien, konnte ich endlich im Schritt den Parcours verlassen. Auf dem Weg zurück in den Stall bekam ich von allen Seiten „gut gemeinte" Ratschläge und vernichtende Kommentare. Einer der Profis meinte, ich müsse dem Pferd beim Steigen eine volle Flasche Bier auf den Schädel hauen. Er würde dann garantiert nie mehr steigen. Ich war völlig fertig mit den Nerven und zitterte am ganzen Körper als ich das Pferd in seine Box brachte. Ich räumte Sattel und Trense auf und war fassungslos, als Ostwind keine fünf Minuten später in seiner Box lag und buchstäblich schnarchte. Ich holte mehrere meiner Reiterkameraden und zeigte ihnen mein schnarchendes Pferd. Ostwind hatte sich offensichtlich überhaupt nicht aufgeregt. Zumindest hatte er eine seltsame Art, mit Stress umzugehen.

Ich habe in den zehn Jahren meiner Springkarriere viel erlebt. Ich habe große Erfolge gefeiert und große Niederlagen hinnehmen müssen. Ich habe viel über Menschen gelernt, die die besten Freunde sind, wenn man erfolgreich ist und einen auslachen und öffentlich bloßstellen, wenn man am Boden ist. Auch die Presse macht da keine Ausnahme, und so kann man oft Erstaunliches über sich selbst in der Zeitung lesen.

Anfang der Achtziger Jahre musste ich meine Turnierkarriere wegen meines Betriebswirtschaftsstudiums an der European Business School im Rheingau unterbrechen. Meine vier Pferde gingen in der Zeit auf die Koppel und wurden nur in den Semesterferien von mir geritten. Ich hatte in den vier Jahren der reiterlichen Abstinenz auch die Möglichkeit über viele Dinge nachzudenken.

Besonders der Reitunfall von Horst Scherer, einem langjährigen Turnierkumpel, der bei einem Sturz am Oxer unter das Pferd kam und dessen ganzes Leben sich durch diesen Unfall verändert hatte, hat mich sehr berührt, besonders weil ich Horst damals auch eins meiner Springpferde, Westwind, für ein paar Turniere zur Verfügung gestellt hatte. Gott sei Dank passierte der Unfall nicht mit meinem Pferd. Ich dachte auch viel über meinen eigenen Umgang mit Pferden nach. Meine Pferde mussten damals funktionieren. Waren sie sauer, wurden sie ausgetauscht. Ich hatte zwar ein schlechtes Gewissen, behandelte meine Pferde aber trotzdem letzten Endes wie Sportgeräte, die ersetzt wurden, wenn sie ihren Zweck nicht mehr erfüllten. Ich hatte in der Zeit, außer Fiesta, meiner achtzehnjährigen Stute, kein Pferd, das über vierzehn Jahre alt wurde. Eine wirklich traurige Bilanz!

Ich machte mir also wirklich Gedanken, was ich ändern konnte. An Pfingsten beschloss ich vom Rheingau aus nach Wiesbaden zu fahren und das internationale Turnier im Schlosspark in Biebrich zu besuchen.

Es war wunderschönes Wetter, und ich traf unter den Springreitern einige Bekannte. Damals fand die Hauptprüfung der Dressuren noch auf dem großen Turnierplatz statt, und so schaute ich mir Josef Neckermann und Liselott Linsenhoff in der Inter 1 an. Ich hatte eigentlich keine so hohe Meinung von der Dressur. Für mich war das eine langweilige Volten-Reiterei. Ich selbst war damals bis auf eine Ausnahme bei der Military nur bis L gestartet. Die S-Dressur in Wiesbaden veränderte aber etwas in mir.

Ich bewunderte die perfekt gerittenen Pferde. Damals war ich der Meinung, das Pferd, also die Qualität der Abstammung und der perfekte Körperbau machten neunzig Prozent der Vorstellung aus, denn meiner Meinung nach ritt ich ja wie ein Profi, und so beschloss ich, nach meinem Studium auf Dressurreiten umzusteigen. Dass das Pferd nur die Qualitäten oder Defizite des Reiters widerspiegelt, wusste ich damals noch nicht. Ich hatte ja auch noch nie etwas von Spiegelneuronen gehört und natürlich auch keine Ahnung von anatomisch richtigem Reiten. Keiner hatte damals je darüber berichtet, dass ein Reiter sein Pferd krank reiten kann und dass man, wenn man ein Pferd korrekt ausbilden will, sehr viel von den anatomischen Zusammenhängen und dem Muskelaufbau verstehen muss. Ich war schlechtweg der Meinung, dass man sich, wenn man so ein teures Dressurpferd hat, einfach nur draufsetzen musste und, dass das Pferd dann spitzenmäßig funktionierte.

Da ich die Dinge im Allgemeinen ganz oder gar nicht mache und immer mehr Zweifel an der Springreiterei hatte, beschloss ich, auf Dressur umzustellen – in meinen Augen damals totale pillepalle Reiterei. Ich hatte echt Null Komma Null Ahnung, was klassische Dressur bedeutet.

Da ich immer von den Besten lernen wollte, wandte ich mich an meinen Studienfreund Andreas Emmerich und bat ihn, den Kontakt zu Udo Lange, dem damaligen Deutschen Meister, herzustellen. Andy war entfernt mit Udo Lange verwandt. Ich kannte ihn nur vom Namen und wusste, dass er in unserer Region einer der erfolgreichsten Reiter und mehrfacher Deutscher Meister der Berufsreiter war, und so begann nach meinem Studium an der EBS die für mich völlig neue Ära des Dressurreitens.

Ich glaube, dass es zwei Arten von
Reitern gibt, solche, die ihr Pferd
recht geschickt wie ein Werkzeug
benutzen, und solche, die es
lieben und die wollen, dass es alle
Eleganz zum Vorschein bringt, die
es nur haben kann.

Nuno Oliveira

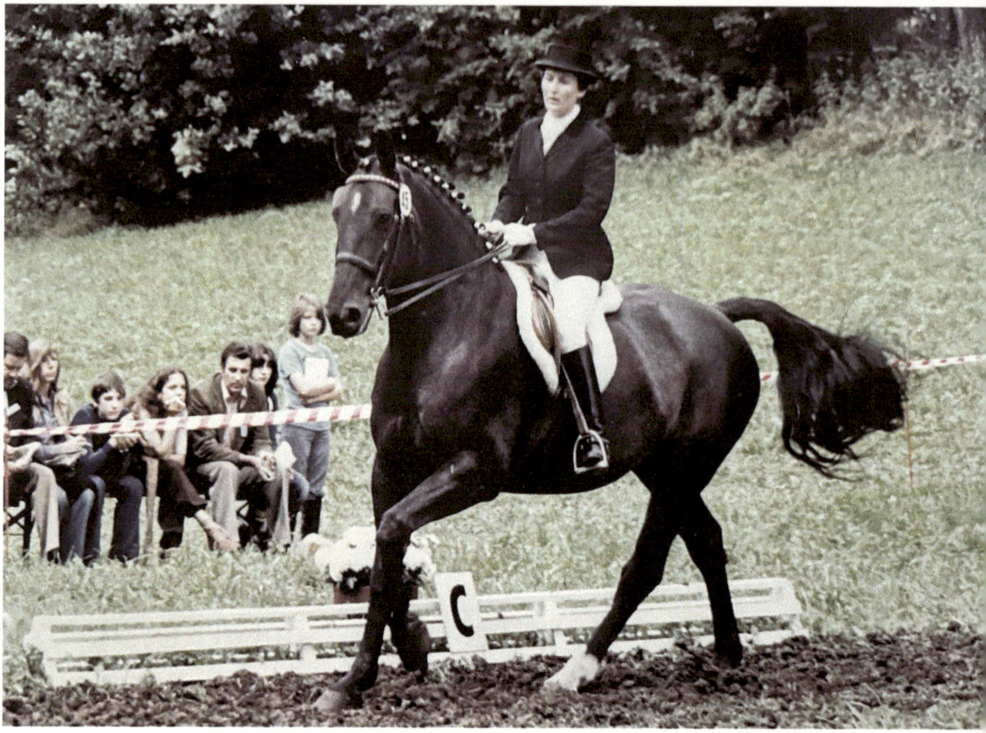
C

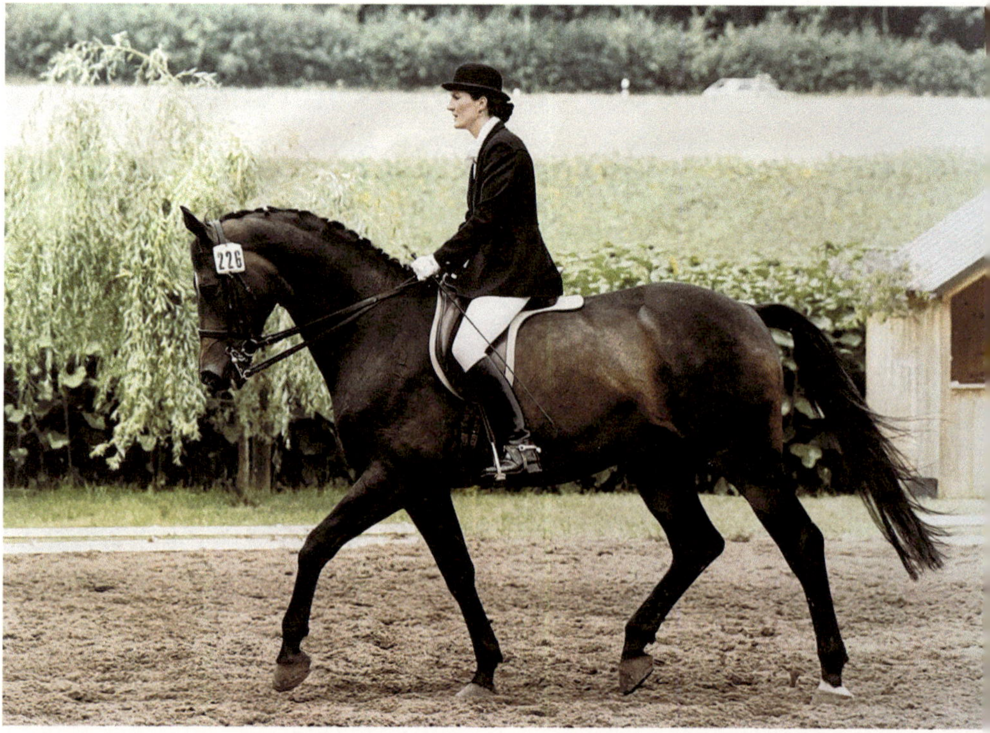
226

Im Dressurstall Udo Lange

Es war klar, dass Udo Lange, der normalerweise ausländische Olympia-Mannschaften trainierte, einen Ansporn brauchte, um mir, die ich in der Dressurszene einmal wieder ein absoluter Neuling war, Unterricht zu erteilen. Ich hatte zwar mit meinem Freund Andy einen guten Einstieg, dachte mir aber dann, es könne nicht schaden, wenn ich mir von Herrn Lange ein Pferd vermitteln lassen würde. Sicher würde er mich dann als Reitschülerin nicht ablehnen.

Wir machten also einen Termin aus, an dem er mit uns Pferde ansehen wollte, und so fuhren wir in die Nähe von Augsburg zu Allan Gaihede, dem in den achtziger Jahren mehrfachen bayerischen Meister der Dressurreiter. Herr Gaihede ist gebürtiger Däne und so wurde mein erstes Dressurpferd ebenfalls ein Däne, ein wunderschöner Kohlfuchs namens Elegant. Elegant war bis Klasse S ausgebildet und beim Probereiten sehr fleißig. Wir einigten uns mit dem Preis, und es wurde beschlossen, das Pferd in den Ausbildungsstall Udo Lange, der damals in Büchenbronn in der Nähe von Pforzheim war, transportieren zu lassen.

Ich war glücklich, nun ein ausgebildetes Dressurpferd zu haben und war mir sicher, in kürzester Zeit erfolgreich M- und S-Dressuren zu reiten. Alles schien hervorragend zu laufen, und ich freute mich schon darauf, mit Elegant täglich zu trainieren. Weit gefehlt! Herr Lange riss mich unsanft aus meinen Träumen. Er gab mir einen Ausbildungsplan, demzufolge ich einmal die Woche und zwar donnerstags nach Büchenbronn kommen durfte, wo er mir dann eine Stunde Reitunterricht gab. Mein Vater durfte mitkommen, meine Mutter wurde zur Not geduldet, andere Leute wie Freunde oder Bekannte waren ganz klar nicht erwünscht, da es sich um einen privaten Ausbildungsstall handelte. Es sei auch nicht erwünscht, dass ich mein Pferd während der Woche besuche oder in der Stallgasse, Äpfel fütternd die Ruhe störe. Ich war baff, akzeptierte aber die Konditionen, da ich ja den besten Trainer haben wollte, den es in der Umgebung gab.

Ich sah mein Pferd also nur einmal die Woche für eine Stunde und durfte ihn nur unter Aufsicht reiten. Wenn ich kam, stand Elegant pünktlich, gesattelt und getrenst, vor seiner Box und wurde mir in die Reithalle gebracht.

Es war schnell klar, dass ich eine lausige Figur abgab. Mein Sitz war natürlich völlig inakzeptabel. Ich war ja Springreiterin. Zudem war es mir schlichtweg unmöglich, mit den für mich viel zu langen Bügeln und einem Dressursattel, der noch nicht einmal das Minimum einer Pausche hatte, vernünftig zu sitzen und auch noch Hilfen zu geben. Mein Pferd erwies sich zudem mit jeder Woche des Trainings als triebiger. Allmählich hatte ich schon Probleme, ihn zum Lösen anzutraben, wie die höheren Lektionen aussahen, die ich mit einem Pferd ritt, das die Mitarbeit verweigerte und kein bisschen Aktivität aus der Hinterhand zeigte, kann sich jeder, der es schon einmal mit Dressur versucht hat, unschwer vorstellen. Herr Lange wurde auch mit jeder Woche humorloser und lauter.

Am Anfang beließ er es noch mit Kommentaren wie „Sie reiten ja wie Lützow". Irgendwann waren wir dann so weit, dass er nur noch brüllte, und ich froh war, wenn er sich von Antonie de Ridder oder Charles Coxhorn, seinen beiden holländischen Bereitern, vertreten ließ, weil er auf Turnier war oder etwas Wichtigeres zu tun hatte als sich mit mir Niete zu befassen.

Mein damals fünfjähriges Pferd Jerry, das ich ebenfalls bei Herrn Lange in Beritt geben wollte, musste ich nach drei Wochen wieder mit nach Hause nehmen, da das Pferd das Futter verweigerte, bei meinen Besuchen auch auf mich nicht mehr reagierte und nur noch mit gesenktem Kopf in der Ecke stand. Pompadour, meine sechsjährige Stute, verlud ich nur einmal um das Urteil des Meisters zu hören und mich auf ihr korrigieren zu lassen.

Nach einigen Wochen teilte mir Herr Lange mit, er habe Elegant für einige Turniere gemeldet. Das Pferd werde mit einer Spedition zum Turnierort gebracht. Auf den größeren Turnieren werde er selbst das Pferd in M- und S-Dressuren reiten. Dazwischen habe er zwei, drei kleinere Turniere für mich genannt, auf denen ich in L- und M-Dressuren starten würde.

An das erste große Turnier in Herborn in Hessen kann ich mich noch genau erinnern. Ich hatte eigentlich gar nicht die Absicht gehabt, dorthin zu fahren, da es ja ziemlich weit entfernt war, und ich das Pferd sowieso nicht reiten würde. Herr Lange gab mir aber ganz klar zu verstehen, dass er mich in Herborn erwarte, und so fuhr ich ganz alleine hin.

Ich kam etwas spät auf dem Turnierplatz an, Herr Lange war bereits auf dem Abreiteplatz. Elegant schäumte und schwitzte, sah aber insgesamt ziemlich aktiv aus, was ich damals noch bewunderte, da mir das ja selbst nie gelungen war.

Herr Lange schien schlechte Laune zu haben, jedenfalls würdigte er mich keines Blickes und so ging ich zum Dressurviereck, um auf den ersten Turnierstart meines Pferdes zu warten. Dort traf ich einen ehemaligen Kommilitonen, der mit mir an der European Business School im Rheingau Betriebswirtschaftslehre studiert hatte und ebenfalls zwei Pferde besaß. Für mich sah das Ganze natürlich sehr professionell aus, wobei Elegant keinen zufriedenen, lockeren Eindruck machte und Herr Lange in dem tiefen Sandplatz ziemliche Mühe hatte, ihn fleißig zu halten. Als er aus der Prüfung kam und die Wertung bekannt gegeben wurde, war seine Laune noch schlechter.

Ich begab mich in Richtung Stallzelte, um hallo zu sagen und meinem Freund, mein neues Dressurpferd zu zeigen. Herr Lange gab mir gleich zu verstehen, dass ich hier nichts zu suchen hätte und bloß nicht auf die Idee kommen sollte, hier anzufangen, Äpfelchen zu füttern. Mein Freund schaute mich nur an, und wir verließen den Stall. Ich versuchte, das Ganze zu entschuldigen und sagte, Herr Lange stehe natürlich auf den Turnieren unter großem Druck und meine das sicher nicht so, aber insgesamt schämte ich mich für diesen Auftritt und kam mir vor wie eine absolute Null. Ich war nur auf ausdrücklichen Wunsch von ihm mehrere hundert Kilometer gefahren, finanzierte den ganzen Auftritt und durfte noch nicht einmal fünf Minuten mein Pferd im Stall besuchen.

Elegant war auf diesem Turnier nicht platziert, auf dem Turnier in Sindelfingen wurde er Dritter in der S-Dressur, die Herr Lange mit Caracas, seinem zweiten Pferd, das Frau Wertz gehörte, gewann.

Ich kann mich an meine ersten Starts mit Elegant nicht mehr so richtig erinnern. Das Einzige, was ich weiß, ist, dass ich nie platziert war, sondern aus fast jeder Prüfung mit der Wertnote 4,5 entlassen wurde und mich furchtbar schlecht fühlte. Mit Pompadour, meiner inzwischen siebenjährigen Hannoveraner Rappstute, mit der ich in eigener Regie auf Turniere ging und in A- und L-Dressuren startete, kam ich wenigstens ab und zu mit einer grünen Schleife nach Hause.

Insgesamt blieb ich ein Jahr im Ausbildungsstall Udo Lange. Es war ein Jahr, indem mir meine Reitstunden nicht mehr Freude machten als ein Zahnarztbesuch. Trotzdem wäre ich sicher nicht so schnell weggegangen, wenn damals nicht der komplette Ausbildungsstall umgezogen wäre. Ich hörte davon gerüchteweise. Mein Ausbilder, den ich auch immer weniger zu Gesicht bekam, sagte keinen Ton.

Schließlich trafen wir ihn einmal nach dem Reiten vor dem Stall. Er meinte, wir würden ja dann nächste Woche alle umziehen. Er zöge nach Forst. Mein Vater antwortete ihm, dass das leider für uns nicht in Frage käme. Die Anfahrt sei viel zu weit. Wir wurden gefragt, wie wir denn ein Pferd wie Elegant ohne ihn reiten wollten. Ich war richtig stolz auf meinen Vater als er sagte, Sie haben das Pferd ja speziell für meine Tochter ausgesucht und so vertraue ich auf ihr Urteilsvermögen, dass meine Tochter das Pferd schon würde reiten können, zumal sie ja nun nach einem Jahr intensiven Trainings bestens vorbereitet sei.

Herr Lange war sprachlos und so durften wir unser Pferd zum ersten Mal mit unserem eigenen Hänger abholen und nach Döffingen zu den Wenninger Höfen, in unseren damaligen Stall transportieren.

Der Reiter soll seinem Pferd nach dem Reiten in die Augen schauen.
Er soll fragen: „Habe ich es gut gemacht?"
Was herüberkommen muss ist die Liebe.
Nur daran soll sich das Pferd erinnern.
Dann wird es willig mitarbeiten.
Pferde sind meine Arbeit, aber sie sind auch mein Leben.
Bartabas

Académie Equestre Versailles

ELEGANT

Nie werde ich vergessen, wie mein Pferd geschnaubt hat, wie seine Augen strahlten, als er in seinem neuen Zuhause vom Hänger stieg. Wie sehr er sich gefreut hat, als er nun täglich auf die Koppel durfte und nun Mitglied einer kleinen Herde war.

Es dauerte ewig, bis ich mit Elegant auf Turnieren in M- und S-Dressuren erfolgreich war. Trotzdem habe ich es nie bereut, den Drill des professionellen Ausbildungsstalles zum Wohle meines Pferdes und auch meiner eigenen Seele hinter mir gelassen zu haben. Heute ist mir klar, dass es unmöglich ist, ein Pferd zu Leichtigkeit und Freude bei der Arbeit zu erziehen, wenn von außen so viel Druck aufgebaut wird. Der Reiter sollte – ganz im Gegenteil – zuerst einmal an sich selbst arbeiten.

An seiner Lockerheit, Ausgeglichenheit und Geduld, an der Fähigkeit, eine Bereicherung und Freude für sein Pferd zu sein, zu lernen, ganz beim Pferd zu sein und nicht wie eine Maschine, jeden Tag das gleiche Programm abzuspulen oder eine Aufgabe auswendig zu lernen.

Die Art und Weise des Umgangs ist entscheidend. Unterordnung sollte aus Respekt und Freundschaft und nicht aus Angst vor Gewalt erfolgen. Wenn man sich die Ausbildungsskala ansieht, ist klar, dass Losgelassenheit auf einem Pferd, das Angst vor seinem Reiter hat, gar nicht erreicht werden kann. Angst verhindert Lernen insgesamt, und es ist daher völlig unmöglich, ein solches Pferd klassisch auszubilden.

Auch die viel zu eng geschnallten Reithalfter, verhindern, dass ein Pferd kauen kann und sich entspannt. Man kann nicht erwarten, dass ein Pferd, das Schmerzen an Kopf, Genick und Hals hat, zufrieden schnaubt und Spaß an der Arbeit hat. Selbst die Atmung wird dadurch beeinträchtigt, und man kann sich vorstellen, dass das Fluchttier Pferd dadurch sehr viel Stress hat und in Panik geraten kann.

Elegant hatte angefangen, die Zunge übers Gebiss zu nehmen und ich nehme an, dass der Sperrriemen deshalb so eng geschnallt wurde. Aber Druck und Zwang haben langfristig nie wirklich positive Effekte, und deshalb wurde es dadurch nur noch schlimmer. Was auch wenige Reiter wissen, ist, dass sich der Druck im Maul auf die Beweglichkeit des Genicks auswirkt und sich das über den ganzen Rücken fortsetzt und sogar Auswirkungen bis zum Kreuzbein haben kann, der Stelle an der der Motor des Pferdes sitzt. Es wunderte mich daher nicht mehr, dass mein Pferd seine Gangfreude verloren hatte und so gehunlustig geworden war, als ich die malträtierten Sperrriemen an Elegants Trense und Kandare sah. Mit einer blockierten Hinterhand kann sich kein Schwung entfalten.

Weniger ist manchmal mehr. Zunächst einmal bekam Elegant die zwei Finger Spielraum zwischen Nasenriemen und Nasenbein, wie uns das früher einmal beigebracht worden war, und ich habe während der ersten Wochen im neuen Stall viele Ausritte unternommen. Er hatte auch öfter mal frei oder wurde „nur" longiert. Das Bimsen und Bestrafen gehörte nun der Vergangenheit an, und ich hatte den Eindruck, dass er, nachdem er sich eine Zeit lang erholen durfte, anfing, wieder Freude am geritten werden zu haben. Es dauerte, wie gesagt, eine ganze Zeit, bis ich Platzierungen mit ihm erzielen konnte. Er ging aber immer besser und ich bekam, nachdem er einige Male in höheren Dressurklassen ganz vorne war, sogar Kaufangebote für Elegant von Martin Schaudt, dem Olympiareiter aus Balingen, der 1996 mit Durgo und 2004 mit Weltall Mannschaftsgold für Deutschland errungen hatte.

Ich war total überrascht, schlug sein Angebot aber aus, obwohl Elegant absolut kein einfaches Pferd für mich war, aber ich konnte mir vorstellen, was das für ihn bedeutet hätte, speziell, nachdem es nun so lange gedauert hatte, bis er mir vertraute, und ich entschied daher – obwohl ich zugebe, einen Moment lang gezögert zu haben -, dass Elegant das einfach nicht verdient hatte

Besonders berührt mich aber bis heute unser letzter Ritt zuhause auf dem Außenplatz. Elegant war inzwischen dreiundzwanzig und wurde von einer guten Freundin geritten, ich ritt Mentor, mein neues schwedisches Grandprix-Pferd und übte fliegende Wechsel mit ihm. Meine Freundin war frustriert, weil sie Elegant, der zugegeben ein Leben lang ein eher faules Pferd gewesen war, nicht angaloppieren konnte. Sie machte auch ein paar Bemerkungen, dass das mit dem Galoppieren auf Mentor ja keine Kunst sei. Ich tauschte daraufhin mit ihr und galoppierte Elegant aus dem Schritt, aus dem Trab, aus dem Halten und aus dem Rückwärtsrichten an. Danach ritt ich zunächst einfache Galoppwechsel, dann Dreierwechsel, Zweierwechsel und Einerwechsel auf der Diagonalen.

Elegant machte das total viel Spaß. Er schien richtig stolz zu sein, und meine Freundin staunte Bauklötzchen. Ich lachte nur und fragte, ob sie nicht gewusst hätte, dass Elegant der Wechselkönig sei. Keine von uns beiden wusste, dass das sein Abschiedsgeschenk an mich war. Er hatte einen Tag später eine schwere Kolik, die die Tierärzte in der Klinik nicht in den Griff bekommen haben. Ich konnte es kaum glauben, wo er doch einen Tag vorher noch so vital und fröhlich gewesen war.

Bei der anschließenden Untersuchung wurde festgestellt, dass er innere Verwachsungen am Darm hatte. Für mich war das ein totaler Schock, weil ich – und andere – dem Pferd vermutlich ein Leben lang Unrecht getan haben. Oft war er so wenig motiviert – wir nannten das faul, und keiner von uns dachte, dass er eventuell auch Schmerzen haben könnte.

Ich habe oft beobachtet, dass er schlecht gelaunt in seiner Box stand. Ich gab ihm Bachblüten. Damals habe ich Medikamente oft gependelt und bei Eleganz kam immer wieder Mustard, Ackersenf heraus. Als ich die Beschreibung des negativen Mustard-Zustandes las, war ich überrascht. Da stand etwas von jemandem, der wie von einer dunklen Wolke umgeben war, Traurigkeit, Niedergeschlagenheit, schlechte Laune.

Die niedrige Schwingung zeigt sich im physischen Körper durch Antriebslosigkeit, langsame Bewegungen und Kraftlosigkeit, im Mentalkörper durch in sich Gekehrtsein und Apathie und im Emotionalen durch grundlose Traurigkeit. Ich war überrascht und dachte Volltreffer. Ich begann, mit meinem Pferd zu reden und er auch mit mir. Nur, war ich zu wenig sensibel, um seine Antwort zu verstehen.

Oft deutete er nämlich mit dem Maul nach hinten auf seine linke

Bauchseite, dahin, wo Dickdarm und Dünndarm liegen. Ich habe daraus gelernt, im Zweifel immer zuerst an Schmerzen oder Krankheit zu denken, wenn ein Pferd nicht kooperativ und schlecht gelaunt im Training ist. Wir müssen stets berücksichtigen, dass Pferde keine Möglichkeit haben, Schmerzen auszudrücken. Sie können nicht winseln oder jaulen wie die Hunde, wenn etwas weh tut, und das sollten wir nie vergessen, bevor wir uns über den blöden Gaul ärgern und wütend und aggressiv werden. Oft hat Arbeitsverweigerung anatomische Gründe, seien es jetzt Krankheiten oder auch einfach Überforderung, wenn wir wieder einmal zu viel auf einmal wollen. Jedenfalls ist das der größte Fehler, den wir begehen können: ein armes Tier, das Schmerzen hat, oft genug dazu auch noch von uns selbst verschuldet, zu bestrafen, und mein größter Fehler war, an eine grundlose Traurigkeit zu glauben.

Ob Mensch oder Tier, alle
bedürfen der Erziehung und Zeit
zur Entwicklung.
Geduld und Bescheidenheit
passen kaum in unsere heutige
Gesellschaft, in der Egoismus und
Gewinnsucht vorherrschen;
dies ist jedoch keine
Entschuldigung, die Natur als
Lehrmeister zu missachten.

Egon von Neindorff

IM REITINSTITUT EGON
VON NEINDORFF

Nun hatte ich also den Profistall, in dem Olympia-Mannschaften trainiert wurden, hinter mir gelassen und hätte gar nichts vom Training mit Pferden verstanden, wenn ich nicht durch welche kosmische Fügung auch immer dem Reitinstitut Egon von Neindorff in Karlsruhe einen Besuch abgestattet hätte. Ich hatte von diesem „anderen" Dressurstall schon einiges gehört und meine Freundin Gisela gefragt, ob wir da nicht einmal hinfahren könnten. Sie war begeistert und wir freuten uns auf ein neues gemeinsames Projekt.

Das Komische war, dass ich sie dann plötzlich nicht mehr bei uns im Stall sah und, als ich Wochen später ihre Mutter fragte, wieso sie denn nicht zum Reiten käme, meinte sie, ob ich denn gar nicht gewusst hätte, dass sie seit vier Wochen im Reitinstitut reite. Ich war sehr enttäuscht und reagierte zunächst gar nicht. Kurz vor Ostern meldete sie sich bei mir und lud mich ein. Ich brauchte etwas Zeit, um mich zu der Fahrt nach Karlsruhe durchzuringen, fuhr aber schließlich doch.

Gisela erwartete mich bereits und zeigte mir die Stallungen und die Pferde. Um 9 Uhr sollte ich „den Chef" kennenlernen und meine erste Reitstunde haben. Gisela war total aufgeregt, weil Herr von Neindorff nirgends zu sehen war, aber schließlich nahm sie mich mit an die Rückseite der Reithalle und klopfte an die Tür des kleinen Raumes, von dem aus er über Mikrophon Reitunterricht erteilte und die Musik, die zu jeder Reitstunde dazugehörte, steuerte.

Ich hatte mir eine ziemlich konkrete Vorstellung darüber gemacht, wie der mit dem Bundesverdienstkreuz ausgezeichnete Reitmeister auszusehen hatte. Damals gab es noch kein Internet, und ich hatte auch noch nie ein Bild von ihm gesehen. Ich kann das nicht willentlich, aber ab und zu habe ich plötzlich ganz konkrete, fast immer ziemlich realitätsnahe Bilder von Menschen oder Pferden im Kopf und ich bin dann manchmal selbst erstaunt, wie präzise diese Visionen sind.

Bei Herrn von Neindorff lag ich da total daneben. Ich stellte mir einen großen hageren Mann mit strengen Gesichtszügen vor und ich weiß nicht, warum, aber als die Tür aufging und ich ihm zum ersten Mal gegenüberstand, hätte ich fast einen Lachanfall gekriegt. So hatte ich mir „den Chef" echt nicht vorgestellt. Ich rang gerade um Fassung, als er mir die Hand gab und in fließendem Sächsisch zu Gisela hin meinte, „das is also das Frolln Älge" Ich musste mir auf die Backen beißen, dass es wehtat, um nicht los zu prusten.

Dieser erste Moment hat sich mir fotografisch eingeprägt und, wenn ich das ab und zu erzähle, dann nur deshalb, weil das meine ganze Beziehung zu ihm beeinflusst hat. Die meisten Reitschüler erstarrten regelrecht vor dem großen Meister und hatten ständig Angst, etwas falsch zu machen. Ich mochte ihn vom ersten Moment an und, obwohl ich ihn von allen meinen Ausbildern am meisten respektiere und nicht einmal halb so alt war wie er, sind wir uns immer auf Augenhöhe begegnet und haben auch außerhalb des Reitunterrichts viel diskutiert und das nicht nur über Reiten und Pferde.

Für meine erste Reitstunde suchte Herr von Neindorff eine schwarze, fleißige Warmblutstute für mich aus, die mir richtig Spaß machte und die ich gut im Griff hatte. Die klassische Musik, ohne die im Reitinstitut nie geritten wurde, trug zu dieser perfekten Reitstunde auch ganz entscheidend bei, war ich doch allerhöchstens SWR 3 als Hintergrundsbeschallung gewohnt, bei der die unterschiedlichste Musik gespielt wurde, unterbrochen von den Verkehrsnachrichten und Werbespots. Die taktmäßig auf die Grundgangarten und das Tempo perfekt abgestimmte klassische Musik hatte da schon etwas total Elegantes, ungewohnt Erhabenes.

Herr von Neindorff hat das, glaube ich, damals sehr bewusst so eingerichtet, gewissermaßen zum Anfüttern. Ich nehme an, Gisela hatte ihm von meiner Stute Pompadour erzählt, denn die Stute war meiner eigenen nicht nur äußerlich, sondern auch sonst in jeder Hinsicht sehr ähnlich. Die Pferde, die dann später der Stute folgen sollten, waren ganz andere Kaliber.

Sie zeigten mir immer wieder, dass ich keine Ahnung hatte und ließen mich total frustriert zurück.

Das Schlimmste war, dass diese kleinen Teufel, mit denen ich nicht fertig wurde, zum großen Teil über zwanzig Jahre alt waren. Manche sogar über dreißig. Sicher war das die Strafe dafür, dass ich erst einmal enttäuscht war und dachte, das kann ja wohl nur ein schlechter Scherz sein, als ich das Durchschnittsalter der damals achtzig Schulpferde, die im Schnitt zwanzig Jahre alt waren, erfuhr. Die Pferde, zum großen Teil Lipizzanerhengste, zeigten mir aber dann gleich, dass sie perfekt ausgebildete Athleten waren, und wer hier die wirkliche Niete war.

Nach dem Rappstütchen bekam ich zunächst einmal „Lustig", einen kleinen super faulen Rappwallach, auf dem mein Sitz – wie Neindorff das nannte „total aus dem Leim ging". Ich schaffte es einfach nicht, den faulen Sack in Gang zu kriegen und seine Hinterhand zu aktivieren. Wie die meisten Reitschüler, die das korrekte Reiten erst noch lernen wollen, zog ich Knie und Absätze hoch, fing an zu kämpfen und bekam einen total unruhigen, verspannten Sitz. Der Name Lustig hätte unpassender nicht sein können, denn Spaß haben mir die Reitstunden auf meinem neuen Lehrmeister wirklich nicht gemacht. Obwohl der Name vielleicht doch nicht so schlecht war, denn Lustig hat sich sicher damals halb tot gelacht über mich.

Das Schlimme war, dass ich nichts machen durfte. Also nichts meiner bisherigen Aktivitäten, wenn ein Pferd nicht lief, wie Sporen, laut werden oder Gerteneinsatz. Hilfszügel habe ich während meiner ganzen Zeit im Reitinstitut nur ein einziges Mal erlebt, und das war in meiner allerletzten Reitstunde, dem Tag, an dem Herr von Neindorff verstorben war, viele Jahre später.

Aber zurück zu den Anfängen. Alle Neindorff-Pferde waren sehr selbstbewusst und stolz. Sie waren bestens ausgebildet und hatten viel Schwung, Da sie über viele Jahre korrekt nach den Lehren der klassischen Reitlehre ausgebildet worden waren, merkten sie sofort, wenn man nicht reiten konnte und die Basis eines vernünftigen Sitzes fehlte. Ich hatte auch noch gar nicht verstanden, dass die bestens ausgebildeten Schulpferde meine Lehrmeister waren, und ich ihnen garantiert überhaupt nichts beibringen oder sie womöglich korrigieren konnte. Es dauerte lange, bis ich gelernt habe, still zu sein und zuzuhören.

Wenn die Basis fehlt, um eine harmonische Einheit mit dem Pferd zu bilden, muss man sich nicht wundern, wenn die Pferde nicht zuhören und kein Interesse an der gemeinsamen Arbeit entwickeln. Um miteinander kommunizieren zu können, muss man zuerst einmal zuhören lernen und die Sprache des anderen lernen. Obwohl ich Sprache und Kommunikation liebe und das wirklich mein Ding ist, hatte ich das damals noch nicht verstanden und extreme Defizite in nonverbaler Kommunikation, der Sprache der Pferde. Aber als langjährige Springreiterin hatte ich trotzdem ein paar entscheidende Vorteile.

Beim Springen war ich vorrangig im leichten Sitz geritten, was den Pferden viel mehr entgegenkommt als ein Reiter, der versucht mit langen Bügeln, steifen Schultern und unbeweglichem Rücken eine gute Figur im Sattel abzugeben, dabei aber gar nicht mehr auf die Bewegung des Pferdes eingehen kann. Durch den Wunsch, möglichst gerade und korrekt zu sitzen – so, wie es ja auch in den Reitlehren steht – verspannen sich die meisten Reiter und geben diese Spannung natürlich an das Pferd weiter. Der Teufelskreis beginnt, und das Fazit ist, das Künstlerische und Schöne am Dressurreiten ist damit dem ewigen, aussichtslosen Kampf mit einem durchschnittlich sechshundert Kilo schweren Pferd mit weggedrücktem Rücken und in Abwehrspannung gewichen.

Auch erschien mir das von uns Reitschülern verlangte Repertoire extrem langweilig. Wir ritten fast nur ganze Bahn und Zirkel und legten endlos viele Schrittpausen ein. So etwas kannte ich nicht. Der Gedanke, dass ich eigentlich gar keine Lektionen reiten konnte, weil ich nicht in der Lage war, mir mein Pferd locker und kooperativ zu reiten, an die Hand zu stellen und von hinten nach vorne zu reiten, kam mir an dieser Stelle noch gar nicht, war ich doch eine internationale Springreiterin und hatte auch in der Dressur bereits Erfolge bis zur Klasse M.

Was die Pferde betraf, so galten hier jedenfalls ganz neue Regeln.

Bis sieben Jahre galten die Pferde als Remonten, also junge Pferde, und wurden eh nur ganze Bahn und Zirkel vorwärts-abwärts geritten. Das wurde am Anfang und Ende jeder Reitstunde auch mit älteren Pferden so praktiziert. Nach jedem Arbeitsteil gab es Schrittpausen, bei denen man die Zügel aus der Hand kauen ließ und die Pferde lobte.

Der Gedanke, dass wir Reitschüler aus Sicht von Herrn von Neindorff so etwas wie „Reiter-Remonten" waren und auch so behandelt wurden, kam mir erst Jahre später. Obwohl der Unterricht streng, monoton und sehr diszipliniert war, war der Umgangston überraschend angenehm und höflich. Und die klassische Musik war natürlich ein wahres Geschenk für mich.

Oft musste ich schmunzeln, weil mein Vater sich auch ab und an mit mir über den Stil im Reitinstitut unterhielt. Er meinte, es erinnere ihn total an das Offizierskasino der Kriegszeit. Dort hätte man auch Sätze hören können wie „Würden Sie mir bitte noch einmal das Haschee reichen, Herr Oberst-Leutnant".

Wir amüsierten uns beide, da man ähnliche Sätze im Reitinstitut öfters mal zu hören bekam. Für mich war das eine völlig antiquierte Sprache, die aber irgendwie lustig war und mich immer zum Schmunzeln brachte. Nie wurde man persönlich kritisiert oder bloßgestellt. Die Anweisungen kamen normalerweise anonym und für die ganze Gruppe, wie im Klassenzimmer, obwohl ich glaube, dass derjenige, der eigentlich angesprochen wurde, das immer genau wusste.

Was für mich ebenfalls total neu war, war das Reiten ohne Bügel oder einhändig. Furchtbar angsteinflößend fand ich, wenn Herr von Neindorff auf seiner Trillerpfeife pfiff und „Pferdewechsel" befahl, wusste man doch nie, welches Pferd da auf einen zukam, obwohl ich den Verdacht habe, dass er das zumindest für einige Reiter ganz gezielt geplant hat.

Prinzipiell bekam man ein Pferd so lange, bis man es geknackt hatte, also bis man herausgefunden hatte, was man machen musste, um es richtig gut und losgelassen zu präsentieren. Wenn es anfing, Spaß zu machen, bekam man das Pferd nie wieder. Auf meine Frage, warum das denn so sei, schmunzelte Herr von Neindorff nur und meinte „Ausbilder müssen Schweine sein".

Wenn irgendetwas nicht perfekt klappte, war prinzipiell der Reiter schuld. Ich kam ja aus einem Turnierstall und da lagen die Probleme im Zweifel immer an dem „blöden Bock", der dann für sein Fehlverhalten bestraft und korrigiert wurde. So etwas gab es im Reitinstitut nicht. Der Fehler lag prinzipiell beim Reiter, der „das Orchester der Hilfen" nicht beherrschte oder Fehler bei der Einwirkung gemacht hatte. Deshalb durften auch nicht die mir bekannten Hilfsmittel wie Schlaufzügel, scharfe Gebisse oder Sporen eingesetzt werden, wenn man mit einem Pferd Probleme hatte, und auf gar keinen Fall durfte man ungeduldig oder gar böse werden.

In den Reitstunden, die im Normalfall in der Abteilung mit bis zu fünfzehn Pferden geritten wurden, ging es nicht in erster Linie um Lektionen, sondern um das Verbessern der Fähigkeiten des Reiters bei der Hilfengebung und an allererster Stelle um das Erlernen eines korrekten Sitzes. Ein oft gehörter Lieblingssatz von Herrn von Neindorff war „Besser wenig und das Wenige gut!"

Auch mit Gerte und Sporen musste man sehr sanft und bewusst einwirken. In späteren Jahren wurden den Reitschülern die Sporen sogar ganz abgenommen. Was die Zügel betrifft, wurden wir sowieso in jeder Reitstunde mehrfach an das „leichte Händchen" erinnert. Unfaires Verhalten dem Pferd gegenüber wurde absolut nicht toleriert.

Während des Unterrichts, der im Normalfall in der Abteilung mit bis zu fünfzehn Pferden stattfand, sonntags in korrekter Turnierkleidung, also schwarz/weiß mit klassischer Melone und zu Klängen von Mozart, Haydn, Strauss und Lehar, wurde dem Lösen der Pferde viel Zeit gewidmet. Oft ritten wir sehr viel Schritt und Trab auf der ganzen Bahn und auf dem Zirkel. Die Abteilung ritt von wenigen Ausnahmen abgesehen auf einer Hand, obwohl die Reihenfolge der Pferde meistens variiert werden konnte. Galoppiert wurde nicht unbedingt in jeder Stunde und es wurde einem auch meistens freigestellt, ob man auf dem zweiten Hufschlag im Schritt bleiben oder galoppieren wollte. Schwierigere Lektionen, wie Seitengänge, wurden oft erst in der nachfolgenden Stunde geübt und man konnte auf dem Pferd entscheiden, ob man einrücken wollte oder noch Lust hatte, eine weitere Reitstunde dranzuhängen und Seitengänge zu üben.

Die Wichtigkeit der Basisarbeit zeigte sich auch bei der Ausbildung der jungen Pferde.

Remonten wurden nur in den Grundgangarten auf gerader und dann gebogener Linie geritten und lernten zunächst einmal Umgangsformen. Sie wurden so durch tägliche Gymnastizierung und dadurch auch Kräftigung ihrer Muskulatur auf höhere Aufgaben vorbereitet und an das Reitergewicht gewöhnt. Dazu gehörte auch, dass die Remonten von Anfang an bei den Festabenden klassischer Reitkunst, die es traditionell im Frühjahr und im Herbst gab, vorgestellt wurden, um sie an das Publikum zu gewöhnen.

Dabei kamen immer zehn bis fünfzehn Pferde in die Halle. Die Pferde wurden nur im Schritt vorgestellt. Eine Runde linke Hand, Handwechsel durch die Diagonale und eine weitere Runde Schritt auf der rechten Hand. Danach verließ die Abteilung die Halle. Alles wirkte immer sehr geordnet und diszipliniert mit perfekten Abständen zwischen den Pferden und mit der Remontenabteilung begann auch jede Vorführung im Institut.

Die Pferde wurden mehrere Jahre in dieser Form gearbeitet und dadurch auf Versammlung und höhere Anforderungen bestes vorbereitet. Herr von Neindorff vertrat die Ansicht, dass ein Reitpferd erst mit zehn Jahren voll ausgebildet sein sollte.

In der Ausbildung wurde streng nach der **Ausbildungsskala** vorgegangen, das heißt **Takt und Losgelassenheit** des Pferdes waren das Erste, was angestrebt wurde um eine korrekte Anlehnung zu erreichen. Sehr hilfreich und entspannend für Reiter und Pferd war im Reitinstitut die klassische Musik, die, je nach Gangart – im Viertakt, Zweitakt und Dreitakt an die jeweilige Aufgabe angepasst wurde und besonders lustig war die Technik dabei, die nur Herr von Neindorff selbst beherrschte.

Er benutzte nämlich einen uralten Plattenspieler und alte Schellackplatten und, da er seine Platten genau kannte, schnippte der den Tonträger mit dem Finger einfach weiter, wenn es vom Schritt in den Trab oder Galopp ging. Ich habe auch dieses Talent sehr bewundert, denn in der Halle als Reiter oder Zuschauer merkte man das kaum. Es kam eben immer genau zum Wechsel der Gangart auch der Wechsel der taktmäßig passenden Musik. Den Stress, den ich mir auf Turnieren mit meinen Küraufgaben immer machte, tat er sich gar nicht an.

Auf Losgelassenheit der Pferde wurde ganz besonderen Wert gelegt. Die

Pferde wurden zunächst im Schritt am möglichst langen Zügel geritten und auch im Trab wurde darauf geachtet, dass sich die Pferde jederzeit nach vorwärts/abwärts dehnen konnten, ist doch Reiten nach den Regeln der klassischen Reitkunst nur auf einem lockeren Pferd, das den Rücken hochbringt, möglich.

Für mich gaben die Reiter, die in der Lösephase oft mit sehr weit vorgebeugtem Oberkörper im Leichttraben auf den Pferden hingen, zunächst ein sehr seltsames Bild ab.

Wie wichtig eine weiche, nachgiebige Hand ist und wie entscheidend es ist, gerade während der Lösephase das Pferd nicht im Maul zu stören, hatte ich damals noch nicht verstanden.

Wir alle wissen, dass Pferde Fluchttiere sind, und deshalb ist es unsere allererste Aufgabe als Reiter, dem Pferd ein sicheres, gutes Gefühl zu geben.

Wenn wir den Fluchtinstinkt und Panik auslösen, wird es gefährlich für uns. Das Pferd reißt den Kopf hoch, seine Anspannung steigt mit der vermehrten Ausschüttung von Adrenalin, und wir verlieren die Kontrolle. Für eine schnelle Flucht, die in Anbetracht wirklicher Gefahr sinnvoll ist, ist dieser hohe Erregungslevel natürlich gut, für einen Reiter im Dressurviereck oder in der Reithalle ist diese Situation allerdings eine absolute Katastrophe.

Wenn wir einen Kontrollverlust vermeiden wollen, müssen wir souverän sein und ruhig bleiben. Das ist einer der Gründe, warum Reiten Persönlichkeitsentwicklung ist. Der Reiter darf das Vertrauen seines Pferdes in keinem Moment missbrauchen. Er muss immer gelassen und geduldig bleiben, die Stärken des Pferdes fördern und viel loben. Über die Schwächen sollte er hinwegreiten und einfühlsam genug sein, um einen Kompromiss zwischen Konsequenz und geduldigem Abwarten zu finden.

Das bedeutet auch, dass es Abkürzungen in der Ausbildung nicht gibt. Vor allem nicht durch scharfe Hilfsmittel wie Hilfszügel, Ausbinder, zu eng geschnallte Nasenriemen oder das Einsetzen von Hebeln. Diese Zwangsmaßnahmen führen gerade oft zu panischem Verhalten des Pferdes und bewirken damit genau das Gegenteil. Ein Pferd, dem man den Kopf zwischen die

Beine zieht, wird kaum fröhlich schnauben und seine Muskulatur entspannen. Und selbst der beste Reiter wird Probleme mit der Einwirkung auf einem Pferd mit bretthart weggedrücktem Rücken bekommen.

An dieser Stelle überschneidet sich die Ausbildungsskala und wir verstehen, dass ein Pferd, das mit unlauteren Mitteln hinter die Senkrechte gezogen wird, nicht in Anlehnung gehen kann.

Anlehnung bedeutet nämlich, dass das Pferd vertrauensvoll die Reiterhand sucht. Sie darf deshalb auf keinen Fall durch Beizäumung seitens des Reiters erzwungen werden.

Eine rückwärtswirkende Hand war daher auch die größte Todsünde und wurde sofort durch ein strenges „Handfehler" von Seiten Herrn von Neindorffs quittiert.

Erst, wenn das Pferd gelernt hatte, taktrein und in Anlehnung zu gehen, konnte am **Schwung** in Form von Trab- und Galoppverstärkungen gearbeitet werden und am **Geraderichten**.

Durch seine natürlich Schiefe ist das junge Pferd nämlich nicht in der Lage, mit beiden Hinterbeinen gleichmäßig unter seinen Körperschwerpunkt zu treten. Von oben betrachtet muss man sich das Pferd ein bisschen wie ein Croissant oder eine Banane vorstellen.

Es gibt die Theorie, dass diese natürliche Schiefe von der Lage des Embryos im Mutterleib stammt oder durch den Geburtsvorgang entsteht.

Wenn man mit seinem Pferd dressurlich arbeiten will, ist es, um Fehlbelastungen und Verschleißerscheinungen zu vermeiden, wichtig, das Pferd gerade zu richten. Bei Steinbrecht, der mit seinem „Gymnasium des Pferdes" eine Reitlehre verfasst hat, die oft von Herrn von Neindorff zitiert wurde, ist wohl einer der bekanntesten Sätze „Reite dein Pferd vorwärts und richte es gerade".

Dieser oft missverstandene Satz, der absolut nichts mit Tempo und mit Reiten auf der langen Seite zu tun hat, meint genau das: das Pferd wird dahingehend gymnastiziert, dass es lernt auf der geraden, sowie auf der gebogenen Linie mit den Hinterbeinen Schubkraft zu entwickeln und unter den Schwerpunkt zu treten.

Nur auf einem geradegerichteten Pferd lässt sich **Versammlung** erarbeiten, der sechste Punkt der Ausbildungsskala.

In korrekter Versammlung verlagert sich der Schwerpunkt immer weiter nach hinten bei vermehrter Hankenbeugung. Als Hanken bezeichnet man die großen Gelenke der Hinterhand: Hüft-, Knie- und Sprunggelenk, die in der Versammlung immer mehr wie eine Feder gespannt werden. Das Pferd wird eleganter und kann immer leichter durch feinste Gewichtshilfen aktiviert werden.

Versammlung ist nur möglich, wenn das Pferd gelernt hat, die Schub-kraft durch die Zügeleinwirkung des Reiters aufzufangen und über den durchlässigen Rücken zurück in die Hinterhand zu leiten. Das ist die Voraussetzung für eine vermehrte Hankenbeugung. Das Pferd nimmt mit der Hinterhand Gewicht auf und scheint vorne höher als hinten zu sein, also bergauf zu gehen.

Natürlich überschneiden sich die sechs Punkte der Ausbildungsskala und können bei verschiedenen Pferden auch unterschiedlich ablaufen. So stellen sich Gleichgewicht und Durchlässigkeit durch die verschiedenen Punkte der Ausbildungsskala von selbst ein.

Für jeden dieser Ausbildungsziele gibt es spezifische Übungen und Lektionen, die das Pferd nach seiner Natur und seinen körperlichen Anlagen fördern. Für taktreines Reiten bedarf es eines Reiters, der in der Lage ist, das Grund-tempo einzuhalten. Dies kann durch passende Musik oder die Abteilung vereinfacht werden. Für den Schritt eignet sich da natürlich eine Musik im Viertakt wie beispielsweise Marschmusik. Trabmusik, also Musik im Zwei-takt, gibt es jede Menge. Mein Lieblingsstück im Reitinstitut war immer die Annenpolka von Johann Strauss. Galoppmusik sind beispielsweise die Wiener Walzer, also der Dreitakt.

Die Losgelassenheit erreicht man durch lösende Übungen, die am Beginn jeder Reitstunde stehen. Schritt am langen Zügel, Leichttraben, Handwechsel, Tempounterschiede und Übergänge in den Gangarten. Und natürlich immer wieder eine gefühlvolle Reiterhand, die dann schon den nächsten Ausbildungspunkt, die Anlehnung ermöglicht.

Der Schwung wird durch Tempounterschiede wie Trabverstärkung mit mehr Raumgriff, Galoppverstärkungen mit mehr Bodengewinn und Übergänge zwischen den Gangarten gefördert.

Das Geraderichten wird – anders als sich das die meisten Reiter vorstellen – durch das Reiten auf gebogenen Linien wie Zirkel, Achten, also mehrfach aus dem Zirkel wechseln oder Schlangenlinien durch die Bahn, sowie Seitengängen gefördert.

Versammlung erreicht man durch Rückwärtsrichten und eventuell daraus angaloppieren, angaloppieren aus dem Schritt, Tempounterschiede, enge gebogene Linien wie Volten oder Kurzkehrtwendungen.

Bei allen diesen Lektionen und Übungen kommen wir immer wieder auf den Reitersitz zurück, denn das ist und bleibt die Voraussetzung für alles andere. Ein Reiter, der seinen eigenen Körper nicht unter Kontrolle hat, der mit dem Oberkörper nach vorwärts oder rückwärts schwankt, in der Hüfte einknickt, mit unruhigen Beinen oder harter Hand reitet, kann beim Pferd keine Losgelassenheit erzeugen.

Oft sieht man Reiter, die vermeintlich höhere Lektionen wie Traversalen, Schulter herein oder Renvers reiten wollen und sich dabei dermaßen steif machen und verbiegen und die Kontrolle über ihren Körper verlieren, dass das Pferd niemals losgelassen und im Gleichgewicht gehen kann. Der Teufelskreis beginnt. Man wird frustriert, beginnt zu kämpfen und wird grob. Die ganze Symptomatik verschlimmert sich und das Pferd verliert das Interesse und den Spaß an der gemeinsamen Arbeit. Herrn von Neindorffs Standardsatz zu diesem Thema war „Wo das Können aufhört, beginnt die Gewalt."

Reiten ist deshalb viel mehr als man denkt Persönlichkeitsentwicklung. Der Reiter muss lernen geduldig zu sein. Mit seinem Pferd, aber auch mit sich selbst. Ehrgeiz ist gut, aber auch gefährlich. Besser ein korrekter Zirkel, als eine missglückte Volte. Reiten ist Emotionsmanagement. Die meisten Reiter sind, wenn sie ehrlich sind, zunächst einmal ängstlich oder spätestens dann, wenn sie einmal vom Pferd gefallen sind oder sonstige unerwartete Dinge erlebt haben, die einem beim Reiten so zustoßen können. Ich denke da an durchgehende, bockende oder steigende Pferde. Das dämpft logischerweise das Selbstbewusstsein, aber man lernt auch, kleinere Schritte zu machen und sich selbst besser einschätzen zu lernen.

Der „fortgeschrittene" Reiter ist oft zu ehrgeizig und möchte eine Sache erzwingen. Das heißt, er wird wütend und ungeduldig, wenn eine bestimmte Lektion nicht klappt. Auch diese Emotionen sind keine Hilfe um einem Pferd ein sicherer Führer zu sein, zu dem es Vertrauen hat und mit dem man Spaß haben kann.

Was meine persönliche Ausbildung im Reitinstitut betraf, kamen nun, nachdem ich es mit Stuten und Wallachen ganz gut hingekriegt hatte, die ersten Lipizzanerhengste, die weiß Gott kein Zuckerschlecken waren, an die Reihe.

Poldi ritt ich eigentlich sehr gerne. Allerdings hatte ich ihn überhaupt nicht mehr unter Kontrolle, wenn es am Ende der Stunde ans Aufmarschieren ging. Poldi drückte das Kreuz weg und raste über die Schulter und wie eine Assel unter mir durch zur Mittellinie, wo er einen Sliding Stop hinlegte. Wenn Herr von Neindorff gute Laune hatte, kommentierte er das mit einem grunzenden „Es ist zu schwer, es ist zu schwer!!!".

Palmo, einen weiteren Lipizzanerhengst, ritt ich ebenfalls sehr gerne. Er war fleißig, gut ausgebildet und machte einfach Spaß. Ich erinnere mich allerdings noch sehr genau an den Tag, als ich Serienwechsel mit ihm üben sollte. Wir begannen mit dem Lösen, vorwärts-abwärts, das Pferd sich dehnen lassen um die Muskulatur geschmeidig zu halten, die Trabtour im Aussitzen und die ersten Übergänge zum Galopp. Ganze Bahn, Zirkel, aus dem Zirkel wechseln mit einfachem Wechsel, danach aus dem Zirkel wechseln mit fliegendem Wechsel, innere Hüfte vor, das Pferd am äußeren Zügel behalten, leichtes Händchen um den Hinterfuß nicht am Vortreten zu hindern. Alles war super.

Nun wollten wir mit den Dreierwechseln auf der Diagonale beginnen, aber plötzlich ein lautes kratzendes Geräusch, das von draußen kam und das ich zuerst gar nicht einordnen konnte, so konzentriert war ich. Palmo raste jedenfalls los wie eine Rakete und nahm mir die Hand.

Nicht schlimm, wir setzten erneut an, der Meister witzelte über die Panne, und ich versuchte, konzentriert und locker zu bleiben. Das Ganze wiederholte sich einige Male. Mittlerweile hatte ich kapiert, dass die Geräusche vom Kehren des Hofes kamen. Jemand kratzte mit einem Drahtrechen über das Kopfsteinpflaster neben der Reithalle und rechte vermutlich Herbstlaub zusammen und Palmo startete mittlerweile bei jedem Kratzer durch.

Herr von Neindorff fand das nach dem dritten Mal nicht mehr lustig und begann, sich über mich zu ärgern. Ich begann mich ebenfalls zu ärgern und verstand nicht, warum das Gekratze nicht für fünf Minuten unterbrochen werden konnte. Als er mich dann auch noch – in meinen Augen – blöd anpflaumte, hielt ich einfach neben ihm an, stieg ab und sagte, er solle mir das jetzt mal zeigen.

Er war noch nicht einmal richtig aufgestiegen, als wieder das Kratzgeräusch von außen zu hören war. Palmo schoss wie von der Kanone geschossen los, und die beiden galoppierten im Renngalopp rechte Hand auf dem Hufschlag, gefolgt von Quax, Melissas Schäferhund, der nichts mehr hasste als unartige Pferde, und der das Ganze mit wütendem Gebell am Laufen hielt.

Ich war zutiefst erschrocken und bedauerte, so schnell die Geduld verloren zu haben. Was, wenn Herrn von Neindorff nun etwas passieren würde und ich schuld wäre? Von unten sah man nicht, dass er irgendetwas gegen das Durchgehen unternahm, aber nach anderthalb Runden um die Halle hatte er das Pferd plötzlich an den Hilfen, aufrecht sitzend, strahlend und an leichter Hand und meinte „Sehn Se, so muss das aussehn!" und ich, wie aus der Pistole geschossen und ohne nachzudenken „Warum nicht gleich so?", darauf Neindorff schmunzelnd: „Ich muss zugeben, er is etwas aus'm Leim. Muss mich mal wieder öfter selbst draufsetzen."

Oft, wenn ich heute reite, fallen mir seine Kommentare ein. Aussprüche wie „das Orchester der Hilfen", das in vier knappen Worten so wahnsinnig viel ausdrückt über die Vielschichtigkeit der Hilfengebung und die Kunst, verschiedene Hilfen richtig dosiert und gleichzeitig anzuwenden oder seine Abkürzungen, die ich monatelang missverstand KH, AT, BR.

Ich kam ja aus der Turnierszene und war ganz klar der Meinung KH seien die Bahnpunkte der langen Seite. Ich konzentrierte mich also total darauf, ganz gerade zu reiten, fand das aber irgendwie mit der Zeit etwas seltsam, speziell auf der rechten Hand, wo es doch HK hätte heißen müssen.

BR fand ich noch komischer. Das sind Bahnpunkte auf der langen Seite des großen Vierecks im Abstand von

12 Metern, wenn man auf der linken Hand reitet.

Ein solches Kommando zu geben, wenn man rechte Hand ritt, machte gar keinen Sinn. Höchstens, wenn Rückwärtsrichten gemeint gewesen wäre. Aber keiner tat das und so ging ich davon aus, dass das nicht das Thema war. Die Halle war im Übrigen auch gar keine sechzig Meter Halle, die historische Reithalle maß fünfundzwanzig mal fünfzig Meter und so machte auch diese Hypothese wieder absolut keinen Sinn.

Mit AT konnte ich nun überhaupt nichts anfangen, da mir der Bahnpunkt T nicht bekannt war. A ist die Mitte der kurzen Seite und ich überlegte, ob es auf der Mittellinie vielleicht einen Punkt T gab, den ich noch nicht kannte, oder war das womöglich ein Punkt auf der Viertellinie, die ja turniermäßig gar nicht geritten wird, und die ich erst im Reitinstitut kennengelernt hatte. Es war jedenfalls frustrierend und es dauerte Monate, bis ich Herrn von Neindorff einmal bei einem gemeinsamen Mittagessen danach fragte. Er wäre vor Lachen fast vom Stuhl gefallen und klärte mich auf:

KH heißt „Kopf hoch", AT „Absatz tief" und BR „Bauch raus". Ich war – wie so oft in Karlsruhe – wieder einmal sprachlos.

Viele haben mich in späteren Jahren bewundert, dass ich im Reitinstitut geritten bin und Herrn von Neindorff noch persönlich kennenlernen durfte und speziell, dass ich von ihm unterrichtet wurde, aber Spaß gemacht hat das Reiten im Reitinstitut meistens nicht. Das lag auch daran, dass man die Pferde, die man reiten konnte und mit denen man gut klarkam, nie mehr bekam. Mit über achtzig Schulpferden gab es ja auch eine reiche Auswahl um das Pferd auszusuchen, das im Schwierigkeitsgrad zu einem passte, sprich, eines, das schwierig und eine Herausforderung für den Reiter war. Sobald man den Dreh raushatte, bekam man eine andere Herausforderung.

Schwierig war auch, dass Stuten und Hengste gemeinsam in der Halle geritten wurden. Oft waren es fünfzehn Reitschüler, die sich da tummelten und, wenn das erste Pferd durchzugehen oder zu bocken anfing, konnte das manchmal schrecklich entarten, besonders, wenn weniger erfahrene Reiter oder Reiterinnen einem mit einer rossigen Stute direkt vor den Hengst ritten. Das hat nun einfach gar keinen Spaß gemacht und das fand auch Herr von Neindorff nicht lustig.

Eine Zeit lang gab es eine neue interessante Variante um uns das Leben als Reitschüler aufregend zu gestalten. Herr von Neindorff pfiff mitten im Unterricht und wir mussten zum Halten durchparieren, absitzen und die Pferde wechseln. Dann ging es wieder weiter im Takt „Wir stellen uns die Pferde an die Hand…, leichtes Händchen…, tipp, tipp, tipp" und man konnte nur hoffen, dass man nicht eins der Pferde bekam, die als absolute Schweine bekannt waren.

Am schwierigsten war die Zeit um Weihnachten, wenn wenige Reitschüler kamen, und wir ab und zu einfach nur die Pferde abbocken lassen mussten. Das hieß aber natürlich nicht, dass wir die Pferde freilaufen lassen durften. Nein, abbocken lassen hieß, aufsitzen und nach Möglichkeit irgendwie oben bleiben. Bei so vielen Pferden, minus zehn Grad und keiner einzigen Koppel war das nicht ungefährlich, da die Pferde ganz schön heiß waren, besonders, wenn sie einige Tage nicht geritten worden waren.

In der Weihnachtszeit gab es dann auch noch das Weihnachtsbaum-problem. Ich erinnere mich noch, als ich einen kleinen Lipizzanerhengst bekam, den Namen habe ich leider vergessen, und eigentlich froh war, dass der Chef nichts Schlimmeres für mich ausgesucht hatte. Ich stand gerade am Pferdeingang und wollte „Tür frei" rufen, ein Standardkommando, ohne das kein Reiter jemals eine Reithalle betreten würde, als der Hengst mit einem Satz und mir im Schlepptau quer durch die Halle sprang und ich fast an den Pilaren zerschellte.

Sein Ziel war die weihnachtlich dekorierte Tanne, von der er ein Riesen-stück abbiss. Ich kam mir vor wie die blödeste Anfängerin unter Gottes Sonne und der Meister amüsierte sich mal wieder fürstlich beziehungsweise eigentlich müsste ich ja sagen baronmäßig!

Dann gab es aber auch noch so Spezialpferde, vor denen es fast allen Reitschülern graute.

Ich erinnere mich nur zu gut an den kleinen Rapphengst Sans Souci, der damals noch in einem Ständer angebunden war und von dem viele Schüler regelmäßig den Abgang machten. Ich sollte ihn an dem einzigen Sonntag, an dem meine Mutter einmal mit nach Karlsruhe kam, in der Abteilung reiten. Niemand wies mich darauf hin, dass das Pferd biss und schlug. Ich putzte ihn im Ständer, wie das damals so gemacht wurde, und plötzlich biss er zu und bekam mich unterhalb der Schulter in Büstenhalterhöhe zu fassen. Ich war total erschrocken und der Biss tat unsagbar weh, zumal das Pferd seine Zähne wie ein Wolf zugeklappt hatte und nicht mehr losließ. Da niemand in der Nähe war, und ich verzweifelt war, stieß ich einen Kampfschrei aus und trat ihm mit dem Stiefel in die Seite. Er erschrak und ließ einen ganz kleinen Moment los. Jetzt hatte ich aber ein neues Problem, weil er mich nicht mehr aus dem Ständer lassen wollte. Er drohte mit der Hinterhand und, wenn ich dichter an den Hals kam fletschte er gefährlich mit den Zähnen.

Irgendwie bekam ich ihn gesattelt und getrenst und erschien kalkweiß in der Reithalle, da mir total schlecht war. Ich stieg auf und lernte sogleich eine weitere Schweinerei kennen, die Sans Souci auf Lager hatte. Er hatte das Talent, so an der Bande vorbei zu laufen, dass der Reiter mit dem Knie an der hölzernen Wand schürfte. Da ich wirklich sauer auf Herrn von Neindorff war, weil ich fand, dass so ein Pferd einem Kunden nicht zuzumuten war, knallte ich mit beiden Sporen gegen Sans Soucis Bauch. Das Pferd begann daraufhin zu bocken, was ich wieder mit zwei gut platzierten Sporenstichen quittierte. Das ging so etwa eine Viertelstunde so weiter, und ich wunderte mich, dass meine Aktivitäten von der Kommandozentrale ignoriert wurden und ich nicht umgehend der Halle verwiesen wurde.

Plötzlich ging aber ein Ruck durch das Pferd, er schnaubte, ließ sein hübsches Köpflein fallen und ab da war die Reitstunde ein wahrer Genuss. Jetzt meldete sich auch Herr von Neindorff durchs Mikrophon mit einem Schmunzeln und den Worten „Dem hamses aber gegbn Frooln Älge!" Ich habe das Pferd nie mehr zum Reiten bekommen. Das war einfach so seine Taktik. Die Zahnabdrücke auf meinem Rücken sah man aber noch drei Jahre lang, und meine Mutter kam nie mehr wieder zum sonntäglichen Reiten mit nach Karlsruhe.

Eine weitere Herausforderung war Fips, ein kleiner Fuchswallach, eigentlich fast ein Pony, der allerdings die Kapriole springen konnte und das leider ziemlich oft und immer unaufgefordert tat. Eine Vorwarnung gab es auch für dieses Pferd nicht. Man merkte ja schnell genug, was er so zuwege brachte. Besonders gemein fand ich, wenn dann auch noch das Kommando „Bügel überschlagen" kam. Bei Fips fiel es einem besonders schwer, dabei locker und entspannt zu bleiben.

Egal wie schwierig die Pferde waren, alle waren sie hervorragend ausgebildet oder hatten unersetzliche Macken, von denen man viel lernen konnte. Fantasia, Auditeur, Lippa, Comtesse sind einige der Pferde, die ganz spezielle Qualitäten hatten, an die ich mich noch sehr gut erinnere.

Natürlich auch die Elefanten. Das waren ein drei und ein vierjähriger Kladruber namens Magnet und Mangan, beides Rappen, die eigentlich zum Fahren angeschafft worden waren. Da sie sich dabei aber als wahre Teufel erwiesen hatten, und sich Herr von Neindorff beim Anspannen an der Hand verletzt hatte, mussten die Reitschüler drauf. Auch hier war die Übung „Bügel überschlagen" wieder mal ein in meinen Augen absolut überflüssiger Zusatz.

Auch vor Ebro, einem Rappen, der kerzengerade steigen konnte und es auch regelmäßig in der Abteilung tat, hatte ich großen Respekt. Wenn er stieg, durfte man ihn auf keinen Fall bestrafen, weil er mit dem Steigen ein überragendes Talent für die Schulen über der Erde zeigte, wie Herr von Neindorff immer wieder erklärte. Die Pesade legte er ja täglich mehrfach unaufgefordert hin. Wenn man ihn diszipliniert hätte, würde er die Freude am Steigen verlieren und die Schulen über der Erde wären dann in weite Ferne gerückt. Mit der nötigen Geduld, die allerdings auf Kosten der Reitschüler ging, konnte aus ihm ein ausgezeichneter Levadeur werden.

Auch das waren ganz neue Ausbildungskriterien für mich, hätte der Durchschnittsturnierreiter das Pferd doch wahrscheinlich beim ersten Steigen windelweich geschlagen und ihm diese Mucken ausgetrieben.

So lernte ich auch anhand von im Grunde genommen unerwünschtem Verhalten der Pferde, dass alles zwei Seiten hat, und eine Widersetzlichkeit auch ein großes Talent und Geschenk sein konnte.

Die besten Pferde sind oft die anfangs schwierigsten. Pferde, die viel Kraft und Mut haben und intelligenter und ehrgeiziger sind als andere, Pferde, die stolz sind und sich nicht vergewaltigen lassen. Ich lernte auch, weniger zu kritisieren und stattdessen mehr zu beobachten.

Unterstützt wurde die ganze praktische Reiterei von einem Theorie-Unterricht, den wir immer mal wieder in „der Kneipe" hatten, wie die direkt neben dem Reitinstitut gelegene Gaststätte Hardtwaldklause liebevoll vom Chef genannt wurde. Es gab dort ein Nebenzimmer mit einigen schwarzweiß Fotografien von Herrn von Neindorff mit seinen Pferden. Mein Lieblingsbild war ein Bild mit seinem letzten Showpferd, Jaguar, in der Passage. Dort trafen wir uns ab und zu und schauten Dias von den alten Meistern an, die dann von Herrn von Neindorff kommentiert wurden.

Dort erfuhr ich zum ersten Mal von Xenophon, Pluvinel, Guérinière, dem Duke of Newcastle, Gustav Steinbrecht und vielen anderen. Ich sah Bilder vom Pferdemaler Ludwig Koch und durfte mir sein Buch „Die Reitkunst im Bilde" ausleihen.

Die Theorieabende haben mir sehr viel gebracht, und ich lernte eine völlig neue, holistische Art des Unterrichts kennen. Neindorff lebte einfach für die Pferde oder seine Kinder, wie er selbst sie nannte und für die klassische Reiterei und er gab so vielen Reitern und Reiterinnen weit über Deutschland hinaus das Handwerkszeug für eine auf der Natur des Pferdes basierende, klassische Ausbildung an die Hand.

Es war gut für uns junge ungeduldige Menschen, zu hören, wie Abkürzungen in der Ausbildung zu Totalstopps und jeder Menge Problemen führen können. Es war gut zu wissen, dass siebenjährige Pferde noch als Remonten gelten und dass die Ausbildung eines Dressurpferdes erst mit zehn Jahren abgeschlossen sein sollte. Auch andere Ausbilder wie der Commandant de Padirac aus dem Cadre Noir in Saumur waren dieser Meinung. Wie Neindorff kam auch Padirac aus dem Militär und wie Neindorff wandte er sich bis zu einem gewissen Grad von dieser Ausbildung ab und den alten Meistern wie Guérinière zu.

Ich begann zu verstehen, dass der schnelle Erfolg und der vom persönlichen Ehrgeiz getriebene Reiter ein großes Problem für die Gesundheit der Pferde darstellt. Wenn man ein muskeltechnisch richtig ausgebildetes Pferd haben möchte, das auch psychisch gesund und ausgeglichen ist, muss man sich bei der Qualität der heutigen Pferde sehr zurücknehmen und darf sie nicht überfordern. Schon gar nicht mit unlauteren Techniken.

Ich wusste nun, dass man das Talent und die Großzügigkeit der Pferde, schon in ganz jungen Jahren tolle Leistungen zu zeigen, nicht ausnutzen durfte.

Ich verstand, dass man Leichtigkeit und Freude nicht in ein Pferd hineinspornieren oder prügeln kann und dass es in der Pferdeausbildung einen logischen sukzessiven Aufbau gibt, den man in jedem Fall einhalten muss.

Sehr hilfreich ist hierbei ein geduldiger Ausbilder, der Reitschüler und Pferd zwar fordert, aber niemals überfordert. Herr von Neindorff selbst sagte zwar, wie gesagt, oft Ausbilder müssten Schweine sein, was er im chinesischen Horoskop ja auch war, aber er meinte das eher im Zusammenhang mit den zweibeinigen Reitschülern und er war auch nie ungerecht oder unbeherrscht.

Apropos chinesisches Horoskop. Da fällt mir ein Mittagessen ein, bei dem mehrere Reiter der Hofreitschule Wien zugegen waren. Es wurde endlos über Reittheorie diskutiert und auch Herr von Neindorff machte den Eindruck, dass er an dieser Stelle gerne einmal das Thema gewechselt hätte.

Er saß mir direkt gegenüber und beobachtete, wie ich mit Zuckerwürfeln spielte, die auf dem Tisch in einer Schale lagen. Es waren Zuckerwürfel, die in mit astrologischen Sternzeichen bedrucktem Papier verpackt waren. Auf der Oberseite war das Sternzeichen abgebildet und auf den Seiten standen die guten und die schlechten Eigenschaften dazu. Als er mich fragte, was ich da mache, antwortete ich „Ich hab nur mal Ihre Charaktereigenschaften nachgelesen". Er schmunzelte und meinte, ich solle mal hören lassen.

Ich las daher die sogenannten negativen Eigenschaften des Skorpions vor (Neindorffs Geburtstag war der 1.11.1923) also ehrgeizig, kompromisslos, besitzergreifend, jähzornig und so weiter.

Er meinte „Naja ganz so schlimm bin ich nicht." Ich darauf „Seien Sie froh, dass hier nicht das chinesische Horoskop ausliegt."

Er: „Wieso? Das kenne ich gar nicht. Was bin ich denn im chinesischen Horoskop?".

Ich sagte dann, dass wir das lieber mal in einer kleineren Runde besprechen sollten, da mittlerweile die ganze Tafel verstummt war und unserer

Unterhaltung lauschte. Er wollte nun aber unbedingt wissen, was er denn im chinesischen Horoskop sei. Da er darauf bestand und nun die totale Stille an unserer großen Tafel herrschte, sagte ich nur

„Wenn Sie nun absolut drauf bestehen, muss ich Ihnen sagen, Herr von Neindorff, Sie sind ein Schwein!"

Alle erstarrten, keiner wusste wie er reagieren sollte, bis der Meister in schallendes Gelächter ausbrach und meinte „Naja, sind ja auch Tierchen."

Ich habe seinen antiquierten Ton und seinen Humor immer sehr gemocht. Für mich – ich war damals Ende zwanzig, Anfang dreißig – war das wie im Film. Besonders lustig fand ich auch immer, dass beim Mittagessen traditionelle „Gestatte mir, Ihnen zuprosten zu dürfen!", wobei er Haltung annahm und mir sein, mit Malteser gefülltes Schnapsglas vor die Nase hielt und die Absätze zusammenklatschte.

Egon von Neindorff hatte ja auch eine militärische Reitausbildung. Er ritt unter anderem unter Otto Lörke, einem der bedeutendsten Reitmeister und Ausbilder des letzten Jahrhunderts, der in der Kavallerieschule Hannover einen Teil der Olympiareiter ausgebildet hatte. Davor war Lörke Sattelmeister von Kaiser Wilhelm II, diente als preussischer Garde Ulan und gehörte damit zur Königlich Preussischen Armee. Wie erfolgreich Otto Lörke ausbildete, zeigte sich unter anderem 1936 in Berlin, als alle sechs Goldmedaillen in Dressur, Springen und Military an Deutschland gingen.

Die Art und Weise, wie Neindorff unterrichtete, hatte eben diesen ruhigen, elitären Offizierston. Man wurde eigentlich nie persönlich angegangen, außer, wenn, die Pferde oder seine Kinder, wie er sie immer nannte, Gefahr liefen, sich zu verletzen. Die Kommandos waren meist allgemein für alle Reiter wie „wir stellen uns die Pferde an die Hand", „innere Hüfte vor", „nicht nach hinten fallen, sonst sitzen Sie hinter der Bewegung", „beide Schultern in gleicher Höhe", „Zügel in eine Hand", „wir lassen die Zügel aus der Hand kauen", „wer noch die Seitengänge üben will bleibt auf dem Hufschlag, linke Hand, Scheeritt, die anderen rücken ein" und so weiter.

Und zu dieser Ruhe und Gelassenheit passte natürlich die dezent, im Hintergrund ertönende Reitmusik,– die Reiter in schwarz/weiß gekleidet – eine ganz eigene Welt. Es war ein majestätisches Gefühl wie in einem

Tempel. Nicht umsonst sagte Neindorff immer wieder „Wir sind doch hier nicht im Tattersall!"

Es fühlte sich wirklich mehr wie ein Reittempel an als wie eine Reitschule. Die klassische Musik trug sehr zu dieser eleganten Atmosphäre bei -Mozart, Haydn, die ungarischen Tänze von Brahms, Gold und Silber von Lehár. Und wirklich lieben die Pferde klassische Musik. Sie passen sich gerne an den Takt an. Nicht umsonst wurden auch beim Militär schon immer Märsche eingesetzt. Nicht etwa, weil die Soldaten sich sonst hätten langweilen können, sondern weil es die Reiterei total vereinfacht und die Pferde taktmäßig gleichschaltet.

Ich hatte damals einen hessischen Warmblutwallach namens Kurfürst, der bis zur schweren Klasse ausgebildet war und von mir auf Turnieren vorgestellt wurde. Sobald Wiener Walzer gespielt wurden, ließ er sich nicht mehr vom Galoppieren abhalten. Kurfürst stand übrigens auch mehrere Monate im Reitinstitut, genau wie einige meiner anderen Pferde wie Elegant, von dem ich bereits erzählt habe und der ebenfalls bis Klasse S ausgebildet war oder Jerry, das einzige, von mir selbst gezogene Pferd, der fünfjährig in der Remontenabteilung des Reitinstituts an den Festabenden klassischer Reitkunst teilnehmen durfte und der ebenfalls mehrere Monate in Karlsruhe verbracht hat.

Jerry ist übrigens dreiunddreißig Jahre alt geworden und er ging noch mit zweiunddreißig Jahren in einer Freiheitsdressur, bei der er sich sehr stolz und freudig präsentiert hat in der öffentlichen Weihnachtsfeier im Barockreitzentrum. Ich habe es ja immer geliebt, meinen Weihnachtsfeiern und Sommerfesten jedes Jahr ein bisschen anderes Motto zu geben. Das damalige Motto war Feuer und Eis, und es wurden neben einer superlativen Feuershow mit Stefanie Fleschutz während der ganzen Vorführung Gegensatzpaare gezeigt.

Das Gegensatzpaar, in dem Jerry mitmachen durfte, bestand aus Morena, meinem damals mit ihren vier Jahren jüngsten Ausbildungspferd, die ich an der Doppellonge präsentierte und Jerry, dem mit zweiunddreißig Jahren ältesten Pferd im Stall, in der Freiheitsdressur.

Auch hier, viele Jahre später machte ich mir in der Ausbildung die Musik zunutze.

Morena, die sehr jung, total unerfahren und etwas ängstlich war, präsentierte ich mit „Sei con me" von Paul Potts, in der Hoffnung, dass sie wirklich bei mir bleiben würde und sich nicht im gestreckten Galopp von der Doppellonge und mir befreien würde, was glücklicherweise nicht geschah, und Jerry, der ja seine Turnierkarriere einmal als Springpferd begonnen hatte, präsentierte ich mit einem sogenannten Reiterhit mit dem Titel „Ich ritt noch niemals in der Soers" zur Melodie von Udo Jürgens` "Ich war noch niemals in New York".

Und auch dieser kleine Exkurs zeigt wieder, wieviel ich im Reitinstitut gelernt habe, nicht nur an Technik, sondern im ganzheitlichen Denken und damit meine ich emotional, geistig, seelisch und intuitiv mit Pferden zu arbeiten. Ich habe gelernt, größer zu denken, die Sprache der Pferde zu lernen und weniger bestimmen zu wollen, immer mit der Absicht, die Talente meines Pferdes bestmöglich zu fördern.

A TRUE FRIEND IS DIFFICULT TO FIND,
HARD TO LOSE
AND IMPOSSIBLE TO FORGET.

George W. Randolph

MEINE ZEIT MIT MELISSA

Ich habe Melissa Simms Anfang der achtziger Jahre im Reitinstitut kennengelernt. Von Anfang an war ich fasziniert von ihrem perfekten Sitz und der Leichtigkeit ihrer Hilfen. Es war eine Freude und eine wahre Inspiration für mich, die ich vom Turnierreiten kam, ihr zuzuschauen, wenn sie ihre Pferde ritt.

Alle, die damals im Reitinstitut geritten sind, wissen, dass man im Institut nicht redete. Es wurde geritten und zwar schweigend. Der Einzige, der redete war der Chef, Egon von Neindorff.

Meine Versuche, mit Melissa in Kontakt zu treten scheiterten genau daran. Herr von Neindorff schritt bei jedem meiner Annäherungsversuche sofort ein, wobei er zu mir, als guter Kundin, natürlich nichts sagte, aber Melissa bekam, wenn sie nur guten Morgen sagte, von Herrn von Neindorff sofort einen Kommentar wie „Froll'n Melissa, ham Se nichts zu tun?" zu hören.

Ich beschloss daher, ohne zu wissen, wie sehr Melissa Musik liebte, sie nach Stuttgart ins Große Haus einzuladen und zwar in John Crankos letztes großes Handlungsballett „Carmen" mit Marcia Haydée als Primaballerina. Melissa freute sich riesig, als ich sie am Stuttgarter Hauptbahnhof abholte und wir hatten einen sehr schönen Abend, die besten Plätze in der ersten Reihe im Großen Haus und ein wunderbares gemeinsames Abendessen im Anschluss.

Von da an wurden wir gute Freundinnen und trafen uns ab und zu außerhalb des Instituts.

Die beiden Jahre, die Melissa 2006/07 nach Herrn von Neindorffs Tod bei mir im Barockreitzentrum als Ausbildungsleiterin verbracht und im selben Haus mit mir gelebt hat, waren ein großes Geschenk an uns alle. Vom Reitunterricht, den wir in dieser Zeit täglich bei ihr hatten und den Seminaren, haben wir alle sehr profitiert.

Sie nahm mich auch auf viele ihrer Ausflüge mit, zu Anja Beran ins Gut Rosenhof beispielsweise oder nach Schloss Waal zu Walther Bruns.

Eine ganz besondere Erfahrung war natürlich unser gemeinsamer USA-Trip nach Kalifornien im Dezember 2005, wo wir gemeinsam das Los Angeles Equestrian Center in Burbank besuchten. Dort wurde im Rahmen einer sogenannten Dressage Show Melissa besonders geehrt und in einem Vortrag von Dr. Gerd Heuschmann mehrfach erwähnt.

Besonders lobenswert wurde auf ihren makellosen Sitz eingegangen und auf die Stufen der Ausbildung von der Remonte bis zum voll ausgebildeten Dressurpferd. Es wurden dabei in einer Power Point Präsentation auch viele Bilder vom Reitinstitut gezeigt. An Thais und Aguacate, die Melissa mir Ende 2010 geschenkt hat, erinnere ich mich natürlich genau, aber auch an die Bildsequenz mit Serafino von der Lösephase bis hin zur Piaffe.

Das Event war eine ganz tolle Erfahrung für mich, da Melissa mich damals mit Klaus Balkenhohl und Dr. Gerd Heuschmann bekannt gemacht hat, und ich beim anschließenden Festabend auch einige ihrer amerikanischen Reitschüler kennenlernen durfte.

Auch die Fahrt auf der Panoramaroute auf dem legendären Highway Number one nach San Francisco, bei der wir bei Monty Roberts vorbeigeschaut und viele interessante Orte besucht haben, war wunderschön. Da durfte natürlich auch die Napa Valley Limo Wine Tasting Tour nicht fehlen, bei der wir einen ganzen Tag lang Wein probiert haben, was ich als sehr interessant, aber auch als megaanstrengend empfunden habe. Melissa war auch in dieser Hinsicht viel sattelfester als ich.

In den letzten Jahren haben wir uns immer mal wieder getroffen. Melissa kam öfter ins Barockreitzentrum, gerne auch zu den Sommerfesten. Sie liebte, wie ich, schöne Kostüme und Musik.

Sie hielt auch einige Seminare über klassische Dressur im Barockreitzentrum ab und Vorträge über dasselbe Thema für Levade e. V., unseren Förderverein. Wir hatten uns wenige Monate vor ihrem Tod für einen Open-Air-Kino-Abend mit Abendessen in Schloss Neuenbürg verabredet, den Melissa dann kurzfristig abgesagt hat, was ich sehr schade fand. Ich wusste damals nicht, wie krank sie war. Ich habe davon erst viel später durch Zufall auf Facebook erfahren.

Bei unserem letzten Telefonat im Dezember 2017 klang sie sehr optimistisch und fröhlich und versprach, mich, sobald sie aus USA zurück sei, besuchen zu kommen.

Obwohl ich kein gutes Gefühl hatte und mir inständig wünschte, dass sie recht hatte mit ihrem Optimismus, hätte ich nicht gedacht, dass das unser letztes Gespräch sein sollte.

Ich habe sie als fröhliche Person in Erinnerung, die sich immer um Harmonie bemühte, auch wenn es einmal Meinungsverschiedenheiten gab. Unerbittlich war sie nur im Reitunterricht. Da wurde so lang trainiert, bis die Lektion saß. Sonst suchte sie immer das Gespräch, eine Lösung oder einen Kompromiss.

Schwierige Gespräche begannen immer mit der Einleitung: „Wir *habens eine* Problem!" Dann setzten wir uns zusammen beredeten die Sache und konnten stets eine Lösung finden oder uns auf einen Kompromiss einigen. Niemals gab es laute oder unschöne Auseinandersetzungen, niemals gab es Streit oder Konkurrenz zwischen uns.

Ich habe viel von ihr gelernt. Nicht nur reiterlich. Ihren Spruch „Genug gekämpft!" werde ich nie vergessen und zitiere ihn auch oft.

In letzter Zeit muss ich oft an sie denken, auch beim Reiten und ich habe manchmal den Eindruck, ihre Stimme zu hören. Sie ist da und korrigiert mich noch immer.

Still counting the piaffesteps … dear Melissa.

———— ❦ ————

DAS GEHEIMNIS DES WANDELS
BESTEHT DARIN,
SEINE GANZE ENERGIE NICHT AUF DEN
KAMPF GEGEN DAS ALTE,
SONDERN AUF DEN AUFBAU DES
NEUEN ZU RICHTEN.

Sokrates

———— ❦ ————

Umbruchstimmung

Nach über zwanzig Jahren Turnierreiterei -Springen, Military, Dressur -, und vielen Erfahrungen mit Pferden, denen Unrecht getan wurde, aber auch mit Reitunfällen, bei denen nicht nur Pferde, sondern auch Menschen zu Schaden kamen, machte mir die Turnierreiterei keine Freude mehr. Ich hatte außerdem zwei tödliche Unfälle miterlebt.

Den ersten damals in Schwaigern, als ein Pferd auf dem Springplatz eingeschläfert werden musste. Das war, wie ich schon erzählt habe, kurz bevor ich mein erstes S-Springen reiten wollte und ich war damals erst achtzehn Jahre alt und völlig fassungslos. Das Turnier wurde für über zwei Stunden unterbrochen. Danach ging es weiter.

Ich ging wie in Trance abreiten, obwohl mein Vater meinte, ich müsse nicht reiten. Ich beendete den sehr schweren Parcours mit meiner Holsteinerstute Alpacca mit vier Fehlerpunkten, also einem Abwurf, was in Anbetracht des Parcours und der ganzen Situation nicht so schlecht war und sogar fast noch zu einer Platzierung gereicht hätte. Dieses Erlebnis hatte aber einen tiefen Einfluss auf mich. Das sich Messen wollen um jeden Preis erschien mir mit einem Mal wahnsinnig egoistisch und dumm. Die Pferde wurden ja nicht gefragt, ob sie das auch wollten. Das Kämpfen und über die eigenen Grenzen gehen kam mir inzwischen total verrückt vor.

Ein anderes Mal, Jahre später, wurde ein Turnier in Öhringen unterbrochen, weil eine junge Reiterin ihre Freundin gebeten hatte, sich mal kurz auf ihr Pferd zu setzen. Sie wollte irgendetwas zu trinken holen gehen.

Es ist klar, dass während eines großen Turniers eine total andere Stimmung auf der Reitanlage herrscht, gewissermaßen ein Ausnahmezustand, und dass die Pferde, und besonders, wenn es gar keine turniererfahrenen Pferde sind, auch ganz anders als gewohnt reagieren. Die Freundin fiel jedenfalls in der Reithalle, in der für das Turnier abgeritten wurde, so unglücklich vom Pferd, dass sie ihren Verletzungen erlag. Auch hier wurde das Turnier für einen gewissen Zeitraum unterbrochen.

Danach wurde weitergeritten.

Ich bin noch sechs Jahre lang Springen der Klasse M und S geritten und habe sogar an Military Prüfungen bis zur Klasse M international teilgenommen, war aber deutlich vorsichtiger geworden.

Der schwere Reitunfall meines Reiterkumpels, Horst Scherer dem ich sogar einmal eins meiner Pferde für ein Turnier geliehen hatte, veranlasste mich erneut zum Nachdenken. Mein Freund war bei einem Pfingstturnier im Springen gestürzt und unter sein Pferd gekommen. Er hatte schwere Hirnquetschungen und wurde monatelangen OPs unterzogen, um dann schließlich in die Reha zu kommen. Er erkannte seine eigene Familie nicht mehr, da die Verletzungen bestimmte Hirnareale zerstört hatten. Ich war total ängstlich, was passieren würde, als ich ihn das erste Mal in der Reha besuchte. Er lächelte mich an, wusste genau wer ich war und beschrieb mir die Vielseitigkeitsstrecke, die wir in Grafenau, in meinem damaligen Stall, beim letzten Turnier beide geritten waren.

Das und noch so einige andere Erlebnisse veranlassten mich dazu, nach meiner Auszeit von vier Jahren, in denen ich an der European Business School im Rheingau studiert hatte, mich aus dem Springsport zurückzuziehen und auf Dressur umzustellen.

Als, wie ich meinte, super erfahrene, überdurchschnittlich erfolgreiche Reiterin, war es ein herber Schlag für mich, einsehen zu müssen, dass ich das Dressurreiten total unterschätzt hatte. Ich war auch früher schon ab und zu eine A- oder L-Dressur geritten, bei der Military sogar bis zur Klasse M und ich war sogar fast immer platziert. Ich war daher sicher, das Aufgabenreiten mit links hinzukriegen.

Das erste Problem war ja schon das mit dem Dressursattel. Ich konnte darauf nämlich gar nicht sitzen, weil der Sitz auf einem Dressursattel ohne Pauschen und mit endlos langen Bügeln ein total anderer ist, als auf einem Springsattel mit extrem kurzen Bügeln, wie ich heute finde, und dicken Pauschen, die den Knien Halt geben. Und dann waren natürlich ausgebildete, zu Athleten trainierte Dressurpferde, die piaffieren und passagieren konnten eine ganz andere Liga als meine basismäßig „Dressur" gerittenen Springpferde.

Im Gegensatz zu den Springpferden, die man zwar auch einmal vor dem Sprung etwas zurücknehmen, sprich versammeln musste, war aber dieser extreme Balanceakt zwischen absoluter Versammlung und anschließender Rahmenerweiterung und das alles ohne Taktfehler und sichtbare Einwirkung von Seiten des Reiters oder Pferde, die aus dem Stand Sätze und Bocksprünge von mehreren Metern machen konnten, etwas, was ich schlichtweg die ganzen letzten Jahre mit meinen eigenen Pferden nie mehr erlebt hatte.

Es dauerte lange, bis ich mich im Dressurviereck zurechtfand. In gewisser Hinsicht stand mir da auch mein Ehrgeiz im Weg. Wenn ich etwas wollte, konnte ich mich regelrecht in eine Sache verbeißen. Im Reitinstitut wurde mir dieser Zahn von der zweiten Reitstunde an gründlich gezogen, und ich muss immer wieder betonen, dass das mein großes Glück war. Hätte ich weiterhin versucht, Dinge erzwingen zu wollen, hätte ich niemals reiten gelernt.

Auch in der turniermäßigen Dressurreiterei war ich zehn Jahre lang aktiv und trotz der Enttäuschung in den ersten beiden Jahren, in denen ich mit Wertnoten von 4,5 aus den Prüfungen kam, waren die weiteren Jahre durchaus erfolgreich und ich konnte zahlreiche Platzierungen und Siege in der mittleren und schweren Klasse erreichen. Trotzdem machte es mir plötzlich keinen Spaß mehr, ständig gegen jemanden reiten zu müssen. Mir gefiel der Neid zwischen den Reiterinnen und Reitern nicht, der immer schlimmer wurde, je erfolgreicher ich war. Und die Ungerechtigkeiten bei der Bewertung der Pferde, die ja zumindest in der Dressur einem subjektiven Urteil der Richter unterliegen, begannen mich auch extrem zu stören und so war es wieder einmal Zeit für neue Ufer.

Inspiriert durch Herrn von Neindorff, bei dem ich während meiner letzten Turnierjahre bereits ritt, wollte ich etwas ganz anderes machen. Etwas in der Art wie das Reitinstitut, einen Tempel, in dem man sich Zeit für die Pferde ließ und sie ohne Zeitzwang ausbilden und reiten konnte. Trotzdem wollte ich weiterhin Qualität. Also nicht ab und zu mal mit einem Schlapphut auf dem Kopf zum Fototermin durchs Gelände traben oder eine

Kür auf A- oder L-Level vor Publikum reiten, sondern perfekt ausgebildete, zufrieden schnaubende Pferde in einem schönen Ambiente, mit klassischer Musik und unter der Aufsicht von hervorragenden Ausbildern.

Herr von Neindorff hatte damals Probleme mit seinem Betrieb. Das Dach der denkmalgeschützten Reithalle war undicht, es wären große Reparaturen angestanden und man überlegte sich, ob es nicht ökonomisch sinnvoll wäre, die ganze Anlage abzureißen und das Grundstück für andere Aktivitäten umzulegen. Aus diesem Grund bekam er immer wieder wunderschöne Reitanlagen im Umkreis angeboten. Besonders gut gefallen hat mir ein Wasserschlösschen in der Nähe von Rastatt und so spielten wir mit dem Gedanken, eine gemeinsame, kleine feine Anlage, wie er das nannte, zu suchen, in der jeder von uns fünf Pferde halten konnte.

Einige Jahre später – ich war inzwischen verheiratet und ritt nur noch privat –, fing ich dann an, Angebote für Reitanlagen und landwirtschaftliche Betriebe in Reitmagazinen und im Internet zu verfolgen und die Idee, eine eigene Anlage zu betreiben, setzte sich immer mehr durch. Da ich davon ausging, die Anlage eventuell gemeinsam mit Herrn von Neindorff betreiben zu können, suchte ich speziell im Raum zwischen Stuttgart und Karlsruhe. Ich fuhr auch, wenn ich Zeit hatte, einfach so durch die Gegend, um mir anzusehen, wo es mir eventuell gefallen könnte.

Im Frühjahr 2003 war es dann endlich so weit. Ich hatte einen Aussiedlerhof bei Heimsheim gefunden, der mich rein geografisch interessierte und beschloss, mir das einmal anzuschauen.

Der Hof bestand aus einem Wohnhaus, einem Zwischenbau, der als Werkstatt zum Reparieren der Landmaschinen diente, sieben Hektar arrondiertem Grünland und einem siebzig Meter langen Kuhstall. Der Besitzer wollte die Milchwirtschaft aufgeben und wegziehen. Obwohl der Stall ziemlich übel aussah und es weder eine Reithalle, noch einen Außenplatz gab, gefiel mir das Projekt.

Ich hatte ein total gutes Gefühl, was die Lage und die Verkehrsanbindung direkt an der A8 betraf. Ich konnte in fünfzehn bis zwanzig Minuten in Stuttgart sein, die Lage im Landschaftsschutz war top – ich kannte natürlich die bautechnischen Probleme, die daraus entstehen sollten noch gar nicht –

aber ich sah irgendwie von Anfang an die fertige Anlage vor meinem inneren Auge, und die Lage zwischen Stuttgart und Karlsruhe war auch perfekt.

Ein Problem war noch, dass es sich um ein landwirtschaftliches Anwesen im Außenbereich handelte. Das hieß, der Verkauf musste öffentlich ausgeschrieben werden und, wenn sich ein Landwirt als Kaufinteressent gemeldet hätte, hätte ich als Nicht-Landwirtin den Hof nicht kaufen können.

Wir hatten aber Glück, niemand meldete sich und so war es dann im Juli 2003 endlich so weit. Der notarielle Vertrag zwischen dem Vorbesitzer und mir wurde geschlossen und ich war glückliche Besitzerin eines Bauernhofes und „Zwangslandwirtin über dreißig Hektar Grünland" wie ich das immer nannte.

GIB DAS, WAS DIR WICHTIG IST,

NICHT AUF,

NUR WEIL ES SCHWIERIG IST.

Albert Einstein

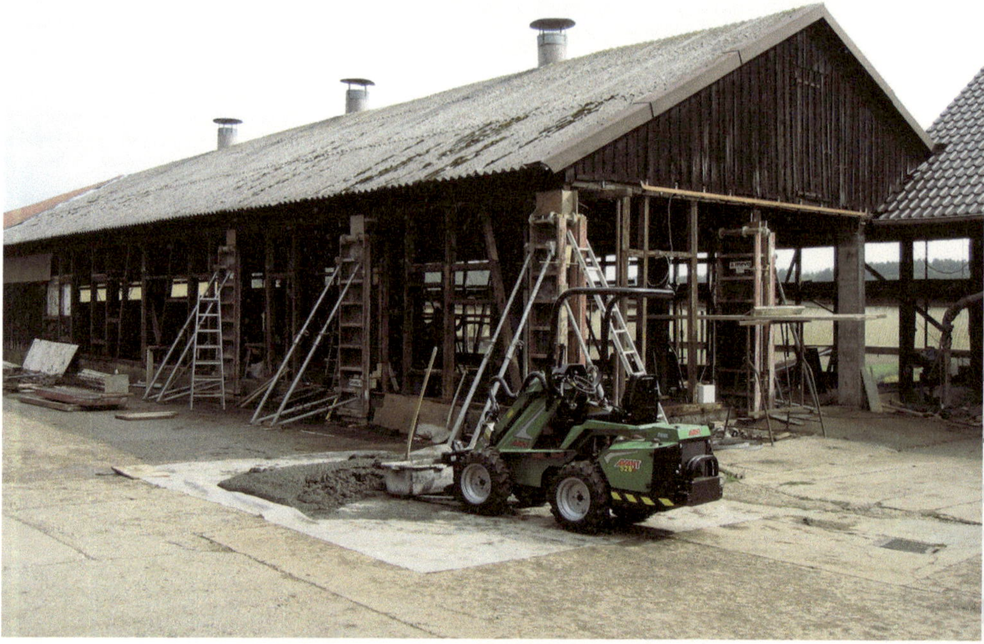

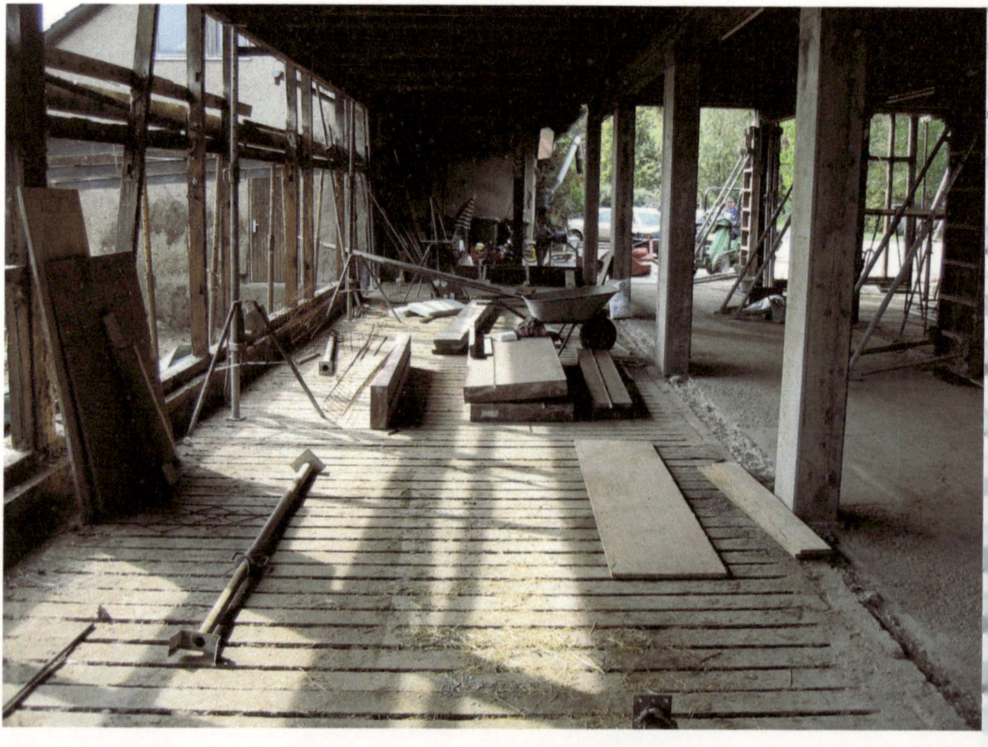

Ein eigener Hof

Ich hatte keine Ahnung, was landwirtschaftlicher Betrieb, Sondergenehmigung im Außenbereich und Landschaftsschutz bedeutete. Ich war einfach nur glücklich, in so einer schönen Landschaft leben zu können. Ich hatte meine Vision, was ich aus dem heruntergewirtschafteten Bauernhof machen wollte und wie das Konzept aussehen sollte, das ich für diese „ganz neue" Art von Reitbetrieb hatte. Ich hatte genaue Vorstellungen, welche Pferde ich brauchte und welche Kunden ich mir wünschte, aber ich hatte nicht die minimalste Vorstellung davon, welche Auflagen mit einer Anlage im Landschaftsschutz einhergingen und was es bedeutete, dass ich gezwungen war, mein eigenes Heu herzustellen und zwar mittels dreißig Hektar Pachtfläche für Grünlandbewirtschaftung.

Mein Mann war begeistert von der Idee, weil er angeblich in seiner Jugend nichts anderes gemacht hatte als Landwirtschaft. Er meinte, alle Maschinen zu kennen und fahren zu können und stellte sich vor, dass ich ihm einen Fuhrpark mit der ganzen Ausstattung landwirtschaftlicher Maschinen der neuesten Generation, die man zur Heuproduktion braucht, stellen würde.

Zunächst dachte ich, dass das ja machbar sein müsste, aber ich wusste natürlich nicht, was ein Schlepper, ein Mähwerk, ein Kreiselheuer, ein Schwader, ein Mulchgerät oder ein Ladewagen kosteten, besonders da ich natürlich bei den günstigeren Gebrauchtmaschinen nachschaute, die mein Mann für absolut inakzeptabel hielt. Daneben brauchten wir – ganz klar bei einem Pferdebetrieb – einen Miststreuer, da wir ja den Pferdemist auf dem Grünland ausbringen mussten. Und Pferde hatten wir auch keine, außer meinen beiden über zwanzigjährigen Dressurpferden.

Ich versuche, die ganze katastrophale Geschichte mal abzukürzen und gebe nur einen Überblick über den Tag der ersten Heuernte im Herbst 2003: mein Mann, damals Polizeiobermeister, in Kurzform POM, hatte dazu einige Polizisten von seiner Dienststelle aktiviert und ein paar Frauen, mich inklusive, die beim Heumachen helfen sollten. Ich würde mal behaupten, dass das auch heute noch, nach so vielen Jahren, die größte Lachnummer im ganzen Enzkreis war.

Die Ballen – es waren quadratische Kleinquaderballen, also circa fünfzehn Kilogramm schwer – sahen aus wie Ziehharmonikas und fielen beim Aufladen meistens auseinander, weil mein Mann natürlich absolut keine Ahnung hatte, wie man die Fadenspannung in der Ballenpresse einstellen musste. Es war heiß und staubig. Unsere Flächen liegen fast alle am Hang, und ich bekam es langsam mit der Angst zu tun, weil ich sah, dass die Herren Polizisten keine Ahnung hatten, wie man mit Schlepper und Ladewagen auf den Schrägen fährt. Mehrmals sah ich das ganze Gespann schon kippen und mitsamt den schief aufgetürmten Heuballen den Abhang hinunterfallen. Im Übrigen waren wir mit unseren eigenen sieben Hektar Grünland bereits den ganzen Tag beschäftigt, und ich wagte es kaum, mir vorzustellen, wie viele Tage es jetzt nicht regnen durfte, wenn wir die ganzen dreißig Hektar trocken einholen wollten.

Die Heuaktion war eine unserer ersten heftigen Ehekrisen. Ich setzte mich nämlich über die ganzen Theorien, wie wir das beim nächsten Einsatz besser machen wollten hinweg und organisierte ein Lohnunternehmen mit einem richtigen Traktor und einer Rundballenpresse für 300 Kilo-Ballen. Ich werde nie vergessen, wie meine Schwiegermutter beim Kaffeetrinken anerkennend meinte, wie toll wir das im Griff hätten, als der Lohnunternehmer die gesamten dreißig Hektar in zwei Tagen fix und fertig gepresst, geladen und unter Dach gebracht hatte und wir, mein Mann inklusive, nur schweigend und Kaffee trinkend aus dem Fenster schauten.

Neben den ganzen Herausforderungen, die die Landwirtschaft so mit sich brachte, hatten wir auch mit jeder Menge Auflagen zu kämpfen. Wir hatten in Kalifornien die wunderschönen weiß eingezäunten und mit Rosen bepflanzten Koppeln bewundert und hatten Ähnliches auch für unsere Anlage geplant. Wir hatten aber nicht mit dem Landschaftsschutz gerechnet.

Die Farbe Weiß war schon überhaupt keine Option, da der auf der A8 vorbeifahrende Autofahrer ja einen unverstellten Blick in die Landschaft haben sollte. Es konnten nicht einmal Holzpfosten genehmigt werden und, obwohl ich Hengsthaltung angemeldet hatte, und die A8 nur einen Kilometer entfernt ist, durften nur Steckzäune und Elektrobänder, natürlich auf keinen Fall in der Farbe Weiß verwendet werden.

Ähnliche Probleme gab es mit Halle und Sandplatz. Ich hätte gerne eine 60 Meter-Halle gehabt, also 20 × 60 Meter. Das konnte als landwirtschaftliche Bewegungshalle aber auf gar keinen Fall genehmigt werden. Die Halle in der Größe hätte ich schon bekommen, aber die Reitfläche durfte allerhöchstens 20 × 40 Meter sein. Es hätte bei einem über diese Größe hinausgehenden Gebäude eine Brandmauer eingebaut werden müssen zur Heulagerung oder um Maschinen unterzustellen.

Den Reitplatz hätte ich gerne 30 × 70 Meter groß gehabt und zwar deshalb, weil man dann Turniere hätte veranstalten können, bei denen von außen auf die 20 × 60 Meter große Reitfläche eingeritten werden konnte. Außerdem begannen wir damals mit dem Fahren. Wir hielten ein Fahrreitabzeichen auf der Anlage ab und fuhren mit Friesenhengsten Ein- und Zweispänner. Auch dafür wäre ein großer Platz schön gewesen. Es gab etliche Besprechungen mit allen möglichen Ämtern wie Landwirtschaftsamt, Landratsamt und Spezialisten aus der Fahrszene. Sogar aus Marbach war ein Spezialist angereist. 30 × 70 Meter war kein gängiges Maß und das konnte auch nicht genehmigt werden. Der um den Platz führende Weg musste darüber hinaus geschottert werden, was für unsere armen Pferde viele Jahre lang eine wahre Qual war.

Im Übrigen mussten bei allen baulichen Veränderungen Begrünungen vorgenommen werden. Am wenigsten verstand ich, wieso das an zwei Seiten an den Wald angrenzende Grundstück begrünt werden musste, also gewissermaßen eine Begrünung des Waldes. Aber auch die Bepflanzung um den Sandplatz herum, die mehrere tausend Euro gekostet hatte, empfand ich, wenn man von der Zubringerstraße oder der anderen Hügelseite aus auf die Anlage schaute, als das hässlichste und am schlampigsten aussehende Element, das zudem noch tierisch anstrengend war, weil die jungen Pflanzen ja von Hand gegossen werden mussten.

Die Erstellung der Reitanlage war eine, wie es schien Never Ending Story.

Es gab unsagbar viele Behördengänge, Bremsklötze, Zeitverschiebungen und natürlich auch finanzielle Zwangspausen.

Das Schlimmste war, dass ich bei der ganzen Arbeit wie Pferde versorgen, Boxen misten, und jeder Menge organisatorischer Dinge kaum mehr zum Reiten und Ausbilden der Pferde kam.

Auch meine Idee, die Anlage zusammen mit Herrn von Neindorff zu betreiben, konnte ich nicht verwirklichen. Die ganze Umsetzung zog sich dermaßen in die Länge, dass ich einfach zu spät dran war. Am 12. Mai 2004 war ich nach langer Zeit einmal wieder in Karlsruhe und wollte ihm mein Projekt vorstellen und ihn einladen, es sich einmal anzusehen. Ich ritt in der Reitstunde morgens mit und wartete anschließend noch eine ganze Weile. Als Herr von Neindorff nicht kam, fuhr ich heim und dachte, wir reden einfach nächste Woche über das Projekt. Eine Woche später, am neunzehnten Mai, wurde ich vom Reitinstitut angerufen, und es wurde mir mitgeteilt, dass Herr von Neindorff heute früh verstorben sei, der Reitunterricht aber wie gewohnt stattfinden würde.

Ich war total schockiert, auch über den zweiten Satz „die Reitstunden finden im gewohnten Umfang statt", aber ich fuhr hin. Es war die schlimmste Reitstunde meines Lebens. Alle Pferde waren schwarz eingeflochten, im Flur stand ein Foto von ihm mit einer schwarzen Schleife, die Stimmung war ohne Worte. Alle waren fassungslos.

Als ich mein Pferd zugeteilt bekommen sollte, stellte man fest, dass gar kein Pferd übrig war und so musste ich das einzige mir bekannte Pferd im Reitinstitut, das nur mit Ausbindern geritten werden konnte, Napoleon, einen Lipizzanerhengst mit bretthartem Rücken nehmen. Die Stunde ging sowieso total an mir vorbei. Ich konnte es einfach nicht fassen. Das Reitinstitut war nicht mehr dasselbe für mich und es dauerte lange bis ich wieder hingehen konnte.

———————— ✦ ————————

MY GREATEST ACCOMPLISHMENT
WAS LEARNING TO BE GENTLE;
WITHOUT THAT I FEEL
I WOULD HAVE ACHIEVED NOTHING.

Monty Roberts – From my hands to yours

———————— ✦ ————————

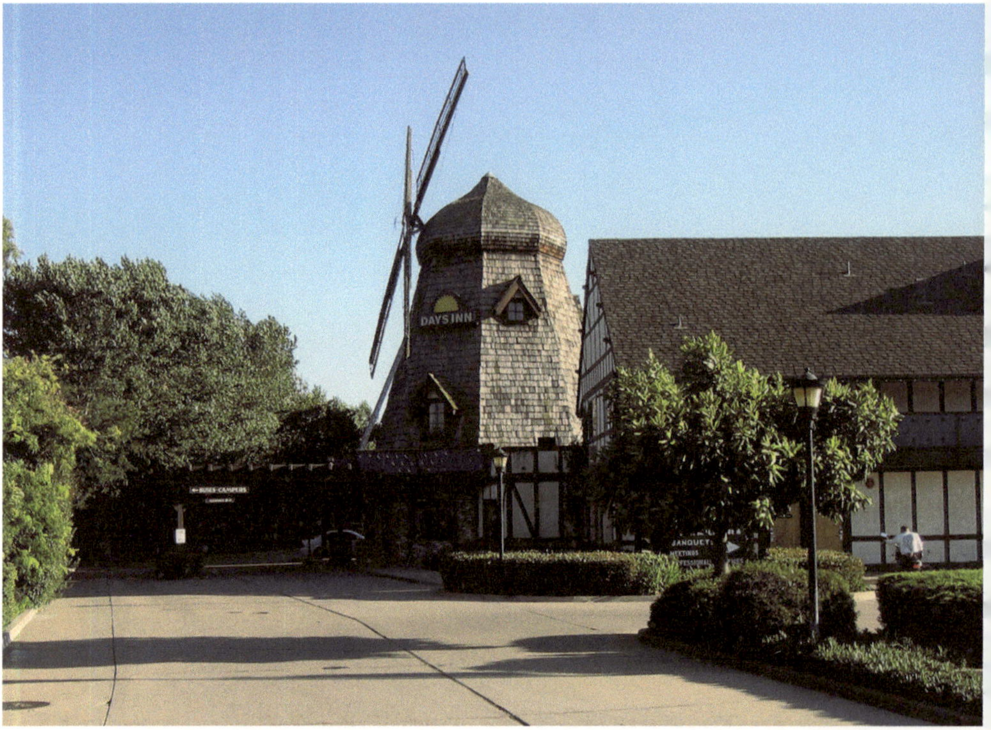
DAYS INN

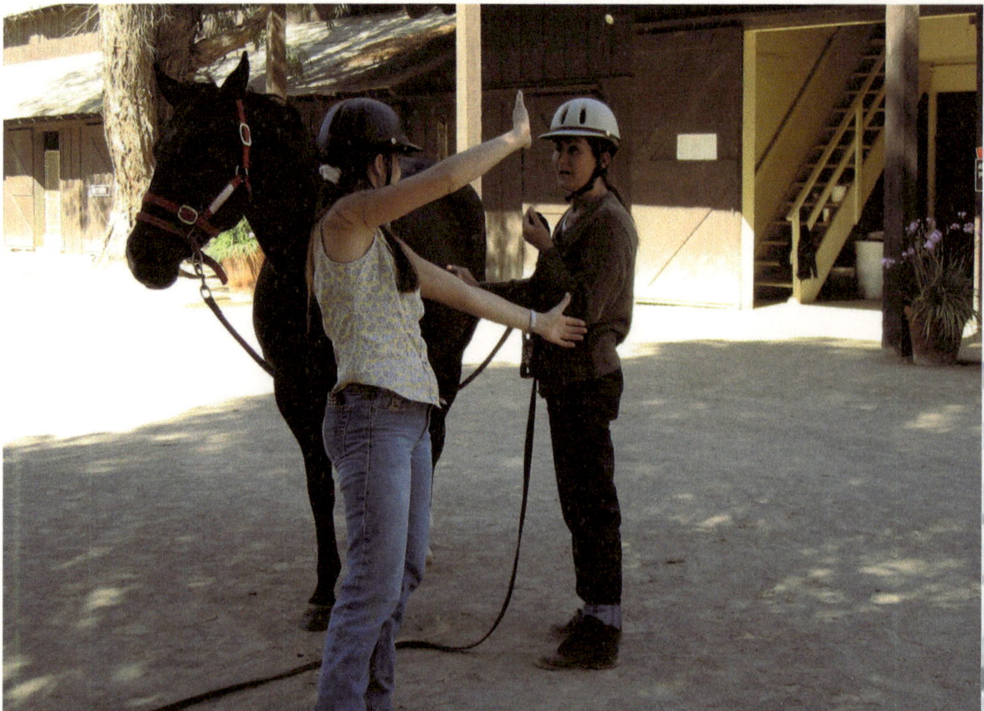

MONTY ROBERTS

Ich habe immer schon viel zum Thema Pferde und deren Ausbildung gelesen. Da ich selbst Turniere geritten bin und auch gerne an Hubertusjagden, Umzügen und Reiterwettbewerben wie Ringstechen, Springen mit k.o.-System, Schnitzeljagden oder was auch immer teilnahm, habe ich mich von Anfang an für Reitweisen übergreifende Themen interessiert.

Trotzdem hatte ich absolut keine Ahnung von American Horsemanship, da ich mit Westernreiten noch nie wirklich in Berührung gekommen war. In letzter Zeit las man aber ziemlich häufig über einen Amerikaner, der als Pferdeflüsterer bezeichnet wurde, die Pferde der Queen trainierte, einen Ehrendoktortitel in der Schweiz bekommen hatte und angeblich sehr sanft und erfolgreich mit jungen und schwierigen Pferden arbeitete. Als ich hörte, dass er im März 2003 auf der Equitana sein sollte, fuhr ich hin.

Ich war begeistert von der Show, bei der ein rohes Pferd innerhalb von einer Viertelstunde ohne Gewalt und Hilfspersonal an Sattel, Trense und Reiter gewöhnt wurde. Es wirkte wie Magie. Ein anderes Pferd lernte ebenfalls in ein paar wenigen Minuten ohne Führstrick über eine Plastikfolie zu laufen, vor der es am Anfang des Trainings panische Angst gehabt hatte und stieg, und ein weiteres Pferd ließ sich in kurzer Zeit am durchhängenden Strick auf den Hänger verladen, was seine Besitzer, trotz Hilfspersonal, und tierärztlicher Betreuung nicht geschafft hatten. Sie waren nach Essen geritten, weil das Pferd sich nicht verladen ließ. Und immer war der sogenannte Pferdeflüsterer ruhig, freundlich und total entspannt. Mehr noch als das, er schien Spaß an seiner Arbeit zu haben.

Ich war fasziniert und wollte das auch lernen.

Da ich nicht wusste, wie ich mit ihm in Kontakt treten sollte, kaufte ich mir eins seiner Bücher und stellte mich zum Signieren in die Reihe. Als ich dran war, fragte ich ihn, ob es eine Möglichkeit für mich gäbe, seine

Prinzipien zu lernen. Er verwies mich an eine Mitarbeiterin und gab mir einen Prospekt in die Hand über seine Schule in Kalifornien, die sich damals MRILC – Monty Roberts International Learning Center – nannte.

Schon wenige Monate später war ich in Buellton/CA, der Heimat von „Andersen's Pea Soup", wie auf dem Exit-Schild des Highway 101 zu lesen war, und begann den ersten Ausbildungsteil, den Introductory Course bei Monty Roberts. Er selbst war zu Beginn der Ausbildung anwesend, überließ die internationale Gruppe aber seiner Mitarbeiterin Koelle Simpson, die zusammen mit Kasia Tomasewicz einen wirklich sehr beeindruckenden Kurs mit uns durchführte.

Teil zwei, der Advanced Course sollte dann erst ein Jahr später möglich sein, was unsere sehr motivierte Gruppe aber nach längeren Verhandlungen mit Monty auf sechs Monate verkürzen konnte.

Ich erinnere mich noch genau an unsere Ankunft im „The Windmill", dem Days Inn, das man nicht verfehlen konnte, weil der Hotelkomplex von einer großen Windmühle geschmückt wurde.

Wir hatten ein schönes Zimmer im ersten Stock, es gab ein Schwimmbad und einen Whirlpool und das Motel lag für amerikanische Verhältnisse relativ nah an Montys Farm. Am nächsten Tag, dem ersten Vormittag, sah ich morgens um sieben Uhr aus dem Fenster und beobachtete einen jungen Mann mit langen Storchenbeinen, Cowboyboots, einem Karohemd und einem Stetson auf dem Kopf durchs feuchte Gras stapfen. Mein Mann meinte bewundernd „schau mal wie cool" und, dass das doch irgendwas hätte, die Amerikaner und ihr Outfit. Ich meinte, der da kommt höchstwahrscheinlich aus Castrop-Rauxel und ist bei uns im Kurs. Beim Frühstück in der Lobby stellte sich dann sogleich heraus, dass ich recht hatte. Also nicht mit Castrop-Rauxel, Thomas war aus Krefeld, aber mit Kohlenpott lag ich ja da gar nicht so daneben.

Monty begrüßte uns in unserem Klassenzimmer auf der Farm, die zwischen Buellton und Solvang liegt, und die damals aus dem Schulungszentrum, das Montys Baby war, und der Deckstation, die unter Pats Regie lief, bestand.

Er stellte uns unsere Ausbilderin, Koelle Simpson, vor und danach sahen wir uns gemeinsam den Film „Cloud – ein wilder Hengst in den Rocky

Mountains" an. Der Film war faszinierend und zeigte wundervolle Bilder von wilden Pferden in den Rockies, aber für mich war er auch schockierend. Ich hatte mir die wilden Herden immer so friedlich und unendlich frei vorgestellt.

Der Film zeigte aber die Realität. Die Herausforderungen eines freien Lebens, Vor- und Nachteile, Szenen, in denen ein Hengst zum Schutz der Herde ein krankes Fohlen tötet oder in denen Pferde miteinander kämpfen und schwere Verletzungen davontragen.

Cloud, ein sehr helles, cremefarbenes Fohlen, das die Fotografin jahrelang in den Rockies begleitet hatte, war der Star und Hauptdarsteller der Dokumentation. Man sah ihn als wunderschönes Fohlen, als Youngster und später als total zerschundenes, lahmes Pferd, das offensichtlich einen Kampf mit einem anderen Hengst nicht gut weggesteckt hatte. Nachdem die Fotografin ihn über lange Zeiträume nicht mehr gesehen hatte, war sie der Annahme, Cloud sei seinen Verletzungen erlegen und tot. Umso schöner war es, als sie ihn eines Tages, viele Monate später, voller Stolz mit seiner Stute und einem Fohlen bei Fuß wiedersah.

Obwohl der Film beeindruckend war mit seinen wunderschönen Naturaufnahmen, war ich doch ein wenig enttäuscht, dass wir nicht sofort mit dem „Hands on" starteten. Geduld war noch nie meine Stärke gewesen. So verging der Vormittag mit der Begrüßung, dem Film und jeder Menge Formularen, die wir auszufüllen hatten.

Ich war nach all der Begeisterung für das Monty Roberts International Learning Center zunächst einmal wie vor den Kopf gestoßen. Ich verstand erst viel später, was Monty damit bezweckte. Er versuchte uns die Romantik von typischen Stadtkindern, die von Pferden keine Ahnung haben, zu nehmen und uns ein Stück Realität vor Augen zu führen.

Damit wollte er sicher auch erreichen, dass wir vorsichtig wurden und die Sicherheitsregeln befolgten, hatten es doch die meisten von uns bisher vor allem mit sanftmütigen älteren Freizeitpferden zu tun gehabt. Aber ein weiterer Grund war sicher auch, dass wir lernen sollten, uns für die Pferde zu engagieren und zu sehen, was alles passieren konnte. Dass wir uns, wie er selbst, dafür einsetzten, das Leben für Pferde und Menschen – wie er selbst immer sagte – besser zu machen, wenn wir ihnen schon ihr natürliches

Umfeld nahmen. Er machte auch ganz deutlich, dass Pferde keine Reiter brauchen, der Reiter aber ohne Pferd eine ziemlich verlorene Figur abgibt. Ich war zunächst einmal trotzdem total verunsichert. Ich hatte etwas über den feinen Umgang und den Respekt den Pferden gegenüber lernen wollen, mit einem Wort „Pferdeflüstern". Heute bin ich dankbar, dass ich in den USA Dinge gesehen habe, von denen ich nichts wusste und die ich für unmöglich gehalten hätte. Es braucht nämlich auch Mut, hinzuschauen und gegebenenfalls einzuschreiten, wenn man etwas verändern will. Ich hatte natürlich auch geglaubt, direkt von Monty lernen zu können und, obwohl Koelle eine wirklich brillante Ausbilderin war, war ich zunächst enttäuscht.

Immer wieder blieb ein Teil der Ausbildung Filmen von Missständen vorbehalten. Das betraf auch tierarztrelevante Themen mit Krankheiten oder Unfällen, aber nie werde ich die Filme über die Premarin-Stuten vergessen, die als dauerträchtige Produktionsmaschinen für östrogenhaltigen Harn dienen, den dieses Medikament enthält, das ein Verkaufsschlager für Frauen in den Wechseljahren in den USA ist. Es war für mich unfassbar, welches Leid diesen Stuten, die in eng angebundenen Ständern stehen und deren neugeborenen Fohlen, die direkt nach der Geburt brutal getötet werden, widerfährt.

Oder das Schicksal der „recipient mares". Das sind Stuten die mit der befruchteten Eizelle eines meist sehr teuren und erfolgreichen Rennpferdes via Embryotransfer künstlich befruchtet werden. Die teure Stute von der Rennbahn kann dann weiter Rennen laufen und Gewinngelder kassieren. Die recipient mare hat ein ähnliches Schicksal wie die premarin mare mit dem Unterschied, dass ihre Fohlen zumindest erwünscht sind und heranwachsen dürfen.

Bei meinem Fortgeschrittenen-Kurs bei Monty ein Jahr später bekam ich so eine recipient mare als Projektpferd. Es war eine zehnjährige Rappstute, die panische Angst vor engen Durchgängen hatte. Sie gehörte einem bekannten Schauspieler, John Forsythe, der damals in der Serie „Der Denver Clan" den Blake Carrington gespielt hatte, und der mehrere eigene Rennpferde besaß. Da ich damals ein großer Denver Fan gewesen war und fast jede Folge gesehen hatte, war ich sehr stolz, „Blake Carrington" persönlich kennenzulernen und auch noch mit seiner recipient mare arbeiten zu dürfen. Trotzdem tat mir die Stute total leid. Ich habe vier Wochen lang täglich ein bis zweimal trainiert.

Es war natürlich klar, dass streng nach Montys Methoden gearbeitet wurde: Join-Up, Follow-Up, Führübungen im Paddock, danach auf der Anlage.

Ich benutzte Montys Dually Halfter, ein patentiertes Schulungshalfter, das sich sehr gut für Führübungen und zum Verladen eignet. Es hat unter dem Nasenriemen ein doppeltes Nylonband mit je einem Ring rechts und links, der durch die Ringe des Halfters auf beiden Seiten durchgezogen wird und dadurch beweglich ist.

Dieser zweite Nasenriemen dient der Schulung des Pferdes, da er sich auf Druck zusammenzieht und enger wird und wie ein Sidepull oder eine bitless Bridle Druck auf die Nase des Pferdes ausübt. Das Dually Halfter ist besonders effektiv, weil das Pferd eine sofortige Reaktion auf Widersetzlichkeiten bekommt, die es sich, wenn der Trainer gut ist, über den engen Riemen selbst zufügt. Wesentlich ist natürlich, dass man auf keinen Fall an diesem Halfter zieht oder das Pferd daran anbindet. So lernt das Pferd sehr schnell, dass es gemütlicher ist, locker zu bleiben.

Mein Außentraining mit der recipient mare begann ich auf den mit Büschen eingesäumten Wegen. Auch das war schon eine Herausforderung. Danach kamen die Wege zwischen den Außenboxen dran, dann die zwischen den Koppeln. Ich begann mit kurzen Strecken und dehnte das Training täglich um ein paar Minuten aus. Oft arbeitete ich zwei Mal täglich mit meiner Stute, und es begann, mir wirklich Spaß zu machen. Eine große Herausforderung für das Pferd war, mit mir durch enge Tore zu gehen, wie der Eingang zum Round Pen oder in die Box, aber auch das klappte mit der Zeit.

Als Round Pen bezeichnen die Amerikaner einen eingezäunten Longierzirkel. Der Zirkel kann mit Panels eingezäunt sein oder auch aus einem festen Gebäude mit Dach bestehen.

Das Schwierigste sollte aber noch kommen. Das war der Untersuchungsstand, der nur circa zwei Meter lang und einen Meter breit ist. Er konnte vorne und hinten geschlossen werden und wird von Tierärzten gerne benutzt, um ein Pferd einfacher untersuchen oder behandeln zu können. Ich begann das Training mit beiden Seiten offen. Das war allerdings eine Übung, die die Stute gar nicht gut fand und, obwohl wir mittlerweile ein vertrauensvolles Verhältnis aufgebaut hatten, war ihr das doch zu viel. Ich verstand sofort, dass sie diese Art von Gerät kannte. Klar, sie war ja eine Empfängerstute, also eine Leihmutter.

Ich hatte mich mittlerweile informiert und wusste, dass beim Embryotransfer die Stute bei ihrem Eisprung besamt wird und ganz normal trächtig wird. Nach sechs bis acht Tagen wird der Embryo ausgespült und dann auf die Empfängerstute übertragen. Das wird in einem solchen Untersuchungsstand gemacht.

So sehr mir die Arbeit mit dem Pferd die ganze Zeit über Spaß gemacht hatte, so sehr war ich jetzt im Konflikt mit mir selbst. Ich hatte einfach das Gefühl, dass ich der Stute mit meiner sogenannten Vertrauensarbeit gar nicht half. Im Gegenteil, ich trug dazu bei, dass sie möglichst schnell wieder einen Embryo eingesetzt bekommen konnte. Da die Zyklen der Spenderstute bestmöglich mit der der Empfängerstute übereinstimmen sollten, kann es sein, dass die Empfängerstute dann auch noch einer Hormonbehandlung unterworfen wird.

Viele dieser Beispiele haben mir deutlich vor Augen geführt, wie der Mensch die Natur unterwirft und ausbeutet. Dabei gibt es auf der einen Seite finanzielle Interessen, auf der anderen Seite kann es aber auch der vermeintliche persönliche Nutzen und die Dummheit der Menschen sein wie bei den Medikamenten gegen Wechseljahresbeschwerden.

Aber auch unsere Konditionierung durch unsere äußeren Umstände wie die Familie, die Kultur und das Zeitalter, in dem wir leben, spielen dabei eine Rolle, die uns meist gar nicht bewusst ist. Und das ist ein Problem, das weltweit auftritt, nicht nur in den Vereinigten Staaten. Dabei kamen mir die Stierkämpfe in Spanien in den Sinn, die es schon Jahrhunderte lang gab und bei denen das Ritual der Tötung eines Kampfstieres zelebriert wird. Bis vor Kurzem waren die Menschen begeistert, so ein Spektakel sehen zu dürfen, ist es doch eine sehr alte Tradition und ein Volksfest, bei dem männliche Kraft, Geschicklichkeit und Mut gefeiert werden. Kurz gesagt, die Überlegenheit des Menschen über die Natur. Ein Umdenken dauert in so einem Fall natürlich lange. Das sieht man auch an den englischen Fuchsjagden, die seit 2005 verboten sind, aber bei der Upper-Class immer noch praktiziert werden und England förmlich gespalten haben oder bei den amerikanischen oder kanadischen Rodeos.

Es gäbe noch unzählige Beispiele, wie wir unsere Tiere quälen wie die ägyptischen, in allen Farben schillernden Anstecknadeln, die aus lebendigen Insekten, meist Skarabäen mit schillernden Flügeln bestehen, die auf eine Brosche geklebt werden, aber auch unzählige Tiere, nicht nur Pferde, die in jämmerlichen, viel zu klein dimensionierten Verschlägen vegetieren müssen. Wenn ich nur an die Legebatterien unserer Hühner oder die asiatischen Fische, die in Plastiktüten verkauft werden, denke, wird mir schlecht. Monty brachte mich durch seine Filme zum Nachdenken und Beobachten und das ist das Wesentliche, wenn wir die Dinge besser machen wollen.

Damals ging es mir aber zunächst einmal nur um Montys Techniken, um so schnell wie möglich und so sanft wie möglich erfolgreich mit Pferden arbeiten zu können und, ich glaube, so ging es fast allen aus unserer Gruppe.

Wir waren deshalb alle sehr aufgeregt und begeistert, als wir hörten, dass uns ein erstes Ziel unserer Ausbildung, nämlich ein richtiges Join-Up, von Monty persönlich gezeigt werden würde.

Wir trafen uns am größeren seiner beiden überdachten Round Pens mit einem Durchmesser von circa fünfzig Fuß. Monty begann die Lerneinheit damit, uns etwas über die Größe seiner Round Pens zu erklären. Der größere war sechzehn Meter im Durchmesser, der kleinere fünfzehn Meter. Je kleiner der Round Pen, umso leichter wird die Arbeit für den Trainer.

Natürlich hängt die Größe des Round Pens auch von der Größe der Pferde ab. Da auf Flag is Up hauptsächlich mit Quarter Horses, Arabern und Vollblütern gearbeitet wird, sind seine beiden, eher kleineren Round Pens perfekt. Wenn man mit großen Warmblütern arbeitet, die ein Meter siebzig Stockmaß überschreiten, kann ein Round Pen von siebzehn bis achtzehn Metern Durchmesser sinnvoll sein, da die Pferde sonst Schwierig-keiten beim Galoppieren bekommen können, und die Gefahr besteht, ihnen unwissentlich Kreuzgalopp und Außenstellung beizubringen.

Nach diesen Ausführungen ging es immer noch nicht ans Pferd, sondern wir sprachen über die Sicherheit für Trainer und Pferd und damit über die Wichtigkeit, eine vertrauensvolle Basis zu schaffen und sich im Round Pen immer so zu positionieren, dass man weder geschlagen, noch gebissen werden konnte.

Es sei entscheidend, dem Pferd immer eine Wahlmöglichkeit zu lassen. Zwang und Zeitdruck führten zu nichts. „Slow is fast, fast is slow" Das Geheimnis sei, dem Pferd den Weg, den man gerne mit ihm gehen würde, leicht zu machen und ihm die Alternativen, die es sich als Ausweichmanöver aussuchen würde, zu erschweren. Er selbst studiere die Pferde nun bereits seit 1948 und habe dabei erstaunliche Erkenntnisse gewonnen: Pferde verfügten über ein Kommunikationssystem. Nicht mit Worten so wie wir Menschen, sondern nonverbal. Eine stumme Sprache, die aus Gesten bestehe. Und das Gute daran sei, dass wir Menschen in der Lage seien, diese Gesten nachzumachen, und die Pferde würden sie verstehen.

Diese Möglichkeit der Kommunikation bilde die Basis für eine vertrauensvolle Kooperation. Da Pferde Herdentiere seien, sei es wesentlich, dabei Ruhe auszustrahlen. Wenn man der Chef sein wolle, müsse das Pferd gerne bei einem sein wollen. Man musste zum sichersten und angenehmsten Ort für das Pferd werden und man durfte weder ängstlich noch hektisch sein.

Er habe in all den Jahren gelernt, seine Atmung, seine Pulswerte und sogar seine Schweißdrüsen unter Kontrolle zu halten. Ich war total beeindruckt, konnte mir aber damals nicht vorstellen, wie so etwas möglich sein sollte und bekam schon mal den ersten Verdacht, dass es hier mit ein bisschen Technik, einem Cowboyhut und einem Lead Rope nicht getan war.

Die Round-Pen-Sitzung begann mit einem Join-Up. Ich kannte den von Monty gesetzlich geschützten Begriff „Join-Up" damals noch nicht und erfuhr, dass es einfach den Moment bezeichnet, indem das Pferd die Entscheidung trifft, lieber bei seinem Menschen zu sein als zu flüchten. Wir alle kennen die Bilder mit Monty und einem Pferd, das er liebevoll an der Stirn berührt. Es ist der Vertrauensbeweis des Pferdes, der Moment, in dem das Pferd freiwillig auf seinen Trainer zugeht und seine Nase zu ihm ausstreckt.

Dieser Moment kann mit allen Pferden, unabhängig von Rasse oder Ausbildungsstand erreicht werden. Join-Up funktioniert sogar mit Mustangs in der Wildnis, wie Monty bei seinem Experiment mit Shy Boy gezeigt hat, einem Mustang, den er 1997 in Nevada mit dieser Methode auf offener Prärie eingefangen hat und der während meiner Ausbildung auf der Ranch 2003 noch dort lebte und eins seiner Lieblingspferde war.

Monty wurde oft in der Öffentlichkeit angegriffen und man warf ihm vor, die Pferde zu traumatisieren. Das Join-Up sei ungerecht und unnatürlich, da die Pferde ja gar nicht weg gehen könnten. Mit Shy Boy hat er diesen Vorwurf widerlegt, aber auch mit seinen Vorführungen im Round-Pen. Jeder, der ihn aus der Nähe mit Pferden arbeiten gesehen hat, und ein bisschen einfühlsam ist, wird bestätigen können, dass die Methode viel sanfter und schneller ist, als alles, was bis dahin bekannt war.

Wer Monty kennt, weiß, wie sehr er unter seinem gewalttätigen Vater gelitten hat, der nicht nur die Pferde windelweich schlug, wenn sie sich ihm widersetzten, sondern auch bei der Erziehung seines Sohnes keine Ressentiments kannte vor körperlicher Gewalt. Montys Ansatz ist daher, dem Pferd immer eine Wahlmöglichkeit zu lassen und niemals irgendetwas mit Gewalt erzwingen zu wollen. Wer ihm bei der Arbeit mit Pferden zugesehen hat – und damit meine ich nicht die Shows – kann nur staunen über sein Einfühlungsvermögen und seine Erfahrung im Umgang mit Pferden.

Unser erstes Join-Up auf Flag Is Up Farms war auf jeden Fall sehr beeindruckend. Monty brachte das erste Pferd mit einer Führleine in den Round Pen. Er führte das Pferd in die Mitte des Zirkels und stellte sich direkt vor ihn. Ohne ihn anzusehen, strich er sanft über seine Stirn, drehte ihn danach in alle vier Himmelsrichtungen, wobei er ihn jedes Mal am Kopf berührte. Diese Prozedur erleichtere dem Pferd die Orientierung und schaffe Vertrauen.

Nun ließ er das Pferd los und trat, ohne es anzusehen, zurück auf Höhe der Kruppe, wo das Pferd ihn nicht schlagen konnte. Danach ging die Kommunikation los: Monty blickte dem Pferd mit einem Schlag direkt in die Augen „eyes on eyes", was bedeutet „geh weg", nahm eine militante Haltung ein mit aufrechten Schultern „shoulders square" und schlug sich mit den Enden der aufgewickelten Führleine gegen seine eigenen Schultern „get aggressive", was ein interessantes Geräusch erzeugte, das das Pferd zum Flüchten brachte. Wie, um dem Pferd mitzuteilen, dass er das genau beabsichtigt hatte, warf er die Leine noch hinter ihm her in Richtung auf seine Hinterhand und hielt so das Pferd in Gang. Die Fluchtdistanz sei, wie er sagte, ungefähr eine Viertel- bis Dreiachtel einer Meile, also circa vierhundert bis fünfhundert Meter. Das bedeute in dem fünfzig Fuß großen Round Pen, dass das Pferd mindestens vier bis sechs Runden weiterlaufen musste.

Danach drehte Monty ihn um, indem er sich vor den Gleichgewichtspunkt, der in Höhe des gedachten Sattelgurtes liegt, stellte und mit der Leine, die er in der inneren Hand hielt einen Richtungswechsel auslöste. Nach einigen Runden ließ er ihn nochmals die Hand wechseln. Das sollte es für das Pferd angenehmer machen, da es ja bereits zu Anfang auf dieser Hand gelaufen war und sich so beruhigte. Trotzdem ließ er ihn nicht langsamer werden oder den Hufschlag verlassen. Er streckte dafür die Finger seiner Hand aus, damit sie wie die Krallen eines Raubtiers aussahen und deutete damit in Richtung des Pferdes.

Nun begann das Pferd zu verhandeln. Das erste Zeichen war, das innere Ohr des Pferdes, das nun fest auf Monty gerichtet war. Das bedeutete für ihn „das Pferd gibt mir seine Aufmerksamkeit". Monty sagte uns immer, welche Zeichen das Pferd uns als nächstes geben würde und deren Bedeutung. Das innere Ohr auf ihn gerichtet, bedeute, dass er nun für das Pferd, wenngleich es auch noch nicht verstand warum, wichtig war.

Die zweite Geste war, dass das Pferd seinen Kopf senkte bis fast in den Sand. Dies bedeute, dass sich das Pferd dem Trainer unterordne. Diese Geste kann man auch provozieren, indem man das Pferd wegschickt mit nach oben gestrecktem Arm und geöffneten Fingern wie die Tatze einer Raubkatze mit ihren Krallen und dann mit über dem Kopf erhobenen Arm, gut sichtbar für das Pferd, die Finger zur Faust schließt und langsam vor den Körper führt. Das Pferd wird sofort langsamer und senkt den Kopf.

Die dritte Geste war das Lecken und Kauen des Pferdes das Monty deutete mit einem angedeuteten „ich bin beim Grasen, ich habe keine Angst", so wie das Fohlen wohl zeigen, wenn sie sich unsicher fühlen. Es bedeute, dass sich das Pferd beruhige und keine Angst mehr habe.

Die vierte Geste, die bereits anzeigt, dass das Pferd zum Join-Up bereit ist, ist, dass es langsamer wird, vom Hufschlag kommt und einen kleineren

Zirkel läuft. Diese Geste bedeutet „lass mich aufhören, zu flüchten, lass mich zu dir kommen" Das Pferd wird langsamer und senkt den Kopf.

Sobald er uns das erklärt hatte, passierte das auch und das Pferd drehte dabei Kopf und Hals nach innen und schien Monty zu beobachten. Dies bedeute, meinte Monty, dass das Pferd nicht mehr länger flüchten, sondern über eine Lösung verhandeln und zu ihm kommen wolle.

Das Follow-Up, das bedeutet, dass das Pferd dem Trainer freiwillig und ohne Führstrick folgt, war nur eine logische Folge davon.

Monty lud das Pferd zu sich ein, und es drehte sofort ab und folgte ihm, bis zum magischen Moment des Join-Ups, wenn es seinen Rücken leicht mit der Nase berührte, sich ihm anschloss und ihm quer durch die Bahn folgte.

Das ist für Monty die Basis für alles, was man mit einem Pferd machen möchte. Das heißt nicht, dass vor jeder Trainingseinheit ein Join-Up gemacht wird. Das Join-Up sollte nur ein paar Mal zur Vertrauensarbeit gemacht werden. Es ist nicht als tägliches Training gedacht. Monty bekommt damit den Respekt des Pferdes, den Pferde sich in der Freiheit, aber auch auf der Koppel, durch ihre Herdenkämpfe holen. Es ist ein Mittel, um die Fronten zu klären und die Rangordnung festzulegen und damit eine Methode des Trainings, die sich am Verhalten der Pferde orientiert. Auch hier zeigt sich wieder, dass man durch Beobachten die besten Erfolge hat.

Für mich war das eine wirkliche Erkenntnis, hatte ich doch mein ganzes Leben lang die Erfahrungen anderer sehr geschätzt, für unumstößlich gehalten und die neue Technik versucht, möglichst identisch wie der Trainer selbst durchzuführen.

Hier lernte ich etwas anderes. Ich sollte lernen, mich einzufühlen, hinzusehen, die Dinge zu hinterfragen und selbst zu entscheiden. „Think out of the box!" war Montys Ratschlag, was so viel bedeutet wie „lass dir was einfallen". Das heißt nicht, dass ich mich nicht mehr für die Erfahrung anderer interessiere. Ganz im Gegenteil. Aber, wenn sich etwas nicht gut anfühlt oder nicht das erwünschte Ergebnis erzielt, bin ich heute bereit mich von der Ansicht „so geht das", „das haben wir schon immer so gemacht", „du musst das Rad nicht neu erfinden" zu verabschieden.

Monty hatte in seiner Jugend viel Gewalt erlebt. Schon die Sprache drückt aus, dass das Trainieren von Pferden in Amerika damals eher ein Kampf war als vertrauensvolles Training. „To break a horse" – ein Pferd brechen – sagt schon einiges über die Methoden der damaligen Cowboys aus und es gibt, nicht nur in Amerika, Bilder, bei denen Pferde von mehreren Männern mit Seilen und maximalem Krafteinsatz trainiert – oder sollte man besser sagen drangsaliert wurden, egal, ob sie nicht in den Hänger gehen wollten, das Kompliment nicht freiwillig zeigten oder nicht in die Starterbox beim Pferderennen gingen.

Als er seine gewaltfreie Methode öffentlich vorstellte, wurde er von seinen Reiterkollegen ausgelacht. Wie weit seine Vorgehensweise von den allgemein üblichen abwich und wie sehr er damit die Öffentlichkeit irritierte, zeigte auch, dass er, nachdem er sein erstes Buch veröffentlicht hatte, sogar aus der Hall of Fame geworfen wurde, weil seine Methoden den amerikanischen Traditionen widersprachen. Ein richtiger Cowboy ließ sich doch von so einem blöden Gaul nichts bieten. Es war klar, dass man zeigen musste, wer den größeren Dickschädel hat. Monty meinte dazu nur, wenn Tradition bedeute, es nicht besser machen zu dürfen, habe er kein Interesse an dieser Art von „Ehrung".

Damals wurde auch ich von meinen Reiterkameraden ausgelacht, als sie erfuhren, dass ich eine Ausbildung bei Monty Roberts machte. Was konnte man schon von einem Cowboy, der Kühe treibt und Rodeos geritten ist, lernen. Von vielen wurde Monty auch der Vorwurf gemacht, gar nicht sanft zu sein, sondern Pferde zu traumatisieren. Heute bin ich sehr froh, dass die FN, die deutsche reiterliche Vereinigung, American Horsemanship als Basis jeglichen Umgangs mit Pferden in ihre Richtlinien aufgenommen hat, und ich weiß, dass Monty neben Egon von Neindorff einer meiner wichtigsten Lehrmeister war.

Ein besonderes Geschenk war natürlich auch, dass Monty damals während unserer Ausbildung die ganze Zeit auf der Farm war und wir ihn auch in persönlichen Gesprächen kennenlernen durften. Im Allgemeinen war er nämlich eher selten daheim. Er reiste die meiste Zeit quer durch die Welt und stellte seine gewaltfreie Methode vor.

Er hat eigens dafür Join-Up International, eine Non-Profit-Organisation gegründet, die sich zum Ziel gesetzt hat, sanfte und effiziente Alternativen zu Gewalt und Zwangsmaßnahmen im Umgang mit Pferden und Menschen einer breiten Öffentlichkeit zugänglich zu machen. Er erhält daher bei seinen Tourneen die er seit über zwanzig Jahren weltweit unternimmt, nur die Spesen für Transport, Unterkunft und Verpflegung. Der Rest der Einnahmen geht an die Organisation.

Sehr schön waren die gemeinsamen Abende wie zum Beispiel das Steak-Essen im Red Barn, seinem damaligen Lieblingsrestaurant, wo es angeblich die weltbesten Steaks gab, aber auch die Einladungen von Monty und Pat in ihren persönlichen Saloon in ihrem Haus, wo es Pizza für uns alle gab und wo er uns Geschichten aus seinem Leben erzählte.

An den Wänden hingen Bilder von seiner aktiven Zeit auf Pferdeshows und Turnieren, auch von Rodeos, von Filmszenen in Hollywood und natürlich Bilder von Shy Boy. Er erzählte von seiner Zeit in Hollywood, den Stunts, die er ritt und seinem Freund, James Dean, vom Join-Up mit Rehen, das noch viel schwieriger sein muss als das mit Pferden und von der Geschichte mit der Hall of Fame Ende der vierziger Jahre

Pat, Montys Frau, war an manchen Abenden auch mit von der Partie und zeigte uns ihre Bronze Skulpturen, die sie selbst herstellt.

Es waren total nette Abende, sehr familiär und informativ. Ich hörte damals zum ersten Mal, dass Pat und Monty neben ihren eigenen drei Kindern viele Pflegekinder großgezogen haben. In der Zwischenzeit müssen es siebenundvierzig sein. Ich fand das unglaublich.

Wir alle waren beeindruckt, wie vielseitig dieser Mann ist – Schauspieler, Stuntman, Rodeoreiter, Pferdetrainer und -züchter, Familienvater, Buchautor und Therapeut. Schon die ganze Zeit auf Flag is up hatte ich den Verdacht gehabt, dass hier nicht nur Pferde therapiert wurden. Monty hat mein Leben verändert, und ich glaube, auch die anderen erfolgreichen Absolventen der ersten Etappe des Introductory Courses waren stolz, nun irgendwie dazuzugehören und auf Vieles eine andere Sichtweise zu bekommen.

Für mich und uns alle war es immer beeindruckend, wie uns Monty jeden seiner Schritte im Round Pen im Voraus erklärte und wie die Dinge auch genauso eintrafen. Er konnte die Pferde so gut lesen, dass er ganz genau wusste, was sie als Nächstes tun würden. Und Schnelligkeit, sowie das „thinking out of the box", was uns zeigte, dass es nicht reichte, eine bestimmte Methode zu kennen, waren erste Voraussetzungen für ein erfolgreiches Training. Man musste flexibel und blitzschnell sein, im Grunde genommen musste man schneller als die Pferde sein, und aus der Situation heraus eine Lösung finden und zwar sofort und auch noch möglichst die richtige.

Ich bin froh, dass ich zwei Jahre dem Erlernen von Montys Methoden gewidmet habe. Sehr gut war auch meine Entscheidung, anschließend als „Staff" mit ihm auf Deutschland und Spanien-Tournee zu gehen.

Es waren unbezahlbare Erfahrungen. Ich habe es genossen, im Team zu sein und Monty über einen längeren Zeitraum ganz aus der Nähe kennen lernen zu dürfen. Speziell in Spanien waren wir auch mit Leuten von der Rennbahn in Kontakt. Das war eine vollkommen neue Welt für mich und daher total interessant. Ich wusste nicht, wie frustrierend es ist, ein tolles Rennpferd zu haben, das sich dann weigert, in die Starterbox zu gehen.

In der Nähe von Madrid durfte ich einen ganzen Tag dabei sein und zusehen, wie Monty Rennpferde trainierte. Er hatte auch eine eigens für die Starterbox konzipierte Schutzdecke für die empfindlichen Pferde ent-worfen, die dann beim Start abgeworfen wurde. Immer wieder konnte ich beobachten, dass mit Zwang und Zeitdruck absolut nichts zu machen war, und ich bewunderte, wie ruhig und geduldig Monty immer blieb, ganz egal, was die Pferde machten.

Gerne erzählte er auch von Lomitas, einem außergewöhnlich erfolgreichen Rennpferd aus dem Gestüt Fährhof in der Nähe von Bremen, mit dem er Anfang der neunziger Jahre gearbeitet hatte, weil das Pferd sich weigerte, in die Starterbox zu gehen. Monty gelang es, dem Pferd die Angst vor der Starterbox zu nehmen und Lomitas gewann das Rennen. Keiner ahnte, welche Konsequenzen die unglaublichen Erfolge von Lomitas für ihn selbst und seinen Besitzer, Walther J. Jacobs haben sollten.

Es gab Erpressungsversuche, in denen damit gedroht wurde, das Pferd zu vergiften, wenn sein Besitzer nicht zahlen würde. Trotz extremer Sicher-heitsvorkehrungen gelang den Erpressern ein Giftanschlag. Auch hier setzte sich Monty Roberts in einer Nacht- und Nebelaktion dafür ein, dass das

Pferd zuerst unbemerkt nach England geflogen werden konnte. Als auch dort seine Sicherheit nicht mehr gewährleistet werden konnte, vermittelte er ihn an einen Rennstall nach Santa Anita/Kalifornien, wo er bis zu seinem sechsten Lebensjahr Rennen lief. Er konnte aber nie mehr an die alten Erfolge anknüpfen, da seine Hufe so unter der Vergiftung, die ihm mit vier Jahren zugefügt worden war, gelitten hatten, dass er ein Leben lang damit Probleme hatte. Seine Karriere als Rennpferd war nun auch altersbedingt zu Ende und er durfte noch bis zu seinem zweiundzwanzigsten Lebensjahr zurück auf den Fährhof, wo er geboren wurde und wo er im Jahr 2010 an einer Kolik gestorben ist. Bis zu seinem Tod war er auch als Deckhengst sehr erfolgreich.

Neben Einblicken in den Rennsport gab mir Monty auch das Interesse für Wildpferde mit auf den Weg. Er erzählte uns von den Auffangstationen für Mustangs, die es in verschiedenen amerikanischen Bundesstaaten gibt und von Equine Voices, einer non-profit Organisation, die vernachlässigte, alleingelassene oder missbrauchte Pferde aufnimmt, und auch Mustangs vor dem Schlachthaus rettet. Damals arbeitete Anna Twinney, die vor Koelle Simpson Ausbildungsleiterin auf Flag is Up gewesen war, in diesem so genannten Sanctuary und ein Teil unserer Gruppe machte einen Ausflug in die Auffangstation. Es war sehr interessant, mit Anna zu reden und vom Problem der amerikanischen Mustangs zu hören, die mittlerweile selbst in dem riesigen Amerika keinen Platz und keine Daseinsberechtigung mehr haben. Auf Montys Farm gab es einige ehemalige Mustangs, die teilweise sehr schwer zu handeln waren. Ich erinnere mich an Nevada Jane, eine kleine Stute, bei der ich ewig gebraucht hatte, bis ich ihr bloß das Halfter anlegen konnte.

Aber das war nichts im Vergleich zu den kanadischen Mustangs, die Monty speziell für unsere Abschlussprüfung aus Kanada importiert hatte. Die Pferde wurden einen Tag vor unserer Prüfung angeliefert und auf einer großen Koppel ausgeladen oder besser gesagt auf kalifornischer Erde aus-gekippt. Die Stimmung war super aufgeregt bis aggressiv und die Herde von circa zwanzig Pferden raste in Panik stundenlang durcheinander.

Ich war in der praktischen Prüfung am nächsten Tag als Zweite an der Reihe und sollte in unserem Klassenzimmer warten, bis ich dran war. Die

Prüfungen begannen um 9 Uhr. Um 9.20 Uhr sollte mein Einsatz sein. Da ich eingesperrt war und mit niemandem reden konnte, wurde ich immer nervöser, als ich auch um 11.30 Uhr immer noch auf meine Prüfung wartete. Endlich kam dann Koelle und holte mich und wir gingen zu einem Shoot, einem sogenannten Treibgang aus 1,70 Meter hohen, hengstsicheren Panels, die für die Mustangs aufgebaut worden waren. Monty entschuldigte sich, dass ich so lange hatte warten müssen und erklärte mir, dass mein Vorgänger, Georg, die Aufgabe hatte, einen der Mustangs aus der Herde zu treiben. Das habe so lange gedauert und, ehrlich gesagt, habe er selbst die Mustangs etwas unterschätzt. Sie hätten sicher vor ihrem Transport in die Vereinigten Staaten noch nie zuvor ein menschliches Wesen gesehen und wären deshalb definitiv etwas wild.

Er würde die Prüfung deshalb abkürzen und würde nun „meinen" Mustang selbst in den Shoot treiben. Er sagte mir, welcher das sein würde – der mit dem weißen Sternchen auf der Stirn – und dann konnte ich nur staunen, wie er ganz allein mit einigen wenigen Körperbewegungen das Pferd aus der Herde heraus separierte und in den Shoot trieb. Dort wurde dem Mustang dann nach vorne und hinten der Weg versperrt, sodass er wie in einem Löwenkäfig eingesperrt vor uns stand.

Wir standen zehn Meter vom Shoot entfernt und Monty erklärte mir meine Aufgabe. Ich solle mich dem Mustang nähern und das Ziel sei, ihn mit der Hand am Widerrist berühren zu können. Das klingt jetzt wie der totale Witz und man fragt sich, was daran schwierig sein soll. Wahrscheinlich hält man mich für ängstlich oder übervorsichtig, aber es war so viel Spannung in der Luft, dass mir vollkommen klar war, dass ich jetzt nicht einfach ans Panel herantreten und das Pferd mal kurz anfassen konnte. Das Pferd war panisch, die Stimmung absolut geladen und das Bild mit dem Löwen im Käfig ließ sich einfach nicht aus meinem Kopf ausblenden.

Ich begann also mit „"advance and retreat", eine Methode, die wir gelernt hatten und bei der man, um Spannung abzubauen, immer wieder einige Schritte auf das Pferd zugeht und dann wieder einen Schritt rückwärtsgeht. Das setzte ich ein paar Minuten lang fort und kam auch immer näher an das Pferd heran.

Monty wurde aber allmählich ungeduldig und meinte, wir wären spät dran, ich solle mich mal ein bisschen beeilen. Er selbst wäre jetzt schon mit den Händen am Pferd. Ich erwiderte „du bist auch Monty Roberts". Er lächelte etwas und meinte, ob wir in Deutschland denn keine jungen Pferde hätten. Ich antwortete „in Stuttgart ist noch nie ein Mustang über den Schlossplatz galoppiert". Dann fragte er, ob wir denn nicht mit seinen Mustangs geübt hätten.

Koelle ereiferte sich sofort, ihm mitzuteilen, welche Mustangs wir wann und wo im Einsatz gehabt hatten. Monty gab an dieser Stelle zu, dass diese Mustangherde die Wildheit einer „normalen" ein wenig überschritt und natürlich auch die der ehemaligen Mustangs, die schon einige Zeit auf der Farm verbracht hatten. Trotzdem solle ich jetzt langsam mal in die Gänge kommen.

Zu meiner Verteidigung sagte ich, dass ich nicht den Eindruck hätte, dass es eine gute Idee sei, jetzt einfach die letzten zwei Schritte auf das Pferd zuzumachen und einfach durch das Gitter zu greifen. Mein Gefühl sage mir, dass mir das Pferd dann eventuell auf den Kopf springen würde. Monty grinste und meinte „That's exactly what happened to George". Ich sagte, wenn ich das jetzt entscheiden dürfte, würde ich mir ein halbe Stunde Zeit lassen für die letzten beiden Schritte ans Panel und mindestens nochmal so lang, bevor ich die Hand durchschieben und das Pferd berühren würde. Er meinte, das sei eine nette Idee, aber leider nicht machbar. Wir hätten die Zeit einfach nicht. Ob mir nichts Schnelleres einfallen würde.

Für einen Moment war ich ratlos, aber dann schien ich irgendeinen Prüfungsschutzengel zu haben, denn mein Blick fiel beim Nachdenken auf den Boden und, wie durch ein Wunder, lag da ein Besen. Ich bot Monty die Option an, zu versuchen, das Pferd aus der Distanz mit dem Besenstiel zu berühren. Seine Antwort „great idea!" Ich musste fast lachen, weil auf Montys Farm natürlich Gegenstände nicht einfach so auf dem Boden rumliegen, aber ich schreibe das meiner Nervosität zu, dass ich daran nicht sofort gedacht hatte, hatten wir doch gelernt, dass es immer sinnvoll ist, die Aufregung zu senken und seine Atmung und seinen Puls unter Kontrolle zu haben und, wenn das nicht geht, einen Gegenstand zu nutzen, der selbige

Störungselemente nicht aufweist. Was also konnte besser sein als ein Besen ohne Atmung und Pulsschlag. Ich bückte mich also und nahm das Ding in die Hand.

Monty wollte wissen, was denn der Vorteil davon sei außer dem größeren Abstand zum Pferd. Ich spulte ab, was wir gelernt hatten und was er meiner Meinung hören wollte, nämlich, dass diese künstliche Armverlängerung neutral und daher im Moment für das Pferd weniger bedrohlich sei. „One point for you" war die Antwort und ich begann wieder mehr Selbstbewusstsein zu bekommen und den Besen in Richtung Panels hochzuheben, ohne allerdings das Bild eines in der Mitte abgebrochenen, in tausend Stücke zerfetzten Besens und einer verrenkten Hand meinerseits ganz verdrängen zu können.

Ich versuchte, den Besenstiel etwas seitlich vom Widerrist zu platzieren und so wenig wie möglich durch die Stangen zu schieben. Das Pferd begann die Augen aufzureißen, zu zackeln und zu steigen. Ich blieb aber mit dem Besen dran und nahm ihn erst weg, als der Mustangs sich etwas beruhigt hatte. Das hatten wir nämlich gelernt. Der Druck wird erst weggenommen, wenn sich das Pferd beruhigt. Das Wegnehmen ist die Belohnung, das sogenannte „positive Feedback". Auf diese Weise lernt das Pferd, das zu tun, was wir wollen.

Danach hangelte ich mich an meinem Besen Zentimeter um Zentimeter näher an den Mustang heran, bis ich endlich so nah war, dass ich ihn hätte berühren können. Aber auch das war schon wieder eine Mutprobe. Wenn ich das jetzt, Jahre später schreibe, klingt das völlig übertrieben und überängstlich, aber das Gefühl, ein Wildpferd, bei dem man spürt, dass es jeden Moment explodieren kann, zu berühren, brachte meinen Adrenalinspiegel schon ganz schön in Schwung. Um es kurz zu machen, ich rang mich schließlich durch, meine Hand durch die Panelstangen zu schieben und das Pferd am Widerrist zu berühren und konnte somit die Aufgabe in einer knappen halben Stunde erfüllen. So war ein Teil der praktischen Prüfung geschafft, aber auch mein Interesse an wildlebenden Pferden war geweckt.

Die Ausbildung auf Flag is Up war in jeder Hinsicht eine unglaubliche Bereicherung. Es ging nicht nur darum, eine Technik zum Join-Up zu lernen.

Ich selbst wurde in dieser Zeit genauso verändert, wie die Pferde, die gelernt hatten, Vertrauen zum Menschen aufzubauen und neben den theoretischen und praktischen Kursen in Anatomie und Pathologie der Pferde, Hufpflege und alternativen Heilmethoden, lernte ich auch sehr viel über Empathie und Zuhören und das Spielen mit Energien.

Auch die vielen unterschiedlichen Themen wie Premarin, Pferdeschlachtungen, Rodeos und Menschen, die keine Ahnung hatten, was ein Pferd braucht, waren wichtig und ich staunte immer, in wie vielen Themen sich Monty auch Reitweisen übergreifend auskannte.

Über „nur" American Horsemanship ging das ganz entschieden weit hinaus und, obwohl die öffentlichen Shows vom Prinzip her immer ähnlich ablaufen, habe ich Monty während der letzten zwanzig Jahre immer wieder auf den großen Messen getroffen und seine Veranstaltungen besucht, und immer wieder konnte er mich verblüffen.

Das letzte Mal war das auf der Equitana 2019 in Essen, als er mit seinen damals vierundachtzig Jahren auf einem Reining Horse in die große Arena galoppiert kam, seine Spins und Sliding Stops hinlegte und dann noch ein paar Witze darüber zum Besten gab, dass er nicht mehr ganz so gut zu Fuß sei und sich deshalb heute mal ein Pferd geliehen habe.

Ich muss sagen neben Egon von Neindorff war Monty Roberts, der Mann, der meinen Umgang mit Pferden am meisten beeinflusst und verändert hat.

Leben ist Veränderung.
Dieser Veränderung zu
widerstehen, wirkt dem
Lebensfluss mehr entgegen, als
sich ihr zu ergeben.
Die Essenz des Lebens
ist dessen Verlauf:
Die Ereignisse, Bedingungen und
Erfahrungen, die uns
formen und zeitweise auch aus
der Bahn werfen."

(Samuel Taylor Coleridge)

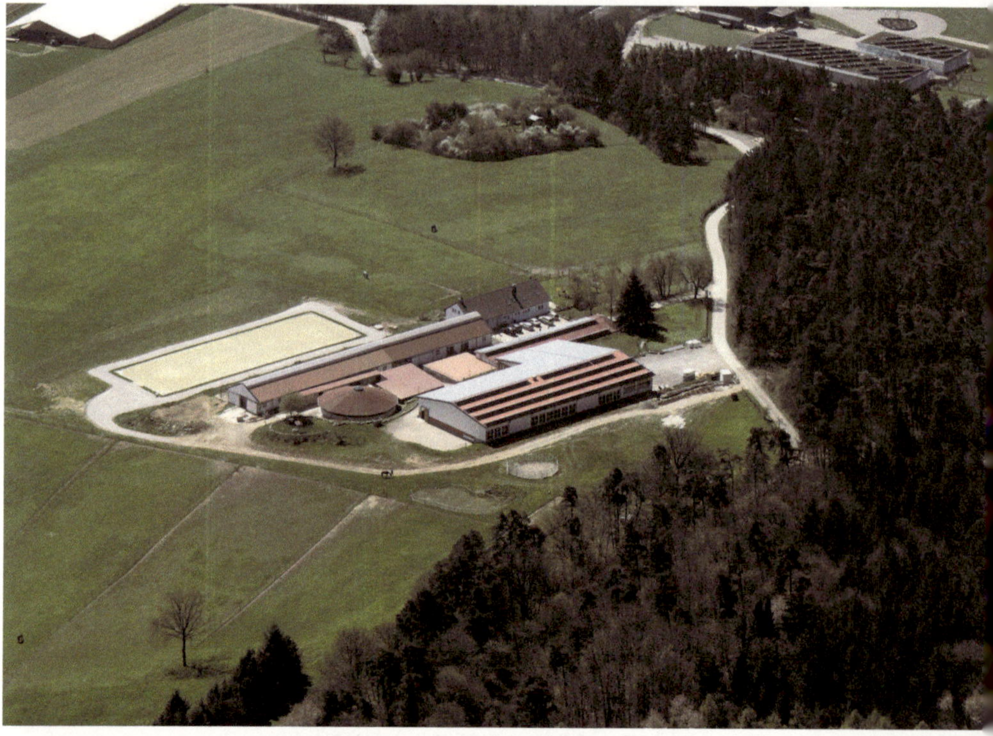

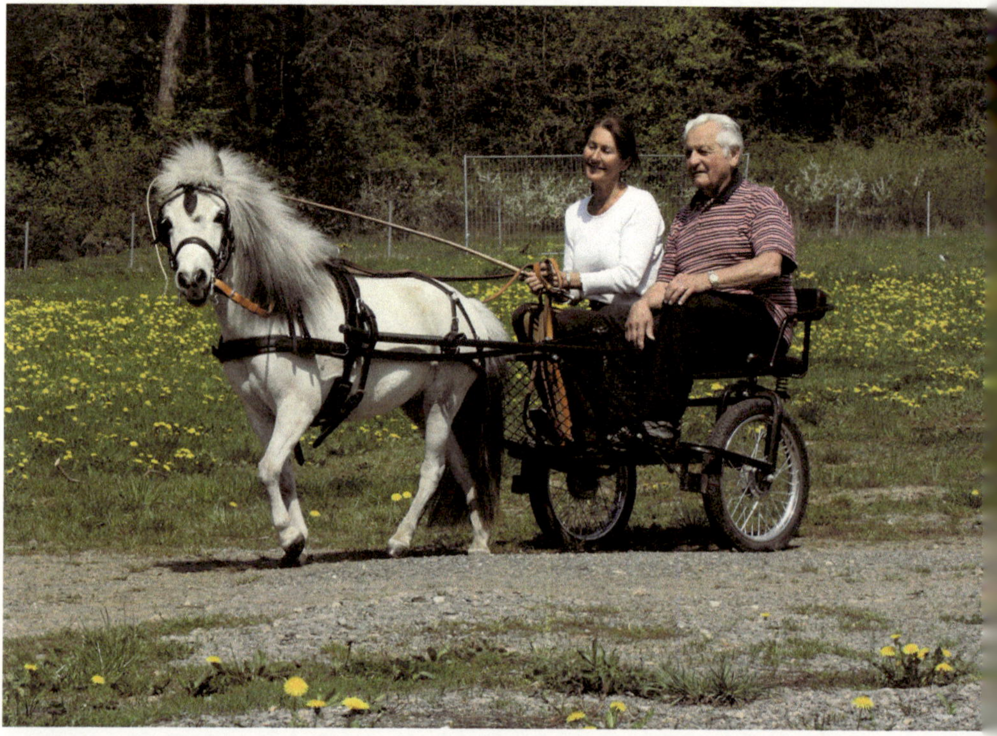

BAROCKREITZENTRUM – DIE
AUFBAUPHASE

Mit meiner Ausbildung bei Monty Roberts in den Jahren 2004 und 2005 wollte ich einen wichtigen Grundstein für mein Reitzentrum legen. Bisher existierte das Reitzentrum ja nur in meinem Kopf, und ich hatte eigentlich ein Ausbildungszentrum mit Schwerpunkt klassischer Dressur geplant, möglichst mit ein bis zwei super ausgebildeten Lehrpferden für Reitschüler auf Grand Prix Level.

Da mein Mann als ehemaliger Polizeireiter zwar ausgezeichnet ritt, aber an höheren Lektionen der klassischen Dressur im Grunde genommen nie ein wirkliches Interesse gehabt hatte, hatte ich den Plan, das Dressurzentrum um American Horsemanship zu erweitern und zusammen mit ihm ein deutsches Monty Roberts Learning Center zu gründen. So konnten wir auch die Basisarbeit im Umgang mit Pferden anbieten und jeder von uns hätte schwerpunktmäßig einen eigenen Bereich gehabt.

Außerdem war die Ausbildung bei Monty breit gefächert und ich wollte auch so eine Art Sachkundenachweis. Wir hatten Unterricht in Pferdehaltung und -fütterung, wir waren auf Pats Zuchtstation und lernten viel über die amerikanische Pferdezucht in Rennställen, was sehr interessant und für mich vollkommen eine völlig neue Welt war, und wir erfuhren so einiges Neue über medizinische Behandlungsmethoden, die in Deutschland damals noch gar nicht so bekannt waren. Die amerikanischen Pferdezahnärzte verfügten schon 2003 über Instrumente, die ich bei uns noch nie gesehen hatte, auch die Schmiede arbeiteten anders als das, was ich aus Deutschland kannte, und alternative Heilmethoden wie Reiki, Akupunktur oder Kinesio-Taping waren bei uns damals auch noch nicht so bekannt im Zusammenhang mit Pferden.

Wir nutzten deshalb die Bauphase unseres sanierungsbedürftigen Bauernhofs für die USA-Aufenthalte und unsere Ausbildung und dann wollten wir baldmöglichst mit dem Reit- und Seminarbetrieb beginnen.

Obwohl wir keine Ahnung hatten, und ich zumindest wusste, dass ich auch keine Ahnung von Landwirtschaft, der Basis unseres neuen Unternehmens hatte, so hatte ich doch eine ziemlich genaue Vorstellung von der Art, wie ich meinen Reitbetrieb aufbauen wollte. Ich träumte von barocken Pferden, Ferias und Seminaren mit den besten Ausbildern und Therapeuten, die ich kriegen konnte, und war deshalb total frustriert, als ich zu begreifen begann, welchen behördlichen Auflagen ich unterlag.

Der ganze Betrieb war ein landwirtschaftlicher Betrieb. Das bedeutete in erster Linie, dass ich mein eigenes Heu auf dreißig Hektar Grünland, die ich mit den eigenen sieben Hektar arrondierter Wiesen und meinem Pachtland hatte, produzieren musste. Und zwar ohne eine einzige Maschine oder irgendein Arbeitsgerät. Der Vorbesitzer des Hofes, der eigentlich vorgehabt hatte, nach Südamerika auszuwandern, hatte nämlich nicht einmal eine Mistgabel zurückgelassen.

Es bedeutete, dass ich das, was ich eigentlich wollte, erst einmal komplett zurückstellen musste, weil ich dafür einfach gar keine Zeit und kein Geld hatte. Auch bauliche Maßnahmen genehmigt zu bekommen, war schwierig. Mir war eine Reithalle im Maß 20 × 60 Meter vorgeschwebt. Ich hätte eine Halle in dieser Größe zwar genehmigt bekommen, aber nicht als Reithalle.

Ich hatte auch keine Ahnung von Löschteichen, Begrünungsvorschriften oder Brandschutzverordnungen. Das Schlimmste war aber der Zustand der von mir gekauften Gebäude. Im Keller des Wohnhauses stand bei Regen das Wasser hüfthoch, trotz der Hanglage auf dem Mittelberg. Keiner wusste genau, wie das möglich war. Das Wasser musste unterirdisch vom Wald her direkt in unseren Keller laufen.

Die zweite Überraschung war die Heizung. Wir hatten eine Holzheizung mit einem riesigen Ofen im Keller, der mit Baumstämmen befüllt wurde. Das bedeutete, dass wir zunächst einmal Holz kaufen und im Winter dann spätestens alle fünf Stunden zum Holz Nachlegen in den Keller mussten, da die Heizung sonst ausging.

Also ade Skiurlaub, gemütliche Abende bei Freunden oder acht Stunden

Schlaf. Am Anfang hatte das dann auch noch den Effekt, dass wir uns den Friseur komplett sparen konnten, was natürlich ökonomisch gesehen ein Vorteil war, aber unsere Frisuren sahen schon jämmerlich aus mit dem von den Stichflammen angekohlten Pony. Ich musste auch erst einmal lernen, die über einen Meter langen Holzstämme vom Stapel herunter zu balancieren und in den Ofen zu befördern, ohne dabei getötet zu werden. Aber, wie so oft, wuchsen auch wir mit unseren Herausforderungen. Mittelfristig wollten wir aber unbedingt eine andere Art von Heizung, und meine Grandprix-Pferde rückten immer mehr in unerreichbare Ferne.

Insgesamt hat mich das ganze Projekt stark verändert. Ich musste, ob ich wollte oder nicht, lernen, geduldig zu werden vor allem mit mir selbst, Abstriche zu machen und Prioritäten zu setzen. Ich war an allen Ecken total überfordert und konnte die ganzen Probleme einfach nicht kurzfristig lösen. Das war eine Situation, die ich aus meinem bisherigen Leben nicht kannte und die mich sehr belastete.

Der Hof hatte ursprünglich Milchwirtschaft betrieben und um die drei-hundert Kühe beherbergt. Der Stall war ein mit einer Güllegrube unterbautes Fachwerkgebäude mit Holzpfosten und damit verbunden zumindest in den Sommermonaten eine Hochburg und ein Paradies für Stechmücken in allen Schattierungen und Größenordnungen.

Ich hatte mir in meinem jugendlichen Leichtsinn gedacht, man brauche da nur einen Glattstrich auf den Stallboden aufzubringen, die Kuhgitter herauszureißen und durch Boxenwände zu ersetzen. So einfach war das aber alles nicht.

Die Fachwerkkonstruktion war total marode und wurde durch Mas-sivmauerwerk ersetzt, die Stahlträger waren so von der Gülle zerfressen, dass sie ausgetauscht werden mussten und zum Schutz vor Rost mit Beton umhüllt wurden. Der gesamte Boden wurde durch eine Massivbetondecke ersetzt. Von der ursprünglichen Konstruktion blieben nur noch die Innen-stützen und die Dachkonstruktion übrig, wobei auch diese mit transparenten Kunststofftrapezblechen und einer Trauf-First-Lüftung versehen wurde, damit der Stall hell und luftig wurde.

Heute gibt es sechzehn circa zwanzig Quadratmeter große Boxen auf der Südseite des Stallgebäudes, die vierundzwanzig Quadratmeter große Außenpaddocks haben. Durch die Hanglage war das Projekt „Außenpaddocks" ebenfalls wieder ein finanzieller und bautechnischer Klimmzug, mit dem wir nicht wirklich gerechnet hatten, denn es musste tonnenweise Erdreich angekarrt werden, um überhaupt Paddocks bauen zu können.

Den direkten Zugang von der Box auf die Weide habe ich mir wegen des Gefälles von über zwei Meter Höhenunterschied dann schweren Herzens erspart. Das wäre einfach zu aufwändig geworden, obwohl es langfristig natürlich jede Menge Arbeit und damit Kosten erspart hätte.

Da wir auch beim Innenausbau Wert auf bestmögliche Qualität legten und die Firma Röwer & Rüb maßgefertigte Fronten für Innenboxen in meiner Lieblingsfarbe blau aus pulverbeschichtetem Edelstahl anboten, legte ich auch beim Ausbau lieber eine finanzielle Zwangspause ein, als einen Kompromiss mit Boxenfronten zu machen, die mir dann absolut nicht gefallen hätten.

So wurden im ersten Bauabschnitt, der über ein Jahr dauerte, nur etwa die Hälfte der Boxen, also acht Paddockboxen Richtung Süden und die beiden ebenso großen Boxen für meine aus Kalifornien importierten beiden American Miniatures, die im vorderen Stallbereich Richtung Norden liegen, ausgebaut. Der Rest des Stalls verblieb zunächst im Rohbau.

Die ganze Zeit über hatten wir auch noch keine eingezäunten Koppeln, da es auch hier Probleme mit der Genehmigung gab. Wir hatten die wunderschönen, schnurgeraden amerikanischen Koppeln in Weiß, die in Kalifornien oft mit gelben Rosen bepflanzt werden, total bewundert, und geglaubt, wir würden so etwas Ähnliches auch hier genehmigt bekommen. Der Landschaftsschutz machte uns auch hier einen Strich durch die Rechnung.

Genehmigt wurden nur Metallpfosten zum Stecken und Strombänder. Die Farbe Weiß war überhaupt keine Option, da wären ja die schwäbischen Rehe, die höchstwahrscheinlich ganz genau wussten, wann sie sich im Landschaftsschutz aufhielten, in Panik geraten und bei einem festen Zaun mit betonierten Eckpfeilern hätte der gemeine Regenwurm sicher Migräne gekriegt. Das ging gar nicht. Schwierig war natürlich in meinen Augen, dass wir Hengsthaltung geplant hatten, die A8 aber nur einen Kilometer entfernt war, und es unsere Pflicht als Tierhalter war, dafür zu sorgen, dass die Pferde nicht ausbrechen konnten.

Der nach Montys Vorgaben in Massivbetonweise gebaute fünfzig Fuß große Round Pen wurde erst 2005 fertiggestellt. Das war natürlich im Winter und bei Regenwetter eine große Verbesserung und ermöglichte uns vor allem die Durchführung der ersten kleinen Seminare.

Die ganze Zeit davor, musste ich meine Pferde ins Gelände reiten oder auf einem einigermaßen geraden Stück Wiese, soweit möglich, dressurlich arbeiten. Die Halle kam erst im Jahr 2006 dazu.

Weil wir etwas ganz Besonderes wollten, hatten wir extra den Weg nach Rheinberg gemacht und uns die Anlage von Isabell Werth angeschaut, die von der Firma Viebrock errichtet worden war. Klar war das eine Spitzen-anlage, die uns sehr gut gefiel, und so entschieden wir uns ebenfalls für die Firma Viebrock.

Nun nahm endlich alles Form an. Wir begannen, die ersten Seminare durchzuführen zu Themen wie Zirzensik und American Horsemanship, aber auch medizinische Vorträge und Seminare, besonders Themen rund um alternative Heilmethoden und Schiefentherapie waren uns von Anfang an wichtig. Die ersten Kunden kamen und als Marketing-Strategie waren natürlich auch die zahlreichen Interviews hilfreich, die wir immer wieder gaben.

Eins der ersten Seminare über alternative Heilmethoden beim Pferd war über die Blutegelbehandlung. Wir konnten dazu den Tierheilpraktiker Jörg Ludäscher aus Pforzheim gewinnen und waren mächtig stolz auf das spannende Thema, bei dem man ja auch etwas sah.

Es war zunächst einmal interessant zu hören, dass die Blutegel medizinische Blutegel sind, da sichergestellt sein muss, dass sie keine Krankheitserreger übertragen können. Die Egel wurden deshalb höchstens beim selben Pferd mehrfach eingesetzt. Wir erfuhren, dass die Blutegeltherapie schmerzlindernd, entzündungshemmend, entgiftend und durchblutungsfördernd ist. Im Vordergrund der Therapie steht aber die gerinnungshemmende Wirkung.

Als Anwendungsgebiete gelten Sehnen- und Gelenkserkrankungen, Hufrehe, Hufrolle, Einschüsse, Wirbelsäulenbeschwerden, Hämatome,

Satteldruck, Ekzeme, Durchblutungsstörungen sowie schlecht heilende Wunden.

Wir hatten ein spannendes Seminar. Unsere Teilnehmer waren begeistert und mein altes Grandprix-Pferd Mentor, der bereits zwei Hufrehschübe hinter sich hatte, genoss als Versuchskaninchen die Therapie.

Auch Klaus Schöneich kam nun in regelmäßigen Abständen auf die Anlage, und wir konnten durch ihn und die Schiefentherapie schon in kürzester Zeit einen kleinen Kundenstamm aufbauen.

Das Zirzensik-Seminar mit Jacqueline Schmitt war ebenfalls sehr schön und erfolgreich. Wir hatten sechs Teilnehmer mit ihren Pferden. Ich selbst nahm mit meiner erst einjährigen American Miniature Stute Candy, die wir aus Kalifornien importiert hatten, teil.

Candy war die Pest und störte den ganzen Ablauf. Sie wollte absolut nicht ruhig stehen und als sie mit Steigen und Bocken nicht durchkam, warf sie sich auf die Erde. Ich hatte schon Angst, dass Jacqueline mich aus meinem eigenen Seminar werfen würde, aber dann fanden wir endlich mit dem Teppichaufrollen und Leckerlis suchen die passende Lektion für mein Pferdchen.

Beim Teppichaufrollen wird ein Teppich auf dem einige Leckerlis ausgelegt sind, mitsamt der Leckerlis wie eine Zitronenrolle aufgerollt und die Pferde werden animiert, den aufgerollten Teppich abzurollen. Sobald sie gecheckt haben, dass sich etwas Fressbares in der großen Textilrolle befindet, läuft die Lektion wie geschmiert.

Jacquelines Stute Nahla beherrschte anscheinend vierzig verschiedene Zirkuslektionen. Ich war sehr beeindruckt und wollte gerne mehr lernen, da diese Lektionen einfach Spaß machten und auch für unsere geplanten Showauftritte ganz brauchbar waren. Mir war aber auf jeden Fall klar geworden, dass Candy erst noch einmal etwas älter werden musste, bevor ich versuchte, sie noch einmal in ein Seminar mitzunehmen. Im Grunde genommen hatte ich das auch schon vorher gewusst, aber, da ich meinen alten Dressurpferden keine zirzensischen Übungen antun wollte, hatte ich ja gar keine andere Option.

Trotzdem überredete ich Jacqueline Schmitt, mein dickköpfiges kleines

Miniaturpferdchen Ende des Jahres in ihrem zweiten Seminar bei uns noch einmal zu ertragen und – wer hätte das gedacht – Candy spulte sämtliche Lektionen, die wir damals vergeblich versucht hatten, ihr beizubringen, wie von selbst ab und schaute triumphierend in die Runde. Auch von diesem Benehmen meines kleinen Dickköpfchens habe ich profitiert und mich getraut, mit schwierigen Pferden einfach mehr auf Zeit zu spielen.

2005 wurde unser erster kleiner Seminarraum fertiggestellt. Die Einweihung am 1.Mai 2005 erfolgte durch meine langjährige Freundin, Aulikki Plaami, die als Tieftrancemedium arbeitet, Finnin ist und für die ich schon seit 1989 bei Konzerten, Gruppen- und Einzelsitzungen sowie Messeauftritten übersetzt hatte.

Sie eröffnete unseren neuen Seminarraum am 1.Mai 2005 mit einem Konzert in Tieftrance.

Außerdem hatten wir 2005 bereits das erste „Pferdeflüsterer"-Seminar. Bezeichnenderweise machten wir das gar nicht selbst. Thomas Görs, unser „Kohlenpott-Cowboy" bot uns an, Seminare bei uns anbieten zu wollen. Dabei ging es natürlich zunächst um Join-Up, Follow-Up und Verladetraining. Später kamen dann auch noch Seminare zum Thema „Die Sprache der Pferde" und „Desensibilisierung" dazu.

Im Dezember hielt Dorothee Baumann-Pellny, die ich bereits vor vielen Jahren im Reitinstitut und auf verschiedenen Reitturnieren kennengelernt hatte, ihren ersten Vortrag zum Thema „Die Ausbildungsskala des Dressurpferdes".

Unsere Aktivitäten schienen sich herumzusprechen, denn die Journalisten hatten gehört, dass in Heimsheim eine neue Reitanlage mit einem holistischen Ansatz entstand, auf der American Horsemanship und klassisch-barocke Dressur gelehrt werden sollten.

Obwohl ich zunächst sehr traurig war, dass mein Plan, eine Kooperation mit Herrn von Neindorff einzugehen, nicht geklappt hatte, blieb ich weiterhin in Kontakt mit dem Reitinstitut und freute mich total, als Melissa Simms, die damalige Meisterschülerin und Erbin von Herrn von Neindorff, meiner Einladung folgte und mir ihre Zusammenarbeit anbot.

Sie war eine der ersten, die mit ihren vier Pferden nach Heimsheim ins Barockreitzentrum zog. So konnten wir von Anfang an qualifizierten Reitunterricht anbieten und darüber entstanden so auch die ersten Seminare und Vorträge mit Melissa zum Thema klassische Dressur. Zusätzlich planten wir auch Seminare mit anderen Freunden und Bekannten, die ich während meiner Zeit im Reitinstitut kennengelernt hatte. Mit Dorothee Baumann-Pellny und mit Prof. Ulrich Schnitzer waren wir bereits in Verhandlung.

Alles schien perfekt, aber, wie so oft im Leben kam es wieder einmal anders als geplant.

Im November 2006, um genau zu sein, am 8.November, trennte ich mich von meinem Mann.

Ich hatte wirklich viele Jahre lang gezögert und wollte mich absolut nicht scheiden lassen, merkte aber, dass das, was ich wollte, die Arbeit mit Pferden auf Augenhöhe und ein vertrauensvolles Miteinander von Ausbildern, Reitschülern und unseren Kunden mit meinem Mann einfach nicht möglich war.

Der Termin war auch noch besonders ungünstig gewählt, da die Pacht am Martinstag, dem 11.November fällig war. Mein Mann war Pächter der landwirtschaftlichen Flächen und, da unsere Grünlandflächen beihilfefähige Flächen waren, gab es vom Landwirtschaftsamt überprüfte Zuschüsse und Betriebsprämien, für die mein Mann als Bewirtschafter die Zahlungs-ansprüche hatte.

Ich hatte mich um den landwirtschaftlichen Teil wenig gekümmert und hatte noch nicht einmal die kompletten Bankverbindungen für alle 176 Flurstücke. Ich hatte auch keine Ahnung, was ich nun machen sollte. Ich konnte ja schlecht in der Zeitung inserieren, dass sich die Verpächter bei mir melden sollten, zumal nur ein Teil von ihnen in Heimsheim wohnte. Auch zeitlich hätte das nicht funktioniert, da ich ja nur drei Tage Zeit hatte, etwas zu unternehmen. Gleichzeitig hatte ich natürlich große Angst, Flächen zu verlieren, wenn ich nicht zahlte und – das hatte ich nun endlich verstanden – die Grünlandbewirtschaftung war die Basis für mein Reitzentrum.

Das, was mir wichtig war, nämlich gut gerittene, glückliche Pferde, anspruchsvoller Unterricht, tolle Events, Seminare, Schulungen und Infor-mationen rund ums Pferd war nur der Zuckerguss auf der Torte und eigentlich, landwirtschaftlich gesehen, gar nicht erwünscht. Ohne eine funktionierende Grünlandbewirtschaftung würde ich mein Reitzentrum gar nicht betreiben können und ich war sprachlos über die landwirtschaftliche „Geheimsprache".

Ich hatte keine Ahnung, was „Cross Compliance" bedeutete oder was ich mir unter „MEKA I, II oder III" vorstellen sollte. Auch wie eine „FFH-Wiese" auszusehen hatte, war mir schleierhaft. Klar konnte man Verschiedenes googlen, aber dass „FFH" Fauna-Flora-Habitat Richtlinie bedeutet, die im Landschaftsschutz ihre Anwendung findet, verwies einen nur schon wieder auf noch größeren Stress, weil man sich die Richtlinie ja dann beschaffen, sie lesen und perfekter Weise möglichst auch noch verstehen musste. Ich will damit nur kurz andeuten, dass sich da endlose Abgründe für mich auftaten, und ich definitiv nicht wusste, wann ich das alles machen sollte.

Hinzu kamen dann auch noch runde zwei Millionen Schulden, ein halbfertiger Stall und ein Anbau an die Reithalle, der eigentlich Vereins-gaststätte werden sollte, im Rohbau. Als Mitarbeiter hatte ich damals nur einen Teilzeit-Mann, der meinem Mann im Stall geholfen hatte, von dem ich aber nicht so recht wusste, in wie weit ich ihm vertrauen konnte und in Stuttgart hatte ich eine Hausverwaltung mit über zweihundert Wohnungen und ein Einfamilienhaus. Gemäßigt ausgedrückt, war das alles die härteste physische und psychische Zerreißprobe meines ganzen bisherigen Lebens, zumal ich mich wirklich jahrelang geweigert hatte, das Scheitern meiner Ehe zu akzeptieren.

Die nächsten Wochen durchlebte ich daher wie in Trance. Ich musste Personal für den Stall organisieren, da ich vor elf Uhr nicht auf der Anlage sein konnte. Das Problem mit der Landwirtschaft musste gelöst werden und ich musste eine Heizung für den noch im Rohbau befindlichen Anbau an die Reithalle und vor allem für das Wohnhaus organisieren. Ich wollte mit den Seminaren starten und außerdem sollte die erste größere öffentliche Veranstaltung, die Weihnachtsfeier, bereits im Dezember stattfinden.

Neben all diesen Problemen nutzte auch mein Mann, der maßlos ent-täuscht war, dass ich ihm sein Spielzeug Barockreitzentrum weggenommen hatte, jede Chance, um mir das Leben schwer zu machen. Es lagen plötzlich Anzeigen bei allen möglichen Behörden vor, Seminarteilnehmer, die sich bei mir angemeldet hatten und deren Anmeldungen ich nie bekommen hatte, beschwerten sich, wie arrogant und unfähig ich sei, nicht einmal auf ihre Mails zu antworten, wichtige Briefe vom Finanzamt und von Behörden oder Anwaltsschreiben verschwanden einfach aus meinem Briefkasten und es war kein gutes Gefühl, zum Pferde Füttern abends alleine auf der Anlage zu sein.

Trotzdem ging es irgendwie weiter.

Melissa studierte eine Quadrille mit uns ein. Ich ritt meinen alten Württemberger Jerry. Immerhin war es eine Quadrille mit acht Pferden. Es gab auch damals schon Pony-Nummern mit vier freilaufenden Ponys, den beiden American Miniature Jährlingen Candy und Chocolate Chip, sowie den beiden Minishettys Cynja und Escudero, die mit fünf und drei Jahren schon etwas älter waren.

Außerdem gab es zwei gerittene Showeinlagen von unserem neuen Freund José Santiago mit seinen beiden spanischen Hengsten. Meinen siebenjährigen PRE-Hengst Usurero zeigte ich mit spanischem Halfter an der Hand. Der Nikolaus wurde von Natalie, einer Kundin mit einem Minikutschen-Zweispänner in die Bahn gefahren und so war unsere erste Weihnachtsfeier bereits ein großer Erfolg und wir waren sehr glücklich und stolz.

Doch das war erst der Anfang. Die nächsten beiden Jahre sollten dem Knüpfen von Beziehungen und dem Kennenlernen der Show- und Seminar-szene gewidmet sein, sowie dem Aufbau eines Kundenstamms.

Ich war deshalb viel unterwegs, um mir Ausbilder und Reiter anzuschauen, ich las viel und recherchierte die ganze alternative und barocke Szene im Internet und ich hatte mit Chiara Hartmann eine Mitarbeiterin, die sich um Themen wie Marketing und neue Ideen kümmern und Kontakte herstellen sollte, die interessant für uns waren.

Es war nun der Zeitpunkt gekommen, an dem ich mich entscheiden musste, was die Hauptakzente meines Reitbetriebes sein sollten.

Wenn man das Pferd zu der
Haltung bringt,
die es selbst annimmt,
wenn es schön sein will,
so macht man, dass das Pferd des
Reitens froh wird.

Xenophon

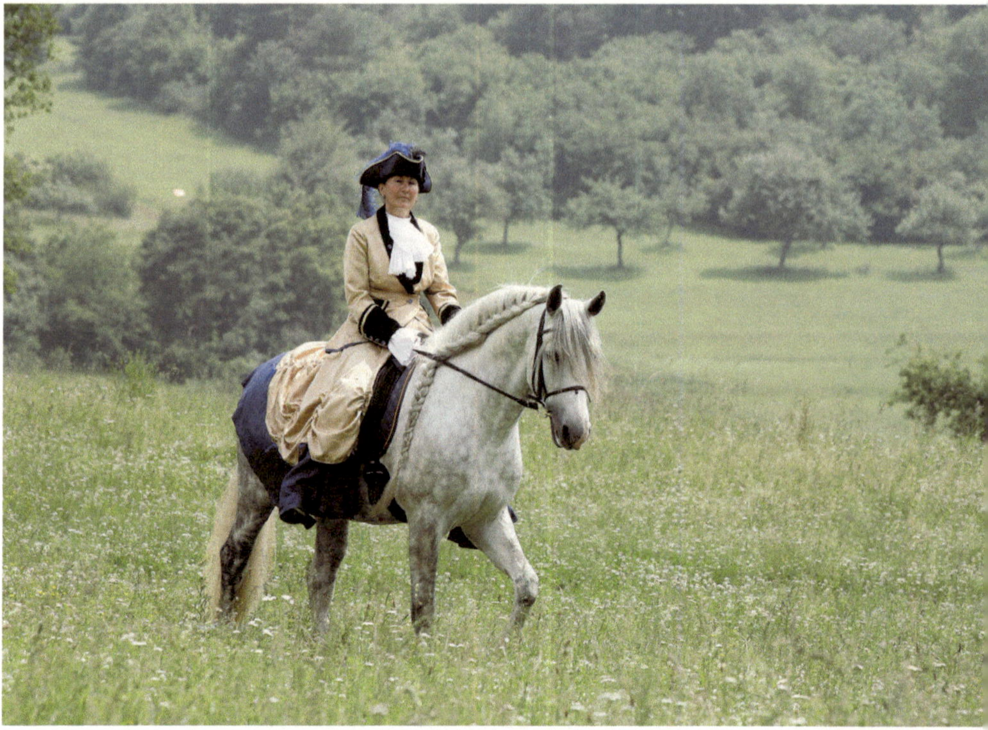

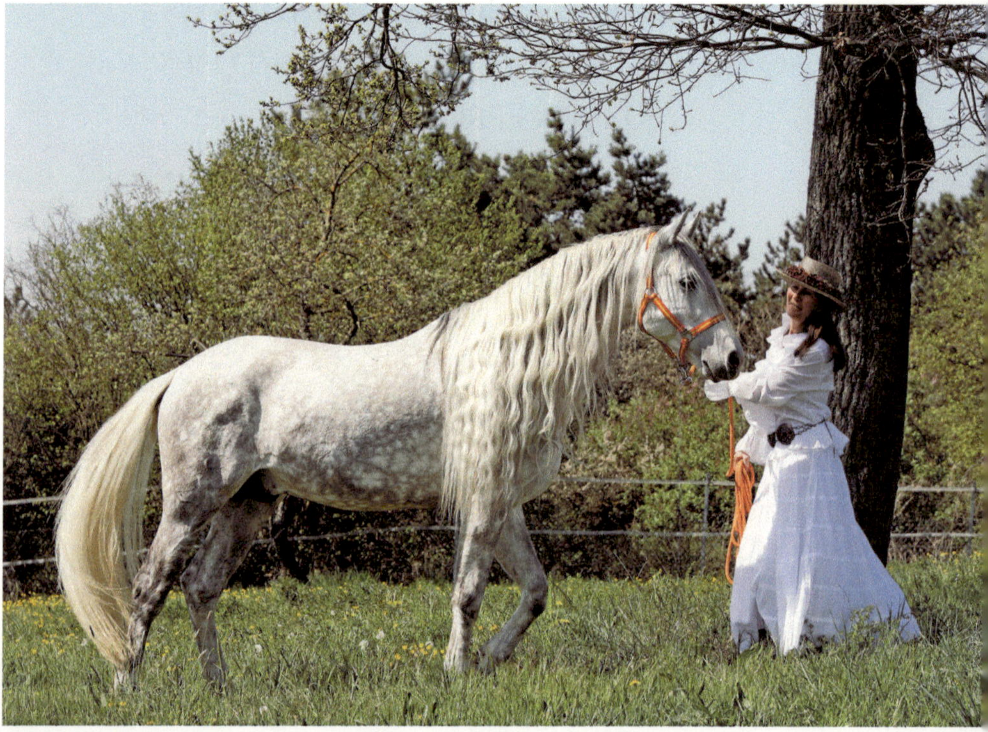

AUF DEN SPUREN VON
XENOPHON UND GUÉRINIÈRE

Meine Vorstellungen, was mein Reitzentrum betraf, wurden immer konkreter. Es sollte eine Begegnungsstätte für Reiter und Pferdefreunde sein, in der sowohl Anfänger als auch Fortgeschrittene Hilfe und Inspirationen bekommen konnten bei allen Fragen, die das Reiten und die Haltung ihrer Pferde betraf.

Ich selbst hatte meine Reiterkarriere wirklich an der absoluten Basis begonnen und ich hatte auch keinerlei Vorwissen oder gute Kontakte, die mich in irgendeiner Form coachten oder mir zeigten, wie feines Reiten geht.

Aber genau das befähigte mich meiner Meinung nach, auch Anfängern Hilfeleistungen geben zu können, da ich mich noch ganz genau daran erinnerte, wie frustrierend die Fachsprache, die damals in den Reithallen zelebriert wurden, war. Sätze wie „stell dir dein Pferd an die Hilfen", „nimm die Zügel auf", „spann dein Kreuz an" usw. frustrierten mich total. Auch mit „dem Orchester der Hilfen" konnte ich so gar nichts anfangen.

Dann gab es auch noch die ganz speziellen Probleme, mit denen ich mich als Mädchen oder Frau konfrontiert sah, wenn Männer mit achtzig Kilo und viel mehr Kraft meine Pferde „ausbildeten" oder „korrigierten". Fakt war, dass es für mich nicht möglich war, meine Pferde mit deren System nachzureiten. Ich hatte einfach nicht die Kraft dafür. Lange glaubte ich, einfach zu untalentiert zu sein und ich verstand erst sehr spät, dass ich meine Pferde selbst reiten und sanftere Wege einschlagen musste, die für mich passten, wenn ich erfolgreich sein wollte.

Es war schlimm für mich, wenn einer der Männer, die meine Pferde regelmäßig ritten, sei es nun mein Vater oder einer meiner Ausbilder, die Idee hatten, es mit einem meiner Turnierpferde mal wieder im Gelände so richtig krachen zu lassen oder – noch schlimmer – den Gaul mal von hinten richtig aktiv zu machen. Genau dann saß ich oft auf einem frustrierten, aggressiven oder total enttäuschten Pferd, das nicht mehr mit mir harmonierte oder sich im schlimmsten Fall gar nicht mehr von mir kontrollieren ließ.

Ich merkte auch mit der Zeit, dass die Reitlehren auf der Kriegsreiterei basierten und daher für Männer geschrieben worden waren. Ganz klar wurde mir das während meiner Fahrausbildung, als ich feststellte, wie schwer es für eine Frau ist, die breiten dicken Achenbach Fahrleinen in der Hand zu halten. Männer haben im Allgemeinen einfach größere Hände. Was die Sättel angeht, ist es ganz ähnlich. Spezielle, für die weibliche Anatomie konzipierte Sättel, wurden erst in den letzten Jahren produziert.

Trotzdem, und ich würde fast sagen umso mehr, faszinierten mich die Ausbildungsgrundsätze von Xenophon, der bereits 365 vor Christus sagte, dass das Pferd ein zuverlässiger Freund und kein Sklave sein solle und dass man seiner Ausbildung so viel Aufmerksamkeit widmen solle wie einem eigenen Sohn. Außerdem sei es wichtig, ihm die Freude an der Arbeit und freiwilligen Gehorsam zu lassen. Das begeisterte mich, waren es doch meine Erfahrungen. Die Pferde wurden nur dann kooperativ und sanftmütig, wenn man sie gerecht und geduldig behandelte und ihnen zuhörte.

Diese Erkenntnisse wollte ich an meine Reitschüler weitergeben.

Außerdem gefiel mir die Haltung Guérinières, der beeinflusst durch das barocke Zeitalter und die Entbehrungen des dreißigjährigen Krieges, Harmonie anstrebte und, wie der barocke Mensch als solcher, endlich in Fülle leben und Schönheit, Ästhetik und Freude nicht nur mit seinen Reiterfreunden, sondern auch mit seinen Pferden teilen wollte.

An irgendeinem Punkt
muss man den Sprung ins
Ungewisse wagen.
Erstens, weil selbst die richtige
Entscheidung falsch ist,
wenn sie zu spät erfolgt. Zweitens,
weil es in den meisten Fällen so
etwas wie eine Gewissheit gar
nicht gibt.

Lee Iacocca

DAS BAROCKREITZENTRUM
PRÄSENTIERT SICH ÖFFENTLICH

Die Weihnachtsfeier 2006 hatte bereits erste Kontakte zu der für mich völlig neuen Show-Szene gebracht. José Santiago war eine wertvolle Bekanntschaft und Inspiration. Er bot auch gleich an, eine spanisch/barocke Reitertruppe zusammenzustellen und regelmäßig mit uns zu trainieren. Durch seinen Kontakt zur Königlich-Andalusischen Reitschule in Jerez kamen spanische Elemente und erste Showerfahrungen in unser Ausbildungsangebot. Durch ihn lernten wir natürlich auch neue Leute kennen, die schöne Pferde besaßen und an Unterricht in klassischer Dressur, sowie Showauftritten und Seminaren interessiert waren.

Außerdem hatten wir Melissa Simms aus dem Reitinstitut in Karlsruhe als Reitlehrerin gewinnen können, und so gab es von Anfang an einen hochqualifizierten Unterricht sowohl für klassische als auch für iberische Dressur und Showelemente.

Daneben gab es aber auch noch verschiedene andere Initiativen. Im Jahr 2007 gründeten wir den Arbeitskreis Pferd, bei dem Sabina Hamschmidt als Pferde Osteopathin neben Tanja Berling, die sich als Trauma-Psychotherapeutin dem therapeutischen Reiten zugewandt hatte und Carola Steen, die als Fotografin im Pressehaus in Stuttgart tätig war und sich auch als Autorin, vor allem in der Westernszene einen Namen gemacht hatte, im Kernteam waren.

Auf mich waren die Damen gestoßen, weil ich über einen Seminarraum verfügte, außerdem war die klassisch-barocke Szene zur Erweiterung des Teams ja auch gar nicht so schlecht, zumal wir schon damals sehr dekorative schöne Kostüme und hübsche Spanier und Friesen hatten und wir hoben uns zumindest im süddeutschen Raum total vom Angebot anderer Reitzentren ab. Barockes Reiten, Zirkuslektionen und Fahren, sowie klassische Dressur auf einer einzigen Reitanlage in Theorie und Praxis lernen zu können, war damals ein Alleinstellungsmerkmal.

Oberstes Ziel im Arbeitskreis war das Wohl des Pferdes und die Beratung der Pferdebesitzer und Reiter. Wir wollten ein Team kompetenter Fachleute sein, an das sich Menschen, die Probleme mit ihrem Pferd hatten, wenden konnten. Dabei sollte Wert gelegt werden auf eine umfassende Basisbetreuung mit medizinischer Beratung, Ratschlägen zu Fütterung und Haltung und natürlich auch zum Umgang mit dem Pferd, sei es nun Bodenarbeit oder unter dem Sattel. Für die Spezialgebiete wie Hufpflege und -beschlag oder Sattelanpassungen suchten wir weitere Spezialisten, die sich unserem Team anschließen konnten. Das Konzept hieß also zielorientiertes Networking und wir als Berufseinsteiger waren die Agentinnen und Multiplikatoren.

Wir trafen uns regelmäßig in meinem Seminarraum, tauschten uns aus, luden neue Leute ein, die für das Team interessant sein konnten und machten auch Besuche bei verschiedenen Personen, die beruflich mit Pferden zu tun hatten. Insgesamt war es für mich eine spannende Zeit, da ich viele unterschiedliche Menschen wie Trainer, Sattler, Hufpfleger, Therapeuten und Tierärzte kennenlernte. Es war aber auch eine sehr arbeitsintensive Zeit und je mehr wir selbst Seminare und Kurse im Barockreitzentrum anboten, umso weniger passte das zeitlich und platzmäßig in meinen Stundenplan. Trotzdem blieb ich dem Arbeitskreis in der Zeit seiner Existenz von 2007 bis 2010 treu und fand es sehr schade, dass wir das Projekt 2010 beendeten.

Andererseits war natürlich klar, dass wir alle das gleiche Problem hatten. In dem Moment, in dem jeder sein eigenes Unternehmen aufbauen will, ist es schwierig, daneben noch eine gemeinschaftliche Sache, die ständig wächst und arbeitsintensiver wird, zu betreuen, dabei aber weiterhin unserem Anspruch zu genügen, ein perfektes Ergebnis für die Pferde zu erzielen.

Wer weiß, vielleicht hat die Idee einer holistischen Pferdebetreuung ja noch einmal in ein paar Jahren eine Chance, wenn wir alle in unserem Beruf zeitlich zurückfahren und es uns auch nicht mehr auf Expansion oder eine adäquate Vergütung unseres Einsatzes ankommt, sondern, wenn es dann wirklich nur noch – wie wir uns das ja auf die Fahnen geschrieben hatten – um die Pferde geht.

In Anbetracht der Erfahrung, die wir seit 2007 gesammelt haben, wäre das vermutlich ein Geschenk an Pferde und Reiter, und es könnte den bekannten Satz „Wenn man nicht mehr weiterweiß, gründet man ‚nen Arbeitskreis" mit dem Andrea Nahles nachdem sie ihren Sitz im Bundestag geräumt hat, in Verbindung gebracht wird, widerlegen.

Was das Barockreitzentrum betraf, wuchs durch den Arbeitskreis nicht zuletzt auch unser Seminarangebot. So gab es 2007 bereits ein Gemeinschaftsseminar „Sitzschulung und Biomechanik des Pferdes" von zwei Mitgliedern des Arbeitskreises.

Und natürlich das große Sommerfest, die offizielle Eröffnungsfeier des Barockreitzentrums, die über zwei Tage ging und rückwirkend betrachtet, eine Wahnsinnsleistung war. Ich hatte zwar in der Vergangenheit schon einige öffentliche Veranstaltungen für unsere früheren Reitvereine organisiert, vor allem Turniere und Weihnachtsfeiern, aber auch Geburtstage oder Klassentreffen und Ähnliches im privaten Bereich, aber ein öffentliches Fest über zwei Tage in einem Umfeld, das mir weitgehend unbekannt war und auch noch mit ganztägiger Bewirtung und ökumenischem Gottesdienst, war schon eine Hausnummer.

Viel Unterstützung von außen hatte ich damals auch nicht. Ich kannte einfach noch nicht viele Leute im Enzkreis. Klar hatten meine Kunden ganz brauchbare Kontakte, aber ich war eben eine „Reigschmeckte", noch dazu aus der großen feindlichen Landeshauptstadt Stuttgart, auf die die Heimsheimer eh nicht allzu gut zu sprechen sind, und dann noch eine, die ein Barockreitzentrum gegründet hatte. Was um alles in der Welt sollte das denn sein? Und brauchte man das wirklich im sonst so überschaubaren Heimsheim?

Und von Landwirtschaft hatte ich ja bewiesenermaßen auch keine Ahnung – ich erinnere an die erste Heuernte 2004, bei der wir gemeinsam mit Arbeitskollegen aus der Stuttgarter Kradstaffel Schlepper und Erntewagen fuhren und die Ballen einzeln von Hand nach oben stemmten, wo wir Frauen, sie zu stapeln hatten. Das war wirklich ein unterhaltsames Happening für die Heimsheimer Bauern.

Zurück zu unserem ersten Sommerfest im Jahr 2007. Die große Eröffnungsveranstaltung ging wie gesagt über zwei Tage. Der erste Tag war der spanische Tag, bei dem es eine Begrüßungsrede meinerseits gab, in der ich ein bisschen über das Zustandekommen des Barockreitzentrums, die Bauphasen und unsere ersten Aktivitäten berichtete, aber auch über meine Zukunftspläne sprach und allen Helfern und Aktiven dankte.

Die Heimsheimer waren vor allem an der Führung durch die Anlage interessiert, kannten doch viele von ihnen noch den landwirtschaftlichen Betrieb von Rudi Klingel, in dem über dreihundert Kühe gestanden hatten, bevor ich ihn gekauft hatte, und der der größte Bauernhof in Heimsheim gewesen war. Die ganze Veranstaltung wurde umrahmt von den Heimsheimer Jagdhornbläsern und den Pferden und Ponys, die spanisch hübsch herausgeputzt, für das richtige Flair sorgten.

Herr Rupp, der damalige Bürgermeister hielt ebenfalls eine kurze Ansprache, die sehr lustig war. Ich erinnere mich noch, dass er so etwas in der Art sagte wie, er habe gehört, im Barockreitzentrum gebe es große Pferde für große Reiter, kleine Pferde für kleine, sehr hoch ausgebildete für erfahrene und talentierte Reiter und für Reiter, die noch nie geritten seien und keine Ahnung hätten wie beispielsweise er, Pferde, auf denen noch nie einer gesessen habe.

Er überreichte mir auch ein kleines Apfelbäumchen als Geschenk der Stadt Heimsheim, das leider zwei Jahre später meinem gefräßigen Andalusierwallach Impressioso zum Opfer gefallen ist. Er hat das am Aufgang zur Reithalle und mit einem Bronzeschildchen versehene Bäumchen mit seiner überschäumenden Art beim Abernten der kleinen Äpfelchen mit einem beherzten Biss komplett zerlegt.

Doch zurück zum 1. September 2007 und in die Reithalle. Wir hatten mit Thomas Goers einen superlativen Conferencier. Der Mann mit dem Cowboyhut und den Storchenbeinen, den ich 2003 im Days Inn in Buellton/CA kennengelernt hatte, konnte definitiv reden und war extra aus Krefeld angereist.

Er moderierte aber neben Chiara Hartmann nicht nur, sondern bot auch einen aktiven Teil an. Klar, dass es dabei um American Horsemanship im

Sinne von Monty Roberts ging. Join-Up, Follow Up mit anschließendem Verladetraining. Dummerweise wollte er unbedingt ein schwieriges Pferd, was ich ihm mit „der Ratte", wie Impressioso, der kleine Andalusier damals auch genannt wurde, durchaus bieten konnte. Ich glaube, er hat es nach über zwei Stunden Verladebemühungen dann doch bedauert, nicht ein einfacheres Modell genommen zu haben. Aber zu seiner Ehre muss ich sagen, dass er den Kleinen dann irgendwie doch überreden konnte auf die Rampe zu steigen und auf den Hänger zu gehen.

Sehr schön fand ich auch, dass sich Natalie, eine damalige Kundin, bereit erklärt hatte, meinen Vater zu den Klängen von „Der Papa wird's schon richten" mit dem Ponyzweispänner während der Eröffnungsansprachen durch die Halle zu fahren. Das war eine Überraschung für meinen Vater und ich glaube, dass ihm das ziemlich gut gefallen hat. Das hatte er auch verdient, denn ohne ihn hätte es das Barockreitzentrum ganz sicher niemals in dieser Form gegeben. Da mein Vater Herbert hieß, war das auch der Grund, warum an der Eröffnung feierlich das Schild „Herbertstraße" am Aufgang zur Halle angebracht wurde, was bei vielen unserer Besucher in späteren Jahren noch für einiges ungläubige Erstaunen sorgen sollte.

Auch das Wetter spielte mit. Die Sonne strahlte, wir hatten definitiv Kaiserwetter und zwei wirklich beeindruckende Tage mit einem begeisterten Publikum, aber auch mit wirklich sehr schönen Schaubildern.

Nach den Ansprachen eröffnete ich das Showprogramm mit meinem wunderschönen siebenjährigen spanischen PRE-Hengst Usurero, auf den ich sehr stolz war mit seiner bodenlangen Mähne, in einem Pas de Deux mit Chiara auf ihrem ebenfalls spanischen Schimmelhengst Albo. Von Bärbel, der Schwester meiner Schwägerin, hatte ich ein von ihr selbst genähtes, phänomenales Reitkostüm in den Stallfarben Gold und blau mit passender Schabracke und aufgesticktem Namen bekommen, und Usurero merkte genau, wie gut ihm das stand. Er präsentierte sich von seiner besten Seite und schien das Publikum und die bewundernden Blicke zu genießen.

Mein Vater war sehr stolz auf mich. Schön war, dass so viele unserer Freunde und Bekannten da waren, die teilweise ziemlich weite Anreisen in Kauf genommen hatten. Den weitesten Weg hatten unsere finnischen

Freunde, Aulikki und Seppo Plaami, was uns natürlich besonders freute. Was gibt es Schöneres als die wichtigen Momente im Leben mit seinen Liebsten feiern zu können. Genau genommen war das für mich im Barockreitzentrum auch immer mein zentrales Anliegen, das man letztlich auch von den Pferden lernen kann: Herdenbewusstsein und die Stärke eines Teams, das am gleichen Strang zieht.

Walther Bruns, ein sehr guter Freund von Melissa Simms, war von Schloss Wahl in Bayern mit neun PRE-Hengsten, pura raza española, also Hengsten der reinen spanischen Rasse, angereist und zeigte eine beeindruckende Quadrille. Wir hatten Flamencotänzerinnen und Gitarristen, die das Showprogramm untermalten, unsere Miniponys waren alle spanisch korrekt rot/gelb geschmückt, es gab Tapas, Paella und spanischen Wein und die Stimmung war, nicht zuletzt durch das warme, sonnige Wetter südländisch und aufregend. Es war eine wirkliche Feria.

Wir hatten aber auch ganz tolle Beiträge, die den Aktiven Inspirationen gaben und ganz neue Wege andeuteten.

Martina Albert, eine Schülerin von Bent Branderup, die ich eingeladen hatte, nachdem ich sie auf einer Feria am Ammersee gesehen hatte, war aus Oberbayern angereist. Sie hatte mich mit ihrem Horse-Harmony-Konzept sehr beeindruckt. Das mussten unbedingt noch mehr Menschen sehen. So eine Vorstellung war wirklich ganz unglaublich.

Sie ritt ihr Pferd Galan zunächst ganz normal auf Trense und mit Sattel in Lektionen der Klasse M, nahm dann plötzlich die Trense ab und ritt ohne Trense weiter in allen Grundgangarten, Seitengänge, fliegende Wechsel, Piaffe, Levade. Danach stieg sie ab, nahm den Sattel herunter und ritt das Gleiche noch einmal ohne Trense und ohne Sattel und das vor einer brechend vollen Tribüne. Das war wirklich eine Offenbarung für mich und hat mich sehr inspiriert und diejenigen Zuschauer, die selbst aktiv sind, waren wirklich tief berührt von dieser harmonischen Einlage.

Für viele hat das ein Umdenken in ihren Zielen in der Pferdeausbildung bewirkt, und ganz besonders stolz bin ich auf eine meiner jüngsten Reitschülerinnen, Marie, die mit neun Jahren bei mir angefangen hat, Reitunterricht zu nehmen und die Jahre später bei meiner letzten Weihnachtsfeier im Jahr

2018, inspiriert durch meine Erzählungen, Maxim, meinen Friesenhengst genau auf diese Art und Weise vor einer übervollen Tribüne dem staunenden Publikum präsentiert hat.

Von uns gab es eine Miniponyquadrille mit unseren spanisch geschmückten zuckersüßen Miniponys. Das gefiel natürlich besonders den Kindern und auch das war damals etwas, was man auf anderen Anlagen im Umkreis noch nicht sehen konnte. Die ganz kleinen Besucher durften dann auch später noch reiten.

Als Kürreiter hatten wir Olaf Sutter, der sein Pferd klassisch auf M-Level präsentierte und Melissa Simms, die ihre spanische Nachwuchsstute unter dem Sattel zeigte.

Dann gab es noch eine Haflinger Kutsche, die aus Döffingen, meiner alten Heimat, angereist war, und ich war sehr stolz darauf, eine Fahreinlage zeigen zu können, zumal das gar nicht meine Sparte war. Auch die Zirkuslektionen mit Ponys und Großpferden, die Natalie, eine meiner ersten Kundinnen, zeigte, fand ich toll.

An der sehr gut besuchten Stallführung waren neben den Heimsheimern vor allem die Landwirte und die Mitarbeiter des Landwirtschaftsamtes interessiert. Dabei ging es neben den baulichen Informationen auch um die Produkte, die wir als Einstreu für die Pferde benutzten, sowie um Fütterungsfragen. Es war eine interaktive Führung, da vom Publikum viele Fragen kamen Das kam für mich unerwartet, freute mich aber sehr und machte den Rundgang wirklich interessant.

Bei der Führung kamen wir auch am kleinen Seminarraum vorbei, der früher einmal der Reparatur von Maschinen gedient hatte und nun in barocker Aufmachung ein völlig anderes Bild bot. Dabei kamen wir an den zahlreichen Ständen so ein bisschen à la Weihnachtsmarkt, die rechts und links des Weges und im ganzen Innenhof aufgebaut waren, vorbei.

Das Angebot war sehr vielfältig und es gab von der Magnetfeldtherapie, die man auch aktiv auf einer Liege genießen konnte, über Aloe Vera Produkte, Physiotherapie, Kunst, Gemälde und Skulpturen bis zum Honig von unserem Imker, dessen Bienen direkt vor unserer Nase auf meinem Grünland lebten und Wiesen- und Waldhonig produzierten, und sogar einem Stand von Reitsport Krämer, vieles zu bestaunen. Alles war spanisch dekoriert, natürlich in den spanischen Farben Rot und Gelb mit Fahnen und Bändern, und selbst der Caterer hatte sich einen Sombrero aufgesetzt und gab sein Bestes.

Die aus dem Besitz von Egon von Neindorff stammende Wagonette um 1900 war ebenfalls wunderschön mit Sonnenblumen und Weintrauben dekoriert und stand dekorativ in der Nähe des Podestes, das wir speziell für die spanische Tanzgruppe aufgebaut hatten, die zu Gitarrenklängen Flamenco tanzte.

Nach den Reitvorführungen feierten wir noch bis spät in die Nacht im Seminarraum weiter mit einem spanischen Abend mit Tanz, spanischen Gerichten und der Unterstützung der örtlichen Pizzeria, wobei Dino und Michele „live" mit Gitarre und Gesang unser Fest bereicherten.

Der Abend war lang. Wir waren stolz, dass der erste Eröffnungstag so positiv verlaufen war und so viele den Weg zu uns gefunden hatten. Wir tanzten und lachten viel– keine Ahnung, wie wir das alles hingekriegt haben – denn wir mussten ja die ganze Anlage noch komplett umdekorieren für den Sonntag, der unter barocken Vorzeichen stand und schon um 10 Uhr mit dem ökumenischen Gottesdienst begann.

Der erste Tag unseres Eröffnungsfestes war mit über dreihundert Gästen sehr gut besucht, wie ich fand, Immerhin war das unser erster öffentlicher Auftritt und so hatte ich überhaupt keine Vorstellung gehabt, wie viele Besucher kommen würden.

Da sich Heimsheim immer noch in einer sehr ländlichen Gegend befindet, herrschen hier ganz andere Gesetze als in der Stadt. Ich selbst bin in Stuttgart geboren und hatte da auch mein ganzes Leben verbracht. Ich wusste deshalb noch nicht, dass die Menschen im ländlichen Bereich samstags einkaufen gehen oder Dinge erledigen und dann am Sonntag Zeit zum Feiern haben.

Ich war davon ausgegangen, dass die meisten Besucher am Samstag kommen würden. So kannte ich das aus der Stadt. Bei unseren Veranstaltungen kamen die Leute in Stuttgart immer gerne am Samstagnachmittag oder -abend. Dann hatten sie den Sonntag für sich und konnten daheim relaxen.

Da unser erster Eröffnungstag bereits so gut verlaufen war, und ich natürlich absolut keine Ahnung hatte, ob überhaupt jemand kommen würde beziehungsweise, wie viele Leute das sein würden, dachte ich, das sei in Heimsheim genauso und war mächtig erstaunt, als der Sonntag alle meine Erwartungen übertraf und wir über siebenhundert Gäste auf der Anlage hatten. Ich hatte gedacht, dass die Zahl dreihundert wie am Samstag sicher nicht mehr erreicht werden würde.

Wir begannen um 10 Uhr morgens mit einem ökumenischen Gottesdienst im Seminarraum, der wirklich feierlich war und auch schon sehr gut besucht war. Es war natürlich auch völlig ungewohnt für mich mit all den Amts- und Würdenträgern in persönlichen Kontakt zu treten und neben meinem eigentlichen Job auf diesem Fest, der ja das Reiten und die Kontaktpflege mit unseren Besuchern war, ein Gemeinschaftsprojekt der evangelischen Kirche, der katholischen und der Neuapostolischen zu organisieren und zu einem „Erlebnis-Gottesdienst" im Barockreitzentrum aufzurufen.

Ich selbst wünschte mir sehr eine Segnung der Pferde, wie ich sie während meiner Turnierjahre verschiedentlich kennengelernt hatte. Forst hatte zum Beispiel immer eine Pferdesegnung anlässlich des großen Pfingstturnieres, und ich fand das immer wunderschön. Pfarrer Greb erklärte mir aber, dass er als evangelischer Pfarrer das nicht machen könne. Ich könne aber den katholischen Pfarrer, Herrn Bendele fragen, und ich war sehr begeistert, dass Herr Bendele meiner Bitte nachkam und mit allen Besuchern gemeinsam zur Segnung der Pferde durch die Stallgasse lief. Anschließend gab es Häppchen und Prosecco im Innenhof und um 12.30 Uhr begann das Showprogramm.

Erster Programmpunkt war eine Friesenquadrille des DFZ, dem deutschen Friesenzuchtverein, die mit acht Friesen angereist waren. Nach ihrem Auftritt blieben die Pferde in der Halle und boten eine wunderschöne Kulisse für acht barocke Damen, die einen historischen Tanz zeigten.

Dann gab es eine Damensattelvorführung mit Dorothee Baumann-Pellny und ihrem Araberschimmelhengst, und eine Voltigier-Nummer mit Olaf Sutter.

Melissa Simms zeigte eine Quadrille mit acht barocken Pferden und die Miniponys führten ein barockes Menuett vor, das vom Fächertanz der barocken Damen abgelöst wurde, die den Zuschauern die Fächersprache der Damen im achtzehnten Jahrhundert nahebrachten, gefolgt von einer historischen Modenschau.

Zwischendurch tauchten immer wieder Journalisten von verschiedenen örtlichen Zeitungen auf. Das war für mich damals auch noch total ungewohnt und anstrengend, aber ich war natürlich auch stolz, dass wir gesehen wurden und man über uns berichtete.

Das Nachmittagsprogramm begann mit einer weiteren Attraktion: wir konnten dem Heimsheimer Publikum eine Friesenquadrille vom DFZ e. V. Deutsche Friesenpferdezüchter im K.F.P.S., d.h. der Königlichen Vereinigung „Het Friesch Paarden Stamboek" präsentieren.

Neben den eindrucksvollen Friesen hatte das auch den ganz entscheidenden Vorteil, dass eine der Reiterinnen Tatjana Früh war, die Freundin von Cor de Jong. Wir hatten schon mehrfach versucht, Cor de Jong für ein Seminar bei uns zu gewinnen. Ich hatte viel von Cor und seinen phänomenalen Auftritten, in denen er die Pferde an der Hand und vor der Kutsche vorstellte, gehört und hatte ihn auch in Stuttgart im Zauberwald gesehen.

Cor war ein Meister der Zirzensik und des Kutsche Fahrens. Beides hätte ich gerne gelernt, aber damals gab es in dieser Richtung noch nicht allzu viele Ausbilder. Zumindest waren sie mir nicht bekannt. Umso begeisterter war ich, als ich hörte, dass Tatjana Früh zu uns auf die Anlage kam und ihren Friesenhengst Bert, den Cor persönlich ausgebildet hatte, ritt. Natürlich nutzte ich die Gelegenheit, sie anzusprechen und zu fragen, ob sie nicht Lust hätte, zu uns auf die Anlage zu kommen. Wir hatten mittlerweile schon eine ganze Reihe von Reitschülern, und ich selbst hatte eigentlich nie Ambitionen in Richtung Reitunterricht und Reitlehrerin gehabt.

Da Melissa Simms öfter in USA war, konnten wir daher durchaus Unterstützung gebrauchen. Ich hoffte natürlich auch, dass wir dadurch auch endlich ein Seminar mit Cor de Jong hinbekommen würden und nach dem Gespräch mit Tatjana sah das ganz gut aus. Das wäre ein weiterer hochkarätiger Seminarleiter, von dem wir alle viel lernen konnten

Alles in allem war ich daher mehr als zufrieden über dieses tolle Eröffnungsfest und nicht zuletzt inspirierte es mich, in das Thema Showreiten einzusteigen und mich für Kostüme, Musik und Choreographien zu interessieren.

Die Besucher waren begeistert, die Aktiven hatten viel Spaß und waren hochmotiviert, wir bekamen Aufmerksamkeit und Lob von öffentlicher Seite und aus den eigenen Reihen und wir hatten viele neue Kontakte geknüpft und interessante Pferdeleute kennengelernt.

Die gute Stimmung und der Spaß, den wir trotz der vielen Arbeit hatten und die begeisterte Mithilfe und Unterstützung unserer Jugendlichen und unserer Pferde-Einsteller inspirierte mich dazu, ab 2007 jedes Jahr ein Sommerfest und eine Weihnachtsfeier kostenfrei für die Öffentlichkeit durchzuführen.

Viele haben nicht verstanden, warum ich keinen Eintritt verlangte. Mein Ansatz war aber ein ganz anderer. Ich wollte in der Region angenommen werden und das Barockreitzentrum einer breiten Öffentlichkeit zugänglich machen.

Ich wollte die Reiter und Pferdebesitzer zu einem neuen Umgang mit ihren Pferden inspirieren, mehr Spaß in die Reiterei bringen, vor allem für die Pferde, und letzten Endes sah ich derlei Veranstaltungen auch als Marketinginstrument für unseren Reit- und Seminarbetrieb und als Inspiration und Trainingsmöglichkeit für unsere Reiter und Ponymädels.

Es war klar, dass sie sich viel mehr anstrengen würden und immer besser werden wollten, wenn Familie und Freunde und sogar wildfremde Menschen zuschauen würden. Schließlich wollten wir alle den Besuchern etwas Neues bieten und unser Publikum mit Showeinlagen und Ausbildungskonzepten, die sie noch nie gesehen hatten, überraschen.

Und ich muss sagen, mein Konzept ging auf, nicht nur für uns Aktive und die Zuschauer bei den Shows, es inspirierte uns auch selbst, uns ständig für neue Ansätze im Training und in der Ausbildung mit Pferden zu interessieren, wobei der Aspekt Pferdewohl und Pferdegesundheit zu einem zentralen Fokus für uns alle wurde.

Ein Zirkus ist für mich ein magisches Schauspiel, das wie ein Weltgeschehen vorbeizieht und schmilzt ...
Warum sind Clowns, diese Kunstreiterinnen und Akrobaten in meinen Visionen zugegen? Und warum erregen mich ihre Schminken und Grimassen? Mit ihnen nähere ich mich anderen Horizonten.
Ihre Farben und Schminken ziehen mich zu anderen psychischen Verformungen, die ich zu malen träume.

Marc Chagall

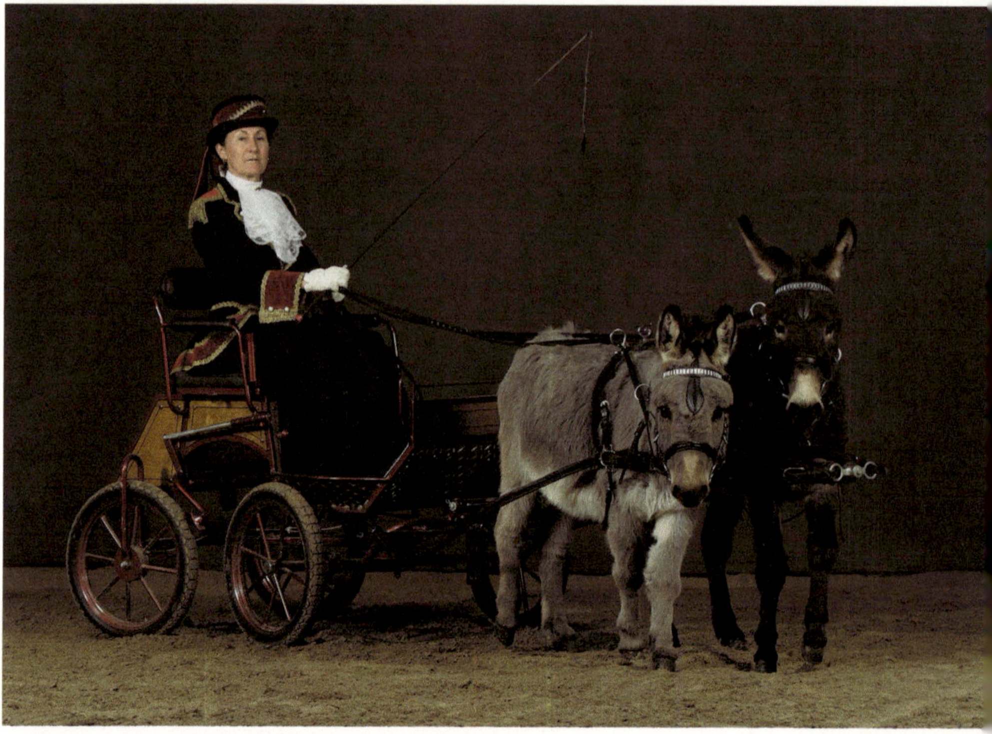

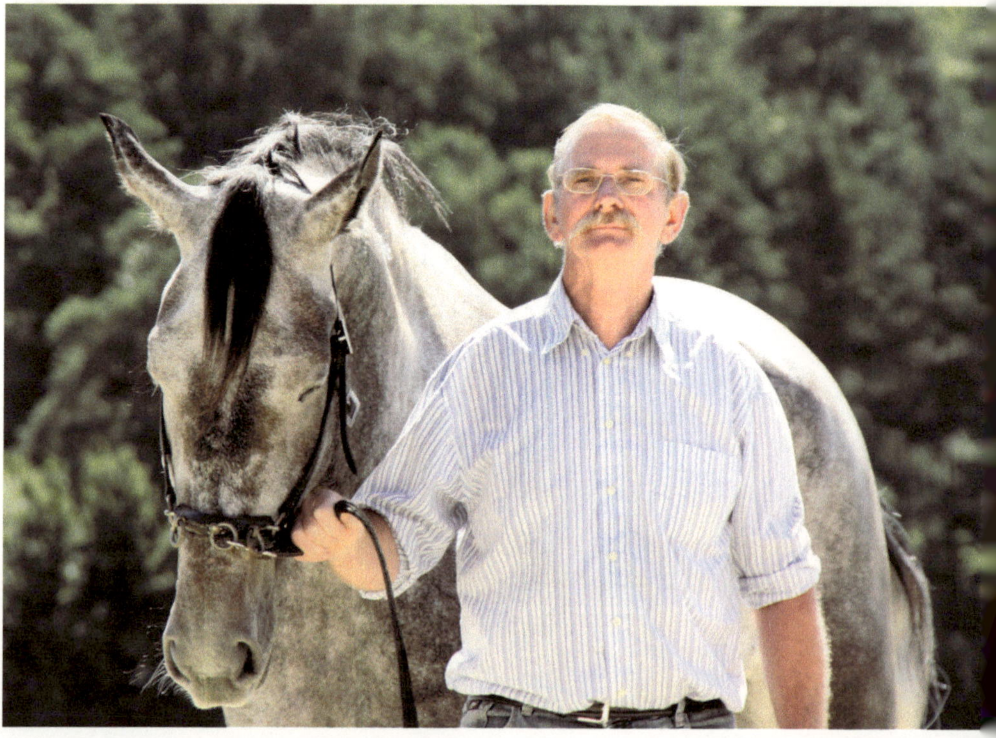

COR DE JONG ZIRZENSIK UND
FAHREN

Nachdem Tatjana Früh nun bei mir als Reitlehrerin engagiert war, dauerte es nicht lange, bis wir das erste Seminar mit Cor de Jong bei uns auf der Anlage anbieten konnten.

Ich werde nie vergessen, wie er in seinem beigen Trenchcoat im Nieselregen aus dem Auto stieg und ich ihm zur Begrüßung entgegenging.

Cor war mir von Anfang an sympathisch und sein mit einem unverkennbar holländisch geprägten Akzent versehenes Deutsch gefiel mir, kannte ich das doch noch bestens von meinen früheren holländischen Trainern, die ich bei Udo Lange gehabt hatte.

Wir vereinbarten ein erstes Seminar, bei dem Zirzensik, in erster Linie spanischer Schritt, Sitzen und Liegen angeboten wurden, aber auch Bodenarbeit wie langer Zügel oder Doppellonge und das Präsentieren des Pferdes unter dem Sattel.

Es war schön, endlich jemanden gefunden zu haben, der Zirkuslektionen in dieser Brillanz unterrichten konnte. Damals gab es noch nicht viele Ausbilder, die das anboten. Aber über das Technische hinaus, brachte Cor auch ganz viel Ruhe und Leichtigkeit mit, gar nicht zu reden von den Inspirationen, die er uns für unsere Kostüme und Shows gab. Er war eben diesbezüglich einfach ein Profi und stellte auch viele Kontakte zum Zirkus und zu Reitern von Zauberwald und Apassionata her.

In späteren Jahren begannen wir dann auch mit dem Fahren. Zunächst wurden nur die Miniponys und die Mini-Esel gefahren, später wurden dann alle meine Pferde Maxim, Chocolate, Betyar und Impressioso eingefahren. Cor hatte da auch eine ganz eigene Art des Anspannens. Er fuhr immer ohne Scheuklappen, weil er ja für seine Showauftritte auch vor der Kutsche

Zirkuslektionen einbaute und die Pferde die Kommandos mit Scheuklappen gar nicht hätten sehen können.

Unsere ersten Erfahrungen mit den noch komplett uneingefahrenen Pferden waren ziemlich spektakulär und Respekt einflößend.

Impressioso hatte ja bekanntermaßen ein Talent, sich immer, wenn er sich unter Druck gesetzt fühlte, auf den Boden fallen zu lassen. Das machte er an der Hand, an der Longe und sogar unter dem Sattel. Mit der Peitsche durfte man ihm absolut nicht kommen. Außerdem war er auch das schnellste und wendigste Pferd, das ich jemals hatte und er konnte gigantische Bocksprünge unter dem Sattel vollbringen und sich auch so zur Seite neigen, dass man mit dem Knie fast den Boden berührte.

Was also lag näher, als ihn einfahren zu lassen?

Doch auch hier, vor der Kutsche, wehrte er sich mächtig, zunächst mit allerlei Bocksprüngen und Kapriolen und, nachdem Cor versucht hatte, ihn mit der Peitsche vorwärts zu schicken, warf er sich sogar vor der Kutsche komplett auf die Erde, um dann mit einem Satz von unten einen Meter hoch in die Luft zu schnellen und das Flachrennen durch die Halle zu beginnen. Cor blieb aber absolut ruhig, die zwei Beifahrer, die hinten etwas Gewicht auf die Marathonkutsche bringen sollten, krallten sich fest, und so begann mein störrisches Pferdchen nach einer Viertelstunde ganz artig vor der Kutsche zu laufen.

Chocolate, mein PRE-Schimmel-Hengst, war dafür ein Problem beim Anschirren. Er wollte partout nicht in die Scheren treten und man brauchte drei Mann, um ihn anzuschirren. Aber auch hier hatte Cor natürlich durch seine unendliche Erfahrung die notwendige Gelassenheit und Chocolate war eine wirkliche Pracht vor der Kutsche. Sein starker Trab ist heute, nach fast zwanzig Jahren immer noch spektakulär, aber damals war er ein wahrer Überflieger in den Trabverstärkungen und, da er immer ein sehr fleißiges, gut gerittenes Pferd gewesen war, ging er auch sofort durchs Genick und es war eine Freude, ihn zu fahren und ihn vor der Kutsche zu sehen.

Beyar dagegen, der ungarische Lipizzaner, machte die größten Probleme. Tatjana Früh, die ihn fuhr, wollte ihn vom hinteren Halleneingang aus starten, weil sie es dort leicht hatte, ihn anzuschirren. Sie stand gewissermaßen im

Eingangsbereich hinter der Bande, vorderes und hinteres Tor geschlossen, und bat mich, die Bande zur Seite zu schieben, damit sie einfahren konnte. Das Problem war, dass Beyar nicht abwarten konnte, bis ich die Eingangstür ganz aufgeschoben hatte, sondern sofort einen Riesensatz nach vorne machte und dann leider mit dem Schädel total gegen eine Metallschiene der Tür knallte. Er landete sofort auf allen vier Beinen und schwankte leicht. Ich war total erschrocken und hatte Angst, er würde umfallen.

Tati schrie nochmal laut „Tür auf", ich schob die Tür mit aller Kraft nach links und keine Sekunde später raste Beyar im gestreckten Galopp an mir vorbei. Von den beiden Beifahrerinnen flog eine bei der Einfahrt gleich von der Kutsche und tat sich auch ordentlich weh. Auch Beyar bot nämlich eine Mischung aus Bocken und Durchgehen, und man glaubt nicht, welche Flugkräfte da auf den hinteren Rängen der Kutsche entstehen.

Ich berichte von unseren ersten Fahrerlebnissen auch, um klar zu machen, dass Fahren keineswegs, wie ich immer vermutet hatte, ein Rentnersport ist. Ganz im Gegenteil, in meinen Augen ist Fahren eine der schwierigsten und gefährlichen Disziplinen, speziell in Deutschland, wo es nur noch ganz wenige Orte gibt, an denen das Pferd ruhig einmal fünf Kilometer durchgehen darf, ohne dass man sich das Genick bricht. In Ungarn hat man da schon ein leichteres Spiel, weil man die Pferde auch einfach einmal laufen lassen kann. Bei uns in Heimsheim sind überall Straßen und besonders die A8 ist nur einen Kilometer weit entfernt.

Da das Fahren auf öffentlichen Straßen ohne Kutschenführerschein nicht erlaubt ist, und wir durch Cor nun alle sehr am Fahren interessiert waren, boten wir bald darauf auch einen Kurs für das Fahrabzeichen an, den Jürgen Fritsch aus dem Ortenau-Kreis mit seinen beiden Friesenhengsten bei uns durchführte.

Fritschi war Mitglied im DFZ, dem Deutschen Friesenzüchterverein, der öfter bei uns im Barockreitzentrum trainierte und den wir von den Messeauftritten, bei denen Tati viele Jahre mit ritt, kannten. Er war aus der Offenburger Gegend und ich war total begeistert, wie er uns das Fahren beibrachte.

Das Training in der Halle, mit und ohne Pylonen, den kleinen Hütchen aus Plastik, die wir als Tore auf dem Sandplatz und sogar auf meiner großen Koppel aufstellten und so lernten, präzise Wege zu fahren, waren sehr interessant und haben Spaß gemacht. Wir fuhren auch mehrere Tage hintereinander mit dem Friesenzweispänner durch Heimsheim, sowohl auf der Hauptstraße, als auch durch sämtliche Wohngebiete und am zweiten Tag standen schon mehrere Heimsheimer Gartenbesitzer vor ihren Häusern und baten uns um Rossbollen für ihre Rosen.

Besonders spaßig war das Fahren um die Baumaterialien, die damals vor den geplanten Supermärkten, heute Edeka und Lidl, standen. Aber auch die Fahrt an den Schrebergärten am kleinen Teich vorbei waren ziemlich nervenaufreibend, weil dann irgendwann Ende Gelände war und man keine Ahnung hatte, wie man auf so einem kleinen Feldweg mit zwei Friesen umdrehen sollte. Fritschi hat uns viel beigebracht, war immer cool und lustig, und ich habe es sehr bedauert, dass irgendwann einmal niemand mehr von den Fahrern bei uns im Stall war und ich das Fahren mit den Großpferden daher aufgeben musste.

Alleine ist es nämlich mit schwierigen Pferden einfach nicht möglich zu fahren. Man braucht immer mindesten ein bis zwei Helfer, und das müssen Leute sein, die wissen, was Fahren bedeutet und denen man vertrauen kann, dass sie das oder die Pferde wirklich festhalten. Ein halb angeschirrtes Pferd, das durchgeht, möchte ich mir gar nicht vorstellen. Da wäre alles kaputt: Pferd, Kutsche und alles, was da gerade im Weg herumstehen würde.

Fries paard

OOGSTRELEND PRACHT
STEIGERT MOEITELOOS TEGEN
ZWAARTEKRACHT
ELEGANTE STAPPEN ZWETENDE
SPIEREN
DOOR 'T FRIESE LAND
FRIES TROTS TREKT SPOREN
GANS ONS LAND ZIET GOUDEN
KOETSEN TREKKEN
OOGSTRELEND ZWART VERBLINDEND
GLIMMEN
KONING VAN 'T FRIESE LAND.[1]

Roland Hainje

1 Auffällige Pracht tänzelt er mühelos durch die friesische Landschaft, gegen die Schwerkraft mit eleganten Schritten und verschwitzten Muskeln. Der stolze Friese hinterlässt Spuren und man sieht ihn in unserem ganzen Land goldene Kutschen ziehen. Auffälliges Schwarz, blendend leuchtend, König des friesischen Landes.

Die Zeit der Friesen

Maxim und Baron

Cor de Jong und Tatjana Früh waren eine große Inspiration für mich und beeinflussten den Charakter des Barockreitzentrums maßgeblich.

Als gebürtiger Holländer hatte Cor ein Faible für Friesenpferde, die ursprünglich eine niederländische Pferderasse waren, die aus Friesland stammte und eine der ältesten europäischen Pferderassen ist.

Bis heute werden die Friesen in Reinzucht ausschließlich als Rappen gezüchtet. Braune Friesen gibt es heute nicht mehr und die wenigen Füchse, die manchmal noch auftreten können, sind zur Weiterzucht nicht zugelassen. Das offizielle holländische Stammbuch, das Friesch Paarden Stamboek hat sehr strenge Auflagen.

Bezeichnend für ihr Exterieur ist der hoch aufgesetzte Hals mit der langen dichten Mähne und der Kötenbehang an den Fesseln, der eine Schutzfunktion für die Fesseln hat und das Wasser ableitet.

Da alles im Leben zwei Seiten hat, können diese Puscheln an den Beinen aber auch der Auslöser für Mauke sein, einer schmerzhaften entzündlichen Hauterkrankung in der Fesselbeuge, die sehr pflegeintensiv ist, weil die langen Kötenhaare Nässestau und Schmutzablagerungen im Fesselbereich fördern. Am Besten ist es, die Krusten mit Wasser und Jodseife zu behandeln bis die Krusten abfallen und die Fessel dann mit Zinksalbe, die antibakteriell wirkt, einzucremen.

Die Friesen werden wie die Spanier und Lipizzaner zu den barocken Pferderassen gezählt, allerdings sind sie, obwohl sie meistens nur eine Widerristhöhe von 1,60 bis 1,65 Meter haben, deutlich schwerer als die anderen Barockpferderassen und können bis zu 770 Kilo wiegen.

Ich hatte mich bislang überhaupt nicht für Friesen interessiert. Mir waren sie zu schwer und zu kompakt, und ich war schon immer von den Lipizzanern, Spaniern und Lusitanos, die ich im Reitinstitut kennengelert hatte, fasziniert. Wenn ich mir vorstellte, meinen Friesen beim Schmied aufheben zu müssen, tat mir bereits bei der Vorstellung der Rücken weh.

Im Übrigen sind die Friesen mit ihrem hohen Halsansatz gar nicht so einfach über den Rücken zu reiten. Sie neigen dazu, ihren Kopf stolz in die Luft zu heben und damit gleichzeitig den Rücken nach unten zu drücken. Da sie generell durch ihre schwungvollen Gänge nicht einfach zu sitzen sind, kann man sich vorstellen, wie dann ein weggedrückter Rücken auf den Reiter wirkt. Kurzum – ich hätte mir nie einen Friesen gekauft.

Seit nun aber Tatjana und Cor auf der Anlage waren, wimmelte es plötzlich nur so von Friesen bei uns und ich musste zugeben, es sind sehr beeindruckende, imposante Pferde gegen die meine Spanier schon rein des Körperbaus wegen ziemlich abfielen. Da ich ja mit Tati vorhatte, öffentliche Auftritte zu reiten, kam ich wohl an einem Friesen nicht vorbei. Usurero, mein spanischer Hengst, war wunderschön, aber neben Bert, Tatis Friesenhengst, sah er fast wie ein Pony aus.

Eigentlich hatte ich vorgehabt, mir noch einen Lipizzaner zuzulegen und ich hatte auch schon das perfekte, sehr hoch ausgebildete Pferd in Aussicht, aber in Anbetracht der veränderten Situation wäre das ein Fehler gewesen.

Es war ganz klar – mein nächstes Showpferd musste ein Friese sein und so trat Maxim, ein in Showelementen ausgebildeter neunjähriger Friesenhengst, in mein Leben.

Maxim war noch nach den alten Zuchtvorstellungen gezüchtet, sah also eher aus wie ein Kutschpferd und hatte ein Brustbein wie ein Drache. Er war groß und kompakt, dabei aber sehr sanft und gut erzogen. Ihn im Trab zu reiten war wirklich eine Herausforderung für mich, war ich doch meinen sitzbequemen Usurero gewohnt, auf dem man im Mitteltrab Zeitung lesen konnte und, obwohl ich mich mit der Zeit auch an die Schläge gewöhnte, die der Mitteltrab von Maxim für meine Wirbelsäule bedeutete, fiel das Mittagessen auf öffentlichen Auftritten auf alle Fälle immer für mich aus. Ich wollte ja eines Wiener Schnitzels wegen keinen Magendurchbruch riskieren.

Trotzdem habe ich Maxim sehr geliebt. Er hat mir die großen Messeauftritte und den Weg in die Showreiterszene ermöglicht. Wir waren sehr aktiv in den Jahren 2009 bis 2011 und Tati und ich wurden auch viel für Showeinlagen auf fremden Anlagen oder auch bei Krämer Reitsport, der ja direkt bei uns in Heimsheim an der A8 eine Filiale gebaut hatte, angefragt.

Es war eine schöne und aufregende Zeit, die von Zirkuslektionen und Fahren geprägt war, und während der das Barockreitzentrum wirklich einen großen Bekanntheitsgrad bekam.

Unsere eigenen Shows an unseren Sommerfesten und Weihnachtsfeiern, aber auch an den Kompetenztagen, die wir ins Leben riefen, in Ludwigsburg vor dem Schloss, auf Reitturnieren oder beim Horse & Spirit Festival bei uns auf der Anlage waren legendär.

Besonders beeindruckt und gerührt war ich aber durch den bereits erwähnten Showauftritt von Marie Rostert, die Maxim bei der Weihnachtsfeier 2018 ohne Sattel und Trense nur mit Halsring vor dreihundert Zuschauern auf der brechend vollen Tribüne im Galopp vorgestellt hat.

Was sehr traurig war, war dass Maxim am Ende seines Lebens sehr krank war. Es war schwer, ihn auf die Koppel zu bekommen, da er an manchen Tagen kaum laufen konnte. Dazu kam dann auch noch eine Erkrankung der Speiseröhre. Maxim hatte Ösophagusdivertikel. Das sind Ausstülpungen in der Speiseröhre, die zu Schluckschwierigkeiten bis hin zur Schlundverstopfung führen können. Man kann den Futterstau sogar von außen am Hals sehen. In der Anfangsphase lässt sich die Verstopfung oft noch manuell ausmassieren beziehungsweise durch Wasserspritzen beheben, wenn das nicht mehr geht, spült der Tierarzt den Schlund mit einer Nasensonde frei, was ich als eine ganz furchtbare Maßnahme empfunden habe, zumal die Behandlung natürlich auch nicht gut für die Speiseröhre ist.

Es war deshalb wirklich sehr traurig für uns, einzusehen, dass wir uns von Maxim verabschieden mussten. Ich wollte einfach auch nicht, dass er noch weiter leiden musste. Ich hatte sogar eine Tierkommunikatorin eingeschaltet, die uns ein sehr schönes Protokoll geschickt hat, in der Maxim darum bat, gehen zu dürfen. Nie werde ich den letzten Tag vergessen, den Tag bevor er eingeschläfert wurde.

Wie immer durfte er frühmorgens auf seine Koppel. Als Hengst konnte er ja nicht mit den anderen Pferden zusammen auf der Weide stehen, aber er hatte eine große Koppel, die direkt an die Wallach-Koppel angrenzte. Nach drei Stunden holte ich die Wallache herein und wollte auch Maxim zurück in seine Box bringen. Er lief an diesem Tag sehr gut und es war gar kein Problem gewesen, ihn auf seine geliebte Koppel zu führen. Beim Hereinführen zog er plötzlich in Richtung der großen Koppel, auf der meine anderen Pferde immer grasten. Ich ließ ihn los, setzte mich am Gatter ins Gras und beobachtete, wie er die ganze riesige Koppel im Schritt ablief mit gesenktem Kopf. Er schien alles in sich einzusaugen und zu verinnerlichen. Ich saß über eine Stunde im Gras und konnte nur weinen.

Irgendwann kam er zu mir und ich dachte, jetzt will er zurück. Er ging aber ganz zielstrebig ein paar Meter weiter und wollte dann in die an die große Koppel angrenzende Minikoppel, auf die ich noch nie ein Großpferd gestellt hatte. Die kleine Koppel war den Mini-Ponys vorbehalten, aber Maxim wollte sich auch von dieser Koppel verabschieden. Ich ließ ihn auch hier die ganze Koppel ablaufen und beschnüffeln. Er lief alles ab und flehmte dabei fortwährend. Ich holte sogar die Kamera und machte noch ein paar sehr schöne Fotos von ihm im hohen Gras. Es war ein sehr intensiver Vormittag. Unsere Zeit, um voneinander Abschied zu nehmen.

Maxim riss eine große Lücke in mein Leben, aber damals hatte ich noch Baron, meinen zweiten Friesenhengst, der von Statur und Temperament das krasse Gegenteil von Maxim war.

Baron war ein elegantes Pferd, eher der neue Friesentyp, der mehr einem Warmblut gleicht mit viel weicheren Gängen, und vor allem war er für einen Friesen sehr angenehm zu sitzen.

Baron war ein fleißiges Pferd im Gegensatz zu Maxim, der sich eher bitten ließ. Das Problem war aber, dass er viel zu fleißig, um nicht zu sagen nervös und ängstlich war. Genau das sind ja ganz allgemein die Herausforderungen für den Reiter, die Pferde so auszubilden, dass man die Defizite in Körperbau und Temperament als Zuschauer von unten überhaupt nicht erahnt.

Baron gehört wie Maxim auch zu meinen absoluten Herzenspferden. Er war sehr sensibel und sanft, er lernte schnell und ging eine ganz außergewöhnlich schöne Piaffe. Er war eins meiner besten Pferde für Horse Dancing – fleißig, aufmerksam und elegant – und ich vergesse nie meine Präsentation anlässlich des Horse & Spirit Festivals, als ich mit ihm zur Musik von Dirty Dancing – Time of my Life – eine wunderschöne Kür hingelegt habe.

Mein persönliches Problem mit ihm war, dass er unter dem Sattel ganz furchtbar durchgehen konnte, und das machte mir, speziell im Gelände, definitiv Angst. Ich habe ihn auch nie auf öffentlichen Auftritten geritten, wenn man einmal von unseren eigenen Veranstaltungen im Barockreitzentrum absieht, und die Geländeritte waren für mich jedes Mal eine große emotionale Herausforderung.

Ich war jedes Mal froh, wenn wir beide wieder ohne Zwischenfälle und heil zurückkamen.

Mein damals größtes Problem war aber ein ganz anderes: Das Finanzamt saß mir im Nacken.

Da die Baukosten für meine Anlage extrem hoch gewesen waren und die Kosten für Pferdehaltung insgesamt sehr hoch sind und es fast unmöglich ist, in der Landwirtschaft Gewinne zu machen, schaffte ich es nicht, die Erwartungen des Finanzamtes, wie hoch der in irgendwelchen Tabellen vermerkte erwartete Gewinn für meine Anlage zu sein hatte, zu erfüllen.

Da ich überhaupt kein Zahlenmensch bin und mir Behördenangelegenheiten ein Gräuel sind, hatte ich auch überhaupt nicht verstanden, dass meine Steuerbescheide nur vorläufige Bescheide waren. Ich hatte meine Steuern immer pünktlich bezahlt und dachte, alles sei in Ordnung. Ich wusste nicht, dass das Finanzamt zehn Jahre lang darauf wartet, dass man ihre Erwartungen endlich erfüllt und, sollte das nicht der Fall sein, ganz unerbittlich zuschlägt. Da ich das einfach nicht wusste und viele Jahre lang immer weiter an meiner Anlage gebaut und praktisch jeden Cent, den ich übrig hatte investiert habe, beschloss das Finanzamt mich als Liebhaberobjekt einzustufen.

Es wurde mr unterstellt, dass ich mit dem Barockreitzentrum eine Abschreibungsfirma gegründet hatte. Das war besonders bitter für mich, weil ich wirklich in meinem ganzen Leben noch nie so viel gearbeitet habe und so wenig Freizeit hatte, wie in den fünfzehn Jahren, in denen ich die Anlage aktiv betrieben habe. Außerdem hatte ich sieben Mitarbeiter, die zuverlässig ihren Lohn bekamen, während ich selbst in den ganzen Jahren nie etwas verdient habe.

Fakt war, dass ich zu viele Mitarbeiter und zu viele eigene Pferde hatte. Natürlich war Herr von Neindorff in dieser Hinsicht ein schlechtes Vorbild gewesen mit seinen achtzig Schulpferden. Ich hatte nur zwölf, dazu dreizehn Ponys und zwei Mini-Esel. Das Leben hätte so schön sein können. Ich war zufrieden mit der Situation, das Finanzamt war es nicht.

Mein Steuerberater sagte mir, dass ich schnellstens das Personal und die Pferde reduzieren musste, wenn ich nicht wollte, dass ich die Vorsteuerabzugsfähigkeit verliere. Ich versuchte deshalb, wirtschaftlich sinnvolle Entscheidungen zu treffen und da mussten Baron, Mr., der ungarische Lipizzaner und Usurero, mein spanischer Hengst verkauft werden.

Niemand kann sich vorstellen, wie sehr ich unter dieser Entscheidung gelitten habe und auch heute noch, nach so vielen Jahren habe ich mir nicht verziehen, mich von einer Behörde zu so etwas gezwungen gefühlt zu haben. Alle drei Pferde sind nämlich bei ihren neuen Besitzern im Lauf von ein bis drei Jahren krank geworden und gestorben. Für mich heißt das, dass ich sie im Stich gelassen habe und für ihren Tod mitverantwortlich bin.

Le corbeau et le renard
Maître Corbeau, sur un arbre
perché,
Tenait en son bec un fromage.
Maître Renard, par l'odeur
alléché,
Lui tint à peu près ce langage :
Et bonjour, Monsieur du Corbeau,
Que vous êtes joli ! que vous me
semblez beau !
Sans mentir, si votre ramage
Se rapporte à votre plumage,
Vous êtes le Phénix des hôtes de
ces bois.

Jean de La Fontaine, Fables (1668)

JEAN CLAUDE RACINET – FEINES REITEN IN DER FRANZÖSISCHEN TRADITION DER LÉGÈRETÉ

Doch zurück zu den Anfängen und der Aufbauphase.

Ich hörte zum ersten Mal von Jean Claude Racinet in einem Bericht über die Légèreté Anfang 2007. Ich glaube, es war in der Erstausgabe der Piaffe, in der wir eine Anzeige für das Barockreitzentrum geschaltet hatten.

Die Fragen, wie man Légèreté erreicht und wie man ein Pferd mit Leichtigkeit ausbilden kann, sprachen mich an, zumal ich mich für Philippe Karl interessiert hatte, der von 1985 bis 1998 an der École Nationale d'Équitation in Saumur geritten war und auf den ich durch das Reitinstitut Egon von Neindorff aufmerksam geworden war. Da Herr von Neindorff viel über das Cadre Noir erzählt hatte, und es sogar einmal einen gemeinsamen Auftritt in Karlsruhe vor dem Schloss gab, bewarb ich mich sogar für eine Ausbildung bei Philippe Karl, die er aber meines Alters wegen ablehnte. Ich war damals schon Ende vierzig.

Jean Claude Racinet galt als einer der letzten Reitmeister und ich wollte ihn unbedingt persönlich kennenlernen. Er hatte wie Philippe Karl die Kavallerieschule des Cadre Noir in Saumur absolviert, bezeichnete sich als klassischen Reiter, der sich auf die Lehren von François Robichon de La Guérinière und auf François Baucher berief. Als ich hörte, dass der in Virginia/USA lebende Reitmeister auch in Deutschland Kurse gab, bemühte ich mich sofort darum, mit ihm in Kontakt zu treten und ihn zu uns nach Heimsheim einzuladen.

Nach einiger Zeit gelang es uns, eine Kontaktadresse in Frankreich zu bekommen, und wir erfuhren, dass ein Workshop im Juli in Holland geplant sei. Wir könnten uns daran anschließen und so die Flugkosten halbieren, hieß es. Das klang gut und so buchten wir das Wochenende vom 19./20.Juli 2008.

Bevor wir den Vertrag aber in der Tasche hatten, kamen die Konditionen: Herr Racinet brauche jeden Tag ein Rinderfilet und ein Glas Rotwein, allerdings keinen Dornfelder, weil er den nicht vertrage. Ich fand das urkomisch, konnte aber ganz klar damit leben. Am Dornfelder sollte der Workshop nicht scheitern.

Am 17.7.2008 war es dann endlich soweit, und Monsieur Racinet schlug bei uns in Heimsheim auf.

Der Workshop sollte am Wochenende, also Samstag/Sonntag stattfinden und Montag, den 21.7.2008 wollte M. Racinet nach Hamburg zu seinem letzten Workshop in Deutschland weiterreisen.

Er war mir vom ersten Moment an total sympathisch. Ein Mann mit Bildung, Herzensgüte, ein Grandseigneur der alten Schule und ein typischer Franzose. Beim kurzen Durchgang durch Stall und Reitanlage beschlossen wir, den Abend mit einem gemeinsamen Abendessen zu begehen, bei dem wir über die Details unseres Seminars sprechen wollten. M. Racinet sprach ausgezeichnet englisch, da er ja in Lexington/USA lebte und mit einer Amerikanerin verheiratet war. Er war aber hoch erfreut und überrascht, als er feststellte, dass ich ganz gut französisch spreche und so wurde es ein total unterhaltsamer und schöner Abend. Am meisten begeisterte ihn, dass ich die Fabel Le corbeau et le renard (Der Rabe und der Fuchs) von Jean de la Fontaine auf Französisch rezitieren konnte. Keine Ahnung, warum mir gerade die einfiel und warum ich sie noch erstaunlich gut in Erinnerung hatte. Es war ja schon ein paar Jährchen her, dass ich mein Romanistikstudium beendet hatte. Er konnte die Fabel aber auch auswendig und so wechselten wir uns in den Strophen ab. Maitre renard sur un arbre perché, tenait en son bec un fromage... Das war lustig, besonders, weil wir nach dem Essen noch etwas Käse bestellt hatten.

Am nächsten Tag kam er auf die Anlage und schaute sich unsere Pferde an. Ich hatte damals meinen sehr schönen spanischen Hengst, Usurero, der aber extrem triebig war. Ich hatte die Befürchtung, dass er Schmerzen im

Rücken hatte und ritt ihn viel ins Gelände. Im Übrigen dachte ich, dass es an meinen unzureichenden Reitfähigkeiten lag, dass ich das Pferd nicht besser aktivieren konnte. M. Racinet war bereit, mein schwieriges Pferd mit seinen neunundsiebzig Jahren zu reiten. Er erklärte mir, dass ein großer Fehler vieler Reiter, speziell bei triebigen Pferden, der konstante Einsatz von Hilfen sei. Hilfen seien nur notwendig, wenn man vom Pferd Verhaltensänderungen erwarte wie beispielsweise Übergänge von einer Gangart in eine andere oder Tempounterschiede. Der ständige Hilfeneinsatz verhindere, dass das Pferd leicht und in Selbsthaltung laufen könne. Wenn man Stille einkehren ließe, würde das Pferd beginnen in Selbsthaltung und aus eigenem Schwung mitzuarbeiten.

Das leuchtete mir total ein und hat meine reiterlichen Fähigkeiten definitiv beeinflusst und verbessert, zumal ich aus meiner Basisausbildung immer noch die militanten Zurufe „treiben, treiben, treiben" in Erinnerung hatte.

Bei Usurero klappte das System der Stille allerdings nicht. Trotzdem wirkte das Pferd meiner Ansicht nach zufriedener, und ich hatte auch nicht erwartet, dass in einer halben Stunde ein anderes Pferd aus ihm werden würde. Wenn Usurero nicht mein einziges „barockes" Pferd gewesen wäre und, wenn ich die Erfahrungen, die ich mittlerweile gesammelt habe und die Geduld, die ich mir in den letzten fünfzehn Jahren aneignen musste, schon damals gehabt hätte, hätte ich ihn erst einmal für einige Monate auf die Koppel gestellt und gehofft, dass er die seiner Ausbildung nicht zuträglichen Dinge vergessen würde und wieder Spaß an der Kooperation mit dem Menschen bekommen würde.

Aber damals meinte ich, überhaupt keine Zeit zu verschenken zu haben. Schließlich war ich inzwischen schon über fünfzig und ich wollte ein Barockreitzentrum erschaffen, das sich als solide Ausbildungsstelle für artgerechten und fairen Umgang mit dem Pferd und feinem Reiten einen Namen machen würde.

Deshalb musste ich öffentlich reiten, zeigen was ich konnte und Vorbild sein für meine Schüler. Und das ging bestimmt nicht mit einem Pferd wie Jerry, meinem mittlerweile sechsundzwanzigjährigen Württemberger. Das einzige repräsentative barocke Pferd, das ich damals hatte, war Usurero. Für dieses

Pferd hatte ich meinen Z1 gegen einen Fiat Punto eingetauscht und ich hatte im Moment absolut kein Geld, mir ein weiteres barockes Pferd zuzulegen.

Obwohl es natürlich total verständlich ist, dass man für seine Ideale und Visionen bereit ist, zu kämpfen und vielleicht auch Grenzen zu überschreiten, entschuldigt das die Fehler nicht, die ich mit Usurero gemacht habe. Aus heutiger Sicht der Dinge weiß ich, dass ich Usurero meines eigenen Ehrgeizes und des Zeitdrucks wegen, den ich mir selbst damals machte, nicht gerecht geworden bin. Er war so ein schönes und sanftmütiges Pferd und er hätte vielleicht einfach nur mehr Zeit gebraucht.

Doch zurück zu M. Racinet. Er war nur wenige Tage bei uns auf der Anlage, aber ich habe in so kurzer Zeit noch mit keinem anderen Seminarleiter so intensive Gespräche geführt.

Racinet war als Rittmeister des Cadre Noir, dem Elitekorps des französischen Militärs natürlich Baucherist. Ich hatte im Reitinstitut schon einiges über Baucher gehört. Baucher war mir als spektakulärer Zirkusreiter in Erinnerung, als ein Mann der hoch talentiert war, dem es aber vor allem auf die Show und den Effekt ankam und der sich rühmte, jedes Pferd innerhalb weniger Monate bis zur Hohen Schule ausbilden zu können. Zwar muss er viel Geschick im Umgang mit Pferden gehabt haben. Er muss aber auch gewusst haben, wie man Widersetzlichkeiten vermeiden kann. Dennoch waren ihm die körperliche Gymnastizierung und Gesunderhaltung des Pferdes nicht wichtig. Entscheidend waren nur absolute Unterwerfung und Gehorsam und die schnellstmögliche Ausbildung.

Das waren Ausbildungsansätze, die mich damals nicht interessierten. Auch die hohe Reiterhand stieß mich eher ab, hatte ich doch im Reitinstitut nichts anderes gehört als „tiefes Händchen" und auch der streng getrennte Einsatz von Hand und Bein waren mir total unverständlich, wurde in der klassischen Ausbildung doch stets, „das Orchester der Hilfen", also das Zusammenwirken von Hand, Bein und Kreuz betont.

Besonders unglaublich – und deshalb war es mir auch in Erinnerung geblieben – fand ich, dass er es wohl geschafft hat, seine Pferde rückwärts zu traben und zu galoppieren und dass er Einer-Galoppwechsel auf der Stelle reiten konnte.

Was mir nicht bekannt war und eigentlich erst durch die Gespräche mit M. Racinet bewusst wurde, ist, dass die späteren Werke Bauchers in Deutschland so gut wie unbekannt sind, da es viele Jahre nur Übersetzungen der Ersten Manier gab und die Weiterentwicklung seiner ständig verbesserten Reitlehre der Zweiten Manier erstmals 2009 ins Deutsche übersetzt wurde.

Baucher hat wohl bereits zu seinen Lebzeiten die Reiterwelt in zwei Lager gespalten, die in der Wiener Hofreitschule und im Cadre Noir von Saumur bis heute erhalten geblieben sind.

Während sich die Hofreitschule an Francois Robichon de la Guérinière orientiert, bildet Saumur nach wie vor nach Baucher aus.

Das Interessante an M. Racinet war, dass er sich, trotz seiner Ausbildung im Cadre Noir auch sehr in der Guérinière Nachfolge sah und immer wieder betonte, dass die Lehren Bauchers „dehnbar" seien. D.h., dass es in hohem Maße auf das Einfühlungsvermögen des Reiters ankomme, wie die Hilfen umgesetzt werden, dass daher das „Wie" oft entscheidender sei als das „Was".

Damit konnte ich etwas anfangen, denn im Grunde genommen ist das bei allem so. Entscheidend ist definitiv, wie man etwas umsetzt. Der Ton macht eben die Musik.

Ich habe viel über unsere Gespräche nachgedacht und, ohne je besonders gut informiert gewesen zu sein, was der Kern von Bauchers Lehren ist, einige Dinge automatisch, sogar mehr oder weniger unbewusst bereits praktiziert wie zum Beispiel, dass meine Hand beim vermehrten Treiben automatisch leichter wird, wenn ich mehr Vorwärtsbewegung haben will und dass eine harte Hand noch niemals Bestandteil oder gar Ziel der klassischen Dressurausbildung war. Zugegeben, das entspricht noch nicht der Forderung entweder Bein oder Hand als Hilfe einzusetzen, macht aber auch die Kritik der Baucheristen an der klassischen Ausbildung, dass ein Vorwärtstreiben bei stehender und damit harter Zügelhand vom Pferde weder verstanden, noch umgesetzt werden kann, verständlich.

Mit der Aussage, dass das „Wie" am Allerwichtigsten ist und das Hinhören und Auswählen und Dosieren der jeweiligen Hilfe in Abhängigkeit des Alters und Ausbildungsstandes des Pferdes sowie seiner Rasse und seines Temperaments entscheidend sind, darin waren wir völlig einer Meinung.

Und dazu, etwas Neues auszuprobieren, bin ich auch mein Leben lang bereit gewesen. Kein Pferd ist wie das andere und da kann es nicht schaden eine große „Werkzeug-„ oder vielleicht sogar „Trickkiste" mit einigen, manchmal auch ausgefallenen und Reitweisen übergreifenden Ideen zu haben.

Und trotz aller Feinheiten gefiel mir sehr gut, dass M. Racinet ganz viel Geduld hatte, an der Basis zu arbeiten. Das bewies er auch, als er eine Teilnehmerin unseres Seminars endlose Achten im Schritt reiten ließ, Schritt-/Trabübergänge, Seitwärtstreten im Schritt und es dauerte eine ganze Zeit, bis sich das Pferd etwas beruhigte. Sein Kommentar dazu war: „Das war jetzt alles ziemlich langweilig für Sie, für das Pferd, für die Reiterin und auch für mich. Aber es war notwendig."

Zusammenfassend möchte ich sagen, dass diese wenigen Tage mit Jean Claude Racinet eine große Bereicherung in meinem Leben waren.

Ich erinnere mich noch genau an den Montagvormittag, an dem er abreiste und nur sehr ungern ging. Es habe ihm sehr gut bei uns gefallen und er würde am liebsten Hamburg absagen und noch bleiben. Auf jeden Fall müsse ich aber zu seinem achtzigsten Geburtstag nach Virginia kommen. Das hat mich damals sehr gefreut und ich fühlte mich geehrt. Ich war auch irgendwie etwas enttäuscht, als ich dann nie mehr etwas von ihm gehört habe, hatte ich ihn doch als einen sehr freundlichen und zuverlässigen Gentleman der alten Schule kennengelernt, der sein Wort auf jeden Fall halten würde. Ich habe erst Monate später erfahren, was passiert war.

Weder er noch ich wussten, dass Hamburg sein letztes Seminar sein sollte. Er hatte dort einen Reitunfall und erlag nach mehreren Wochen Krankenhausaufenthalt in Deutschland und danach, nach seinem Rücktransport in die USA noch vor seinem 80.Geburtstag den schweren Verletzungen.

DIE DRESSUR IST DAZU GESCHAFFEN
WORDEN, DASS DIE PFERDE
MUSKULATUR AUFBAUEN. SIE SOLLEN
KEINESFALLS DURCH DAS TRAINING
GESCHWÄCHT WERDEN.
DAS JUNGE, UNGERITTENE PFERD
BRINGT ALLE VORAUSSETZUNGEN FÜR
EINE SAUBERE UND GESUNDE ZUKUNFT
MIT.
DER MENSCH ABER ERZEUGT DAS
PROBLEM.

Gabriele Rachen-Schöneich, Klaus Schöneich

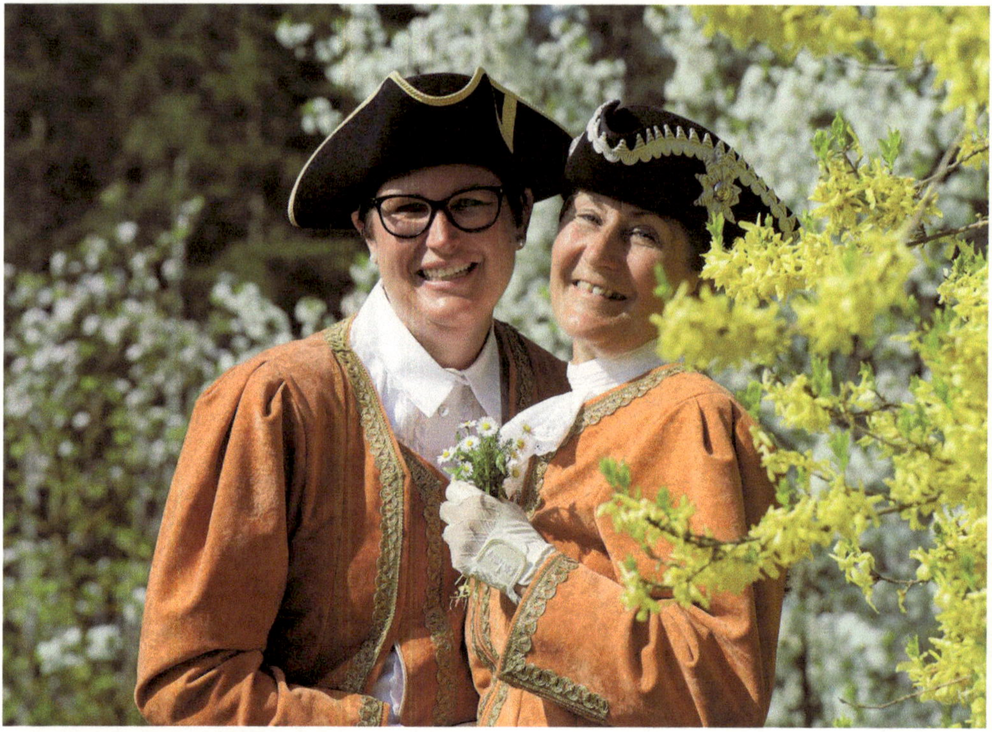

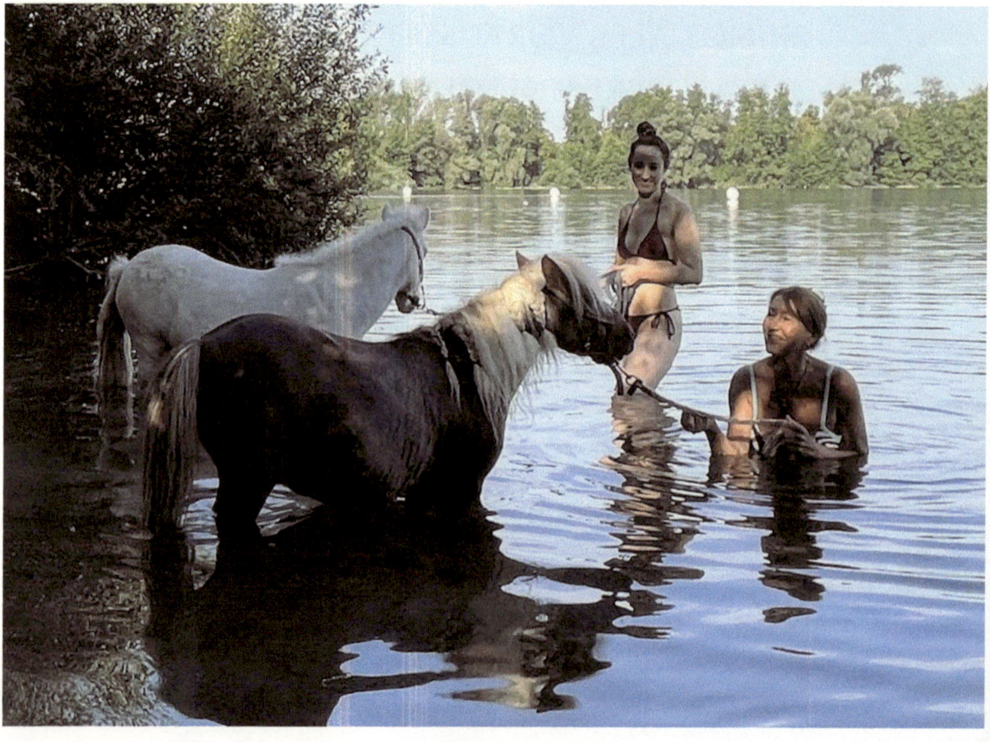

Schiefentherapie

Klaus Schöneich

Das Thema Schiefentherapie wurde mir von unseren Vereinsmitgliedern vorgeschlagen und, da ich ein Pferd hatte, das definitiv gesundheitliche Probleme hatte, interessierte mich das Thema, und so luden wir Herrn Schöneich bereits vor der offiziellen Eröffnung zu einem ersten Seminar ins Barockreitzentrum ein.

Ich hatte zwar inzwischen einen Round Pen, allerdings mit einem Durchmesser von fünfzig Fuß, also etwas über fünfzehn Meter. Das war die Vorgabe von Monty Roberts für seine Methode gewesen. Für Klaus Schöneich passte das aber nicht, da er einen Durchmesser von elf Metern brauchte. Wir überlegten also, wie wir das bewerkstelligen konnten und entschlossen uns, 1,70 Meter hohe hengstsichere Weidepanels anzuschaffen, die wir sowohl in den Round Pen stellen konnten, also auch auf die Wiese.

Obwohl die FN einen Mindestdurchmesser von zwölf Metern zum Longieren von Pferden vorgibt, ist das Ehepaar Schöneich der Meinung, dass longieren und therapieren zweierlei Paar Stiefel sind und man die schwer kontrollierbaren Scher- und Zentrifugalkräfte, wie sie bei Pferden auftreten, nur in einem kleineren Rundpaddock kontrollieren kann.

Als Arbeitsgeräte wurden Kappzaum und Longe benutzt, sowie ein Schulterstab oder eine Fahrpeitsche. Ziel war, Bewegungsprobleme von Pferden, die durch ihre nicht korrigierte natürliche Schiefe entstehen, zu beheben. Dazu wurde das Pferd nach innen überstellt und um zu verhindern, dass es auf das innere Vorderbein fällt und den Kreis verkleinert, wird mit dem Schulterstab oder der Fahrpeitsche direkt hinter dem Buggelenk leicht touchiert.

Da es hierbei um sehr komplexe Fragen geht, gründete das Ehepaar Schöneich das Zentrum für Anatomisch Richtiges Reiten (ARR®). Das System sollte ein holistisches sein, weshalb Tierärzte, Schmiede und Sattler in die Therapie miteinbezogen wurden.

Wir fanden das sehr interessant und verstanden auch, dass sich die Situation mit den Veränderungen der Pferde durch die Zucht insofern verschlechtert hat, als die Pferde immer schwungvoller und sensibler werden, das Reiten als Breitensport aber nicht unbedingt zur Qualität der Reiter beigetragen hat.

Die Auswirkungen auf die Pferde sind deshalb laut Schöneich Bewegungsprobleme, die auf der natürlichen Schiefe des Pferdes beruhen, die der Durchschnittsreiter nicht zu korrigieren im Stande ist, zumal man in den Reitlehren nichts anderes liest, als dass man von hinten nach vorne zu reiten habe. Dabei werde aber die Schulter total vergessen, denn, wenn sich Pferde beispielsweise auf dem rechten Vorderbein abstützen, wie es Rechtshänder tun, wird das linke Hinterbein leicht und die innere Schulter und Kruppe stehen nicht mehr als Stütze zur Verfügung. Das Pferd kann daher nicht mehr mit dem inneren Hinterfuß untertreten und im Trab kommt es dann zur Diagonalverschiebung. Da das nur im Trab passiert, wird die Schiefentherapie auch nur im Trab ausgeführt.

Das klang zunächst einmal ziemlich komplex, aber irgendwie logisch. Im Grunde genommen versucht ja auch der Dressurreiter bei der Ausbildung nichts anderes, als sein Pferd gerade zu richten. Das Pferd soll mit den Hinterbeinen in die Fußspuren der Vorderbeine treten. Dass die natürlich Schiefe des Pferdes dabei ein Problem ist, ist hinreichend bekannt, lautete doch das mit Sicherheit bekannteste Zitat von Gustav Steinbrecht „Reite dein Pferd vorwärts und richte es gerade." Bei Steinbrecht bezog sich das Vorwärts aber auf die Schubkraft der Hinterbeine. Für ihn war es wichtig, dass die Hinterbeine in allen Lektionen aktiv sein mussten und eine Vorwärtstendenz beibehalten wurde. Dass aber ein ungleiches Abfußen der Hinterbeine auf die Händigkeit und das Abstützen auf der Schulter basieren könnte, war zumindest für mich ein neuer Denkansatz.

Wie beim Menschen scheint es auch bei den Pferden mehr Rechts – als Linkshänder zu geben.

Beim Longieren wird ganz schnell deutlich, auf welchem Fuß sich das Pferd abstützt. Der Rechtshänder würde demnach auf der linken Hand nach außen ziehen und versuchen, den Zirkel zu vergrößern, auf der rechten Hand dagegen würde er in den Zirkel hineinlaufen und ihn verkleinern. Beim Reiten auf der linken Hand würde das Pferd über die rechte, äußere Schulter ausfallen.

Ich begann zu verstehen, dass das Pferd auf der für den Reiter zunächst angenehmeren Seite, nämlich der nicht-händigen Seite, also beim rechts-händigen Pferd auf der linken Hand gar nicht, wie ich oft gedacht hatte, korrekt ging, sondern sich ganz im Gegenteil hohl machte und durch die Innenstellung zunächst das Gefühl vermittelte, korrekt zu gehen. Durch Zentrifugalkraft bilden sich dann auf der rechten, händigen Seite kompensatorisch Muskeln, die das Pferd dann auf der rechten Hand daran hindern, sich nach innen zu stellen und zu biegen.

Laut Schöneich basiert die Vorderlastigkeit der Pferde darauf, dass sie Fluchttiere sind, die in der Lage sein müssen, möglichst schnell zu flüchten. Damit das funktioniert, müssen sie den Kopf mit nach unten gedrücktem Rücken nach oben nehmen, um Feinde besser wittern und sehen zu können.

Ziel der Schiefentherapie ist ein Pferd, das mit der Hinterhand in die Spuren der Vorhand tritt und dessen Rücken nach oben schwingt. Also die Verwandlung des Fluchttieres in den Athleten. Dieses Ziel ist zunächst ohne Reitergewicht mithilfe von Bodenarbeit leichter zu erreichen. Das Pferd muss lernen, die Stützlast der Vorhand in ein Tragen der Hinterhand zu verwandeln. Das wiederum geht in der Biegung am besten. Hier lernt das Pferd mit dem inneren Hinterbein und der inneren Hüfte Gewicht aufzunehmen. Das Pferd wird dadurch, geradegerichtet, schont seine Gelenke und beugt die Hanken.

Es war schön, zu sehen, wie gut sich Usurero durch diesen neuen Ansatz verbesserte, und ich beschloss, ihn für vier Wochen ins ARR-Zentrum, damals noch in Kamp-Lintford zu stellen, damit die Basis für das Geraderichten geschaffen werden konnte. Die letzte Woche verbrachte ich dann zusammen mit meinem Pferd auf der Anlage um selbst das korrekte Longieren zu lernen und um zu fühlen, wie sich mein Pferd nach der dreiwöchigen therapeutischen

Longenarbeit verändert hatte. Und wirklich fühlt man sofort, dass ein im Gleichgewicht befindliches Pferd den Reiter weich sitzen lässt und der sanft nach oben schwingende Rücken den Reiter mitnimmt.

Da auch einige meiner Kunden ihre Pferde für vier Wochen im ARR-Zentrum gelassen hatten und begeistert waren über die Fortschritte, die ihre Pferde gemacht hatten, fanden in den nächsten Jahren regelmäßig Schiefentherapie-Kurse im Barockreitzentrum statt.

WER NICHT JEDEN TAG ETWAS ZEIT
FÜR SEINE GESUNDHEIT AUFBRINGT,
MUSS EINES TAGES SEHR VIEL ZEIT FÜR
DIE KRANKHEIT OPFERN.

Sebastian Kneipp

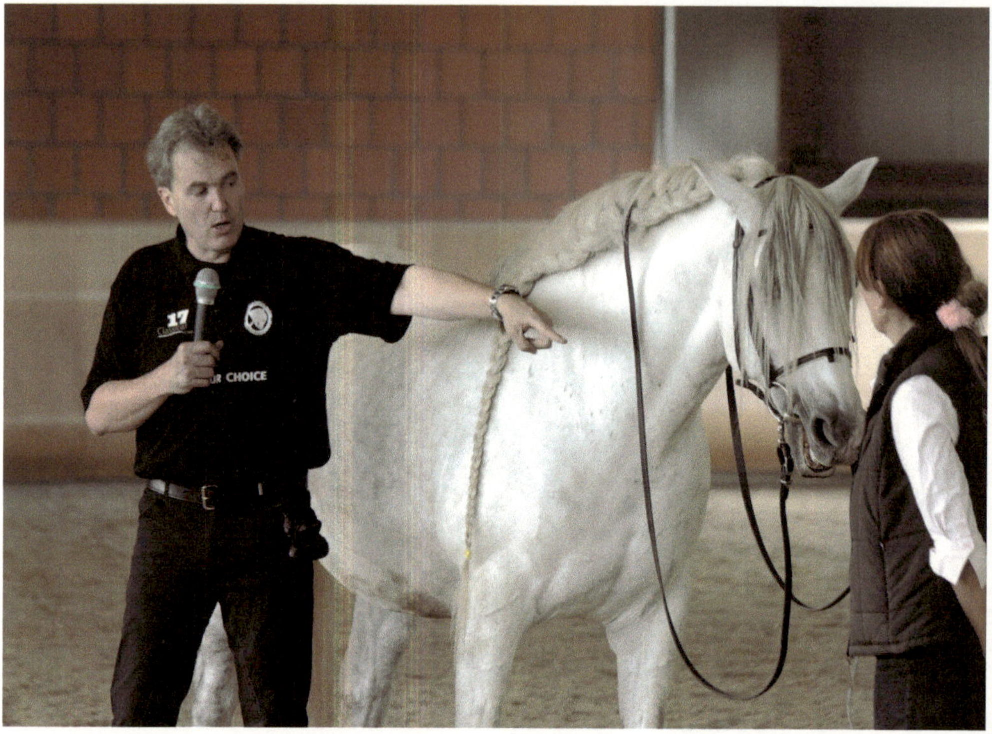
17

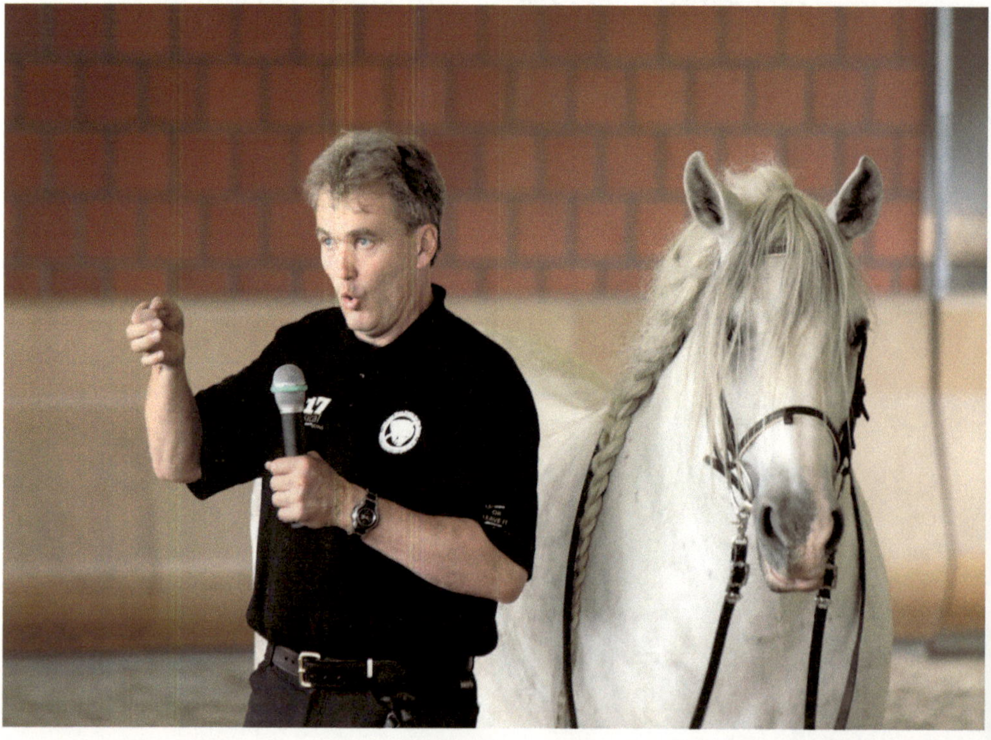
17

Dr. Gerd Heuschmann und
ein ganzheitlicher Blick
auf das Pferd

Ich lernte, wie schon erwähnt, Gerd Heuschmann bereits 2005 im Los Angeles Equestrian Center in Burbank/Kalifornien auf dem USDF Dressage Symposium, kennen, bei dem er den Abend-Vortrag zum Thema "Functional Anatomy of the Dressage Horse–Today and in the Future" hielt.

Ich war auf Einladung meiner Freundin Melissa Simms mit nach Kalifornien gekommen. Wir verbrachten einige schöne Tag in San Francisco, Napa Valley und Los Angeles. Melissa wollte sich gerne die Ranches von Monty und Pat Roberts anschauen. Ich hatte ja auf Flag is Up die komplette Ausbildung in den Join-Up und Follow-Up Methoden von Monty Roberts gemacht und Melissa interessierte das. Monty war leider nicht auf der Anlage, aber zumindest konnte ich ihr Shy Boy, die Round Pens und die Anlage zeigen.

Außerdem lag Buellton von San Francisco aus sowieso auf der Strecke und so machten wir einen Stopp in meinem geliebten Days Inn und gönnten uns bei Pattibakes eine Suppe mit Kuchen „soup and cake", eine für uns ungewöhnliche, bei Amerikanern aber sehr beliebte Kombination.

Kompensatorisch nahm mich Melissa nach Burbanks mit, wo wir auch Klaus Balkenhol trafen, der damals die US-amerikanischen Dressurreiter trainierte. Klaus Balkenhol hielt ein zweitägiges Seminar zum Thema "The Rider Builds the Horse."in Burbank. Er wies darauf hin, dass das Wohl-befinden des Pferdes bei der Dressur-Arbeit das Allerwichtigste ist und dass der Reiter lernen muss, das Pferd in Selbsthaltung und damit an leichter Hand zu reiten. Das Seminar war gut besucht und das Lustige war, dass ich völlig unerwartet eine Teilnehmerin meiner Ausbildungsgruppe von Monty Roberts bei der Clinic traf.

Zum Thema pferdefreundliche Dressurausbildung passte der Vortrag von Gerd Heuschmann natürlich phantastisch. Melissa war persönlich eingeladen worden, da Heuschmann Fotos von ihr als Demo für den perfekten Reitersitz zeigte. Darunter war auch die mittlerweile bekannte Sequenz auf Serafino vom Reitinstitut mit vier Bildern von der Lösephase im Vorwärts-Abwärts über den Trab bis zur Piaffe, auf denen man sieht, wie locker die Reiterin sitzt und wie sie diese Leichtigkeit von der Lösephase bis zur höchsten Versammlung in der Piaffe beibehalten kann.

Heuschmann war der Mann, der damals ganz massiv auf die Rollkur und deren Auswirkungen auf die physische und psychische Gesundheit des Pferdes aufmerksam machte. Als Tierarzt hatte er viel mit Rollkur geschädigten Pferden zu tun und sah es deshalb als seine Mission, in der Szene etwas zu verändern.

Der Vortrag war total interessant und trotzdem sehr lustig und unterhaltsam präsentiert, was bei einem so öden Thema, wie Anatomie definitiv eine Glanzleitung ist. Da ich schon damals bestrebt war, immer die besten Trainer und Seminarleiter für das Barockreitzentrum zu gewinnen, nutzte ich die Chance, und begleitete Melissa nach dem Vortrag noch an die Bar, wo sie mit Gerd Heuschmann und Klaus Balkenhol verabredet war. Es war ein interessanter Abend. Ich bekam von Gerd Heuschmann die Kontaktdaten und beschloss, den Vortrag baldmöglichst im Barockreitzentrum anzubieten.

Es sollte noch eine ganze Zeit dauern bis sich mein Traum erfüllte, aber seit 2009 war Gerd Heuschmann in regelmäßigen Abständen im Barockreitzentrun zu Gast. „Ich kämpfe dafür, endlich wieder fein gerittene Pferde zu sehen" sagte er damals, und ich war mehr als erfreut, ihn in diesem Bemühen unterstützen zu können. Sein Buch „Finger in der Wunde" weckte die Reiterwelt auf. Die Reiter, die die Abkürzung bei der Ausbildung ihrer Pferde über scharfe Gebisse oder Hilfszügel genommen hatten und sich dabei noch mächtig clever vorkamen, begannen ins Grübeln zu kommen.

Viele Reiter begannen zu verstehen, dass sie durch das tägliche Training ihre Pferde formten und damit für deren Gesundheit mitverantwortlich waren. Sie sahen, dass man eine übereilte Ausbildung mit körperlicher Verspannung und falscher Muskulatur bezahlte. Im Vortrag wurde auch speziell auf äußere Anzeichen von Verspannung hingewiesen wie ein schief gehaltener Schweif oder das Schlagen mit dem Schweif, ein prominenter Unterhals, der auf Abwehrspannung hindeutet und mit einem schlecht bemuskelten Oberhals einhergeht, Schmerzreaktionen der Pferde am Longissimus, dem langen Rückenmuskel und so weiter.

Viele Pferde wurden auf Grund dieser Ausbildungsfehler auf Lahmheiten untersucht, die aus anatomischer Sicht nicht erklärbar waren. Heuschmann wies wie kein anderer darauf hin, dass viele Bewegungsstörungen und Lahmheiten, die sogenannten Zügellahmheiten, auf ein falsches Training zurückzuführen sind. Dabei präsentierte er die funktionale Anatomie des Pferdes auf so spannende Art und Weise, dass die Zeit wie im Flug verging und man den vier bis fünfstündigen Vorträgen mit Begeisterung folgen konnte. Viele unserer Kunden und Freunde, ich selbst in erster Linie, kamen regelmäßig zu allen Vorträgen, die bei uns zu diesem Thema stattfanden.

Die Vorträge waren auch nicht statisch. Es gab auch hier eine ständige Weiterentwicklung wie zum Beispiel die 3D Animationen von Pixomondo Deutschland, anhand derer man die Bewegungsabläufe der Pferde in Zeitlupe verfolgen konnte und dadurch Dinge wahrnimmt, die man beim normalen Bewegungsablauf gar nicht sehen kann, weil es einfach viel zu schnell geht.

Oder auch die Querverweise auf die Alten Meister und die H.Dv.12, die alte Heeresdienstvorschrift, die für den Kavallerieeinsatz der deutschen Wehrmacht 1937 letztmals aktualisiert wurde und die 2017 von Gerd Heuschmann und Oberst a. D. Kurd Ziegner kommentiert wurde. Sie diente nach dem Krieg der Ausbildung von Reiter und Pferd. Eine besondere Bedeutung kommt ihr aber zu, weil sie nach dem Krieg in hohem Maße in die Vorschriften der FN mit einfloss und daher auch heute noch als Grundlage für die Beurteilung von Reitern, Pferden und deren Ausbildung gilt.

Ich persönlich liebe besonders die lustigen Kommentare auf Heuschmanns Vorträgen, weil sie das Ganze auflockern und viel besser in Erinnerung bleiben als die lateinischen Bezeichnungen von Muskeln und Knochen. Ich erinnere mich beispielsweise noch heute an die Frage an die Zuhörer, warum wohl die Westernreiter ihre Pferde so tief einstellen? Betretenes Schweigen im Publikum, worauf Heuschmann lachend meinte, „na ist doch klar, die würden ja mit ihren Lassos ihr eigenes Pferd einfangen, wenn sie mit Aufrichtung reiten würden."

Der Hintergrund für den Spruch war der Einfluss der Reitweise, also dem Zweck der Reiterei auf die Ausbildung. Es ist klar, dass ein Dressurpferd anders ausgebildet wird als ein Cutting Horse und ein Kutschpferd anders als ein Military- oder ein Springpferd. Und trotz allem ist die Anatomie des Pferdes bei allen Reitweisen der limitierende und gleichzeitig der wichtigste Faktor, und die Biomechanik des Pferdes sollte daher die Grundlage für jedwede Ausbildung sein.

Und unser erstes Seminar hatte aus diesem Grund auch genau diesen Titel „Die Anatomie des Pferdes erklärt seinen Ausbildungsweg"

E̶IN TRAUM, DEN MAN ALLEINE
TRÄUMT, IST NUR EIN TRAUM.
EIN TRAUM, DEN MAN GEMEINSAM
TRÄUMT, WIRD WIRKLICHKEIT

Yoko Ono

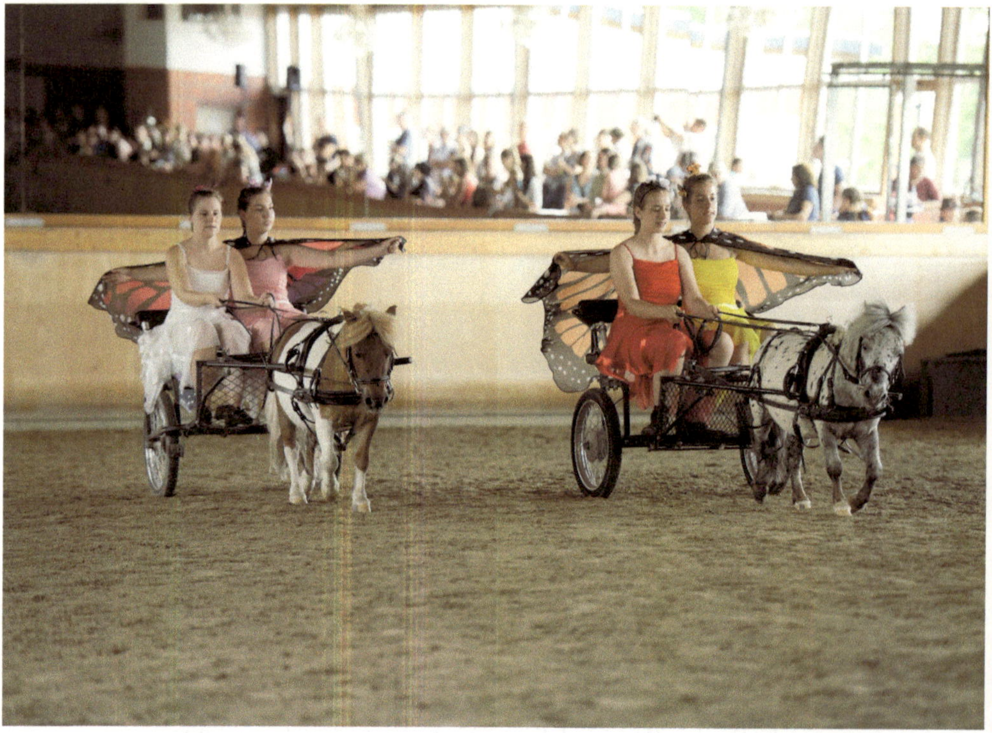

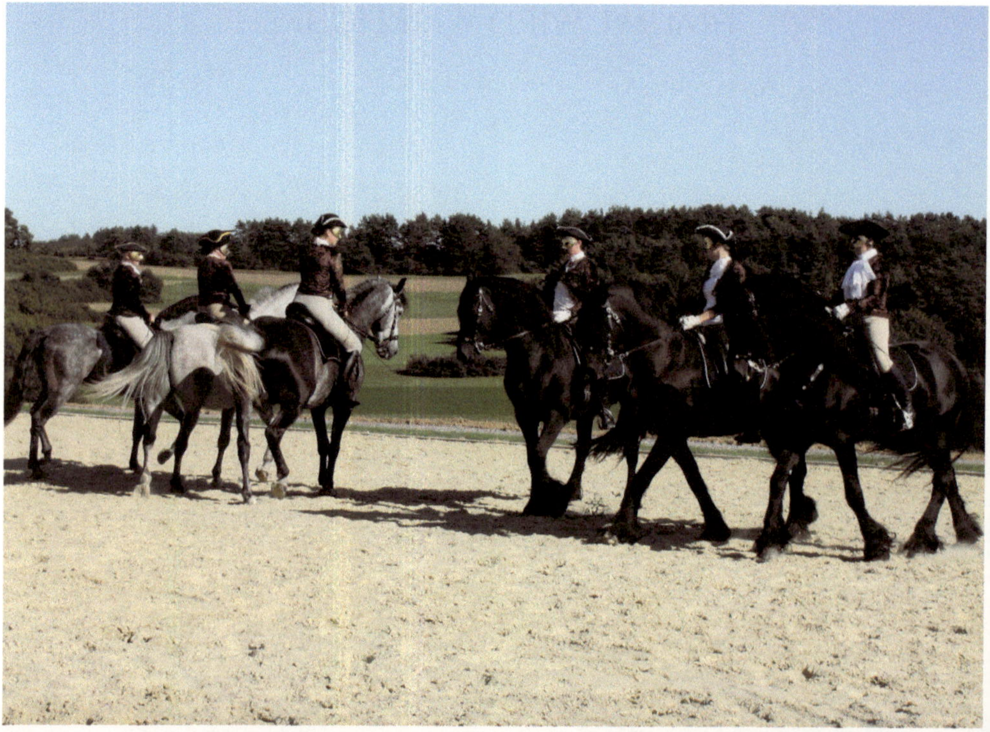

Sommerfeste, Seminare, Messen

Es war eine tolle Zeit, wir hatten viele interessante Begegnungen, und ich kann die verschiedenen Mottos, die wir immer an den Sommerfesten und Weihnachtsfeiern hatten, gar nicht mehr alle aufzählen.

Spontan fallen mir da „Venezianische Maskerade" 2009 mit den Ludwigsburger Venezianern, „Magische Welten" mit Andrea Schmitz und ihrem unvergesslichen Pegasus-Auftritt 2010, „Welcome to the American Dream" 2011, die Welt der Musicals 2012, Zirkusträume 2013 und die Zeitreise, gemeinsam mit den Schleglern 2014 ein.

Was die Weihnachtsfeiern betrifft, waren für mich die schönsten die „Russische Reiterweihnacht" mit einem Balalaika-Ensemble, „Schwanensee" mit der Leonberger Ballettschule, „Feuer & Eis" mit Stefanie Fleschutz und ihrer Feuershow, „Oh happy Day" mit dem Heimsheimer Gospelchor, sowie der Heimsheimer „Weltweihnachtszirkus" mit der Zirkusschule Circus Bambi, dem Heimsheimer Gospelchor und dem Waldkindergarten Wilde Wichtel 2018.

Alle waren mit Begeisterung dabei, vor allem das neu gegründete Juniorenshowteam, und es hat uns selbst auch sehr viel gebracht, weil wir ein gemeinsames Ziel hatten, fleißig trainierten und immer bemüht waren, dem Publikum neue Highlights zu präsentieren.

Das hat nicht nur unseren Jugendlichen sehr gutgetan, sondern auch den Erwachsenen und unseren Pferden. In der Öffentlichkeit wurden wir nicht zuletzt dadurch zur Institution und bekamen immer mehr Anfragen für öffentliche und private Auftritte wie Showeinlagen bei Reitturnieren, Messeauftritte, Hochzeiten oder Geburtstage.

Einmal fand sogar eine Trauung im Innenhof des Barockreitzentrums statt. Die Einfahrt war wunderschön mit Blumenbögen dekoriert und wir durften Braut und Bräutigam mit zwei Minipony-Sulkys zum Altar fahren. Neben dem Spaß-Effekt haben wir aber auch alle extrem viel gelernt. Ich war damals viel auf Messen unterwegs und schaute mir jede Pferdeshow an, die es gab. Vieles von diesen Showauftritten setzten wir selbst mit unseren Pferden und Ponys um. Die ganz spektakulären Vorführungen holten wir her. Ich empfand das als sehr lehrreich und inspirierend für uns selbst, aber auch für die Zuschauer, die ja zum Großteil aus der Pferdeszene kamen und ebenfalls eigene Pferde hatten oder ritten.

Ich weiß noch, wie begeistert das Publikum war, als Cor de Jong in den Jahren 2008 bis 2011 einige unserer Pferde kerzengerade steigen ließ. Auch die Zirzensikübungen wie Sitzen, Liegen oder Kompliment kamen gut an und gefahren wurde damals in den meisten Reitställen in der Umgebung auch noch nicht.

Ich erinnere mich noch sehr gut an das Sommerfest „Magische Welten" im Sommer 2010, bei dem wir Andrea Schmitz aus Hannover einluden, die mit ihrem PRE-Hengst Bailador das mittlerweile sehr bekannte Pegasus-Schaubild mit großen weißen Flügeln zeigte.

In unserer Region war das eine absolute Premiere. Andrea wurde mit diesem Schaubild, das sie auf vielen nationalen und internationalen Veranstaltungen gezeigt hat, buchstäblich zur „Gänsehaut-Nummer". Sie wurde viele Jahre von Richard Hinrichs in klassischer Dressur ausgebildet, ritt und reitet auch heute noch auf vielen internationalen Messen. Damals ließ sie sich von Günther Fröhlich dazu inspirieren, einige Jahre mit dem Pferdemusical „Der Zauberwald" quer durch Europa zu reisen, was auch der Grund war, dass ich sie schon so früh kennengelernt habe. Cor de Jong war ja ebenfalls mit dem Zauberwald und seinen Friesen getourt, und es war immer sehr interessant, mit Cor über sein Leben, die vielen Pferde, die er ausgebildet hatte und die großen Shows, in denen er aufgetreten war, zu reden.

Beim Sommerfest 2011 unter dem Motto „The American Dream" hatten wir die Red Poisons auf der Anlage, die Cheerleader beim ASC Stuttgart Scorpions waren, einem Verein, der American Football spielt. Sie eröffneten das Nachmittagsprogramm. Josef Göggel und Rolf Siegle zeigten Auszüge aus dem Ranch Horse Working – die Kühe hatte ich mir verkniffen, weil ich Angst hatte, dass sie meine schöne Halle total ruinieren würden, Patric Riedinger fuhr mit seiner Harley Davidson und drei Cheerleadermädels durch die Halle und unsere Walt Disney Dschungelbuch-Quadrille, bei dem die Ponys wie Zebras, Löwen und andere wilde Tiere angemalt waren und die Ponymädels die passenden Tiermasken trugen ist legendär und wurde anschließende mehrfach angefragt und gebucht.

Super toll fanden wir alle auch die große Quadrille, die wir mit acht Pferden zeigten. Als Satteldecken hatten wir die Stars and Stripes, was sich anschließend noch als Riesenproblem herausstellte. Wir hatten uns dabei nichts gedacht. Es sah einfach nur toll aus, aber hinterher bekamen wir die Kritik, wie wir es wagen konnte, mit unseren deutschen Hintern auf der amerikanischen Fahne zu sitzen. Das war natürlich absolut nicht unser Plan gewesen. Trotzdem sah die Quadrille super aus mit unseren weißen Stetsons, den rot-weiß-blauen Halstüchern und den Reitjeans und unser Auftritt wurde von den Cheerleaders stilgerecht als Vornummer angekündigt.

Etwas zum Nach- und Umdenken war die Präsentation von Julia Neumeister und Henry Sandkuhle, die mit meinem Friesenhengst Baron eine Stunde lang in der Reithalle arbeiteten. Baron war ein extrem sensibles, sehr nervöses Pferd, das zum Durchgehen neigte und speziell im Galopp abging wie Sputnik. Ich liebte ihn sehr. Trotzdem war es immer eine Mutprobe für mich, ihn zu reiten, speziell im Gelände. Julia arbeitet mit einem energetischen System, das sie Enerkinesis nennt. Dabei geht es um energetische Wechselwirkungen und Spannungsabbau und meistens kann man in kurzer Zeit totale Veränderungen an beiden, Mensch und Tier, sehen. Henry Sandkuhle, als ehemaliger Turnierreiter bis Klasse S, wendete sich wie ich von dieser Art des Umgangs mit Pferden als Turniermaschinen total ab und erforschte mehr und mehr die Sprache der Pferde anhand von Beobachtung von Wildpferden im Ural. Ich hatte ein paar Clips auf Youtube mit ihm gesehen und war total beeindruckt, dass er ohne Sattel und nur mit Knotenhalfter und Seil einen ganzen Parcours sprang.

Auch mit Baron hatte er vor, ohne Sattel und Trense zu arbeiten.

Nachdem Julia durch eine Rückenbehandlung Spannungen aus dem

Pferd genommen hatte, setzte sich Henry also nur mit Halfter und Strick auf Baron. Einige Leute mögen das damals langweilig gefunden haben. Diejenigen, die Baron kannten oder ähnliche Erfahrungen mit ihren Pferden gemacht hatten wie ich mit Baron, hielten den Atem an. Immerhin trägt die Sommerfest-Atmosphäre mit ein paar Hundert Zuschauern nicht gerade zur Entspannung bei, und trotzdem schafften es die beiden in nur einer knappen Stunde, dass Baron sich von Henry ganz entspannt reiten ließ.

Absolut unentspannt war allerdings ich, als ich hörte, dass er von mir erwartete, dasselbe zu tun. Ich versuchte, das abzulehnen, aber er ließ nicht locker und so willigte ich ein, es zu versuchen. Ich gebe zu, dass ich tierisch Schiss hatte. Die Tribüne war gesteckt voll, Baron schienen die Zuschauer nicht zu stören, und so ließ ich mir von Henry aufs Pferd helfen. Für mich war es der Horror, zumal ich nie wirklich gerne ohne Sattel geritten bin. Ich fühlte mich super unsicher und angreifbar, aber ich versuchte, mich so gut wie möglich zu entspannen und Vertrauen zu haben. Vertrauen in mein Pferd und in Henry, der diese Übung ja schon ein paar Mal gemacht hatte.

Ich ritt nur circa zehn Minuten bis eine Viertelstunde, die mir wie eine Ewigkeit vorkamen. Ich sollte ein paar Runden Schritt reiten mit Hand-wechsel, danach antraben – eine besondere Herausforderung, denn Schritt hätte mir wahrhaftig als Nervenkitzel unter diesen Bedingungen gereicht. Schritt durfte ich aber erst wieder nach mehreren Runden Trab inklusive Handwechsel reiten und ich war froh, als ich dann endlich auf die Mittellinie aufmarschieren und wieder absteigen durfte. Gott sei Dank war nichts passiert und, nachdem ich mich von der Aufregung erholt hatte, war ich auch einigermaßen stolz und vor allem erstaunt, dass alles so gut geklappt hatte.

Einige Zuschauer, die die Tragweite erkannt hatten, kamen danach und bedankten sich für diesen interessanten Beitrag. Damals waren derlei Techniken ja noch sehr umstritten, aber ich habe gehört, dass Julia und Henry mittlerweile auch im Leistungszentrum in Luhmühlen Pferde behandeln und das zeigt mir doch, dass ich nicht so falsch lag, und dass die Pferdemenschen, die Erfahrung mit schwierigen Pferden haben und für die das Pferd wirklich an erster Stelle steht, auch für neue Wege offen sind.

Neue Wege wurde auch immer mehr zu meiner Devise. Ich interessierte mich für alles, was in irgendeiner Form mit Pferden zusammenhing und wollte zu immer mehr Feinheit im Umgang mit Pferden kommen. Immer mehr verstand ich die Wichtigkeit von Beziehung, den Dialog und dass wir die Stimmungen und Talente unserer Pferde ernst nehmen mussten, wenn wir wirklich mit ihnen kommunizieren wollten. Das war ja auch der Grund gewesen, warum ich den Turniersport aufgegeben hatte und, je mehr ich mich auf die feinstofflicheren Ebenen einließ, umso besser verstand ich die Pferde und umso mehr erkannte ich ihre Fähigkeiten und Talente.

Das Turnierreiten und das Messen mit anderen kann eine große Inspiration sein. Man muss festgelegte Anforderungen erfüllen, wird von einem (hoffentlich) neutralen Richter bewertet und lernt sich und sein Pferd dadurch besser einzuschätzen. Das Training auf ein Turnier, wie auch die Turniersaison selbst, die ja mittlerweile durchgängig das ganze Jahr über andauert, schweißen Pferd und Reiter zusammen und leisten so gesehen im besten Fall Beziehungsarbeit.

Durch die bevorstehenden Aufgaben trainiert man beständiger und bewusster und man lernt natürlich auch auf den Turnieren selbst durch eigenes Reiten, sowie durch Zuschauen sehr viel.

Früher begann die Turniersaison im März mit den Hallenturnieren und ging bis Ende September. Für die Pferde war das in meinen Augen besser, weil sich Pferde und Reiter über den Winter wieder etwas entspannen konnten und man sich dadurch auch abwechslungsreicher mit seinem Pferd beschäftigte. Für Pferde ist es furchtbar langweilig tagaus tagein immer die M6 oder die S3 zu laufen. Viele Pferde kennen die Dressuraufgaben auswendig und alles, was Routine ist, macht nach einiger Zeit einfach keinen Spaß mehr.

Auch die Bezeichnung „Richter" drückt schon aus, dass Freude, Leichtig-keit und die Begeisterung, die entsteht, wenn man gemeinsam etwas Tolles geleistet hat, beim Turniersport nicht im Vordergrund stehen.

Genau deshalb hatte ich mich von der Turnierreiterei und der Kategorie Reitsport verabschiedet und der Barockreiterei zugewandt. Ich hatte immer noch den Anspruch, bestmöglich ausgebildete und gerittene Pferde vorzu-stellen und zwar ohne irgendeinen Zeitdruck und ohne Konkurrenzkampf.

Ich wollte lockere, zufriedene Pferde, die ihren Reitern und Ausbildern vertrauten und ich wollte auf keinen Fall mehr gegen irgendjemanden reiten oder mit anderen konkurrieren. Ich fand es viel schöner und beglückender gemeinsam im Team etwas Besonderes zu schaffen, von anderen zu lernen und mit dem, was ich gut konnte und was mir Freude bereitete, andere zu inspirieren. Der Ansatz Guérinières einer zweckfreien Reiterei, die nur gefallen wollte und Freude machen sollte, inspirierte mich letzten Endes auch dazu, mich für die Barockreiterei zu interessieren.

Dieser neue Ansatz gab mir natürlich auch die Möglichkeit, die Anzahl meiner öffentlichen Auftritte selbst zu bestimmen, so wie das in den ersten Jahren meiner Turnierreiterei gewesen war. Damals hatte es einfach nur Spaß gemacht. Wir freuten uns, wenn ich platziert war oder sogar gewann und wir freuten uns damals auch total, auf dem Turnier unsere Reiterkameraden und Freunde zu sehen. Zu Gegnern wurden wir erst mit zunehmendem Erfolg oder besser gesagt Erfolgszwang.

Da man sich und sein Pferd in Leistungsklassen qualifizieren musste, speziell um an höheren Turnieren teilnehmen zu können, und damit auch die Anforderungen höher wurden, begann das Reiten anstrengend zu werden, und man war in der Saison fast jedes Wochenende auf irgendeinem Turnier. Dazu kam, dass die Reitturniere auch immer umfangreicher wurden. Am Anfang meiner Laufbahn, also Anfang der siebziger Jahre, fanden die Turniere nur an zwei Tagen, nämlich Samstag und Sonntag statt, und wir fuhren nach der letzten Prüfung heim.

Im Laufe der Zeit wurde es normal, dass ein Reitturnier bereits Donnerstagmorgen begann und bis Sonntagabend ging. Da wir auch geografisch immer größere Kreise zogen, hieß das, dass man oft schon mittwochabends losfahren musste. Die meisten Profis fuhren deshalb gar nicht mehr nachhause, sondern begaben sich auf direktem Weg gleich von einem Turnierplatz zum nächsten.

Für mich war das ja, solange ich schulpflichtig war, gar nicht möglich, und ich empfand es auch als ungerecht, dass ich nicht einmal am Samstagmorgen schulfrei fürs Reiten bekam und dadurch immer erst am Nachmittag auf dem Turnierplatz aufschlug.

Die anderen Pferde waren da natürlich schon mehrfach gestartet und kannten den Parcours und den Turnierplatz. Für mich war das erst Jahre später während des Studiums möglich, aber auch da kann man einen Amateur natürlich nicht mit einem Profi vergleichen, weil ein Amateur sich eben seiner „Freizeitbeschäftigung" nicht in dem Maße widmen kann wie ein Berufsreiter. Trotzdem ritten Berufsreiter und Amateure damals in den gleichen Prüfungen.

Ganz anders die barocke Szene. Hier konnte man sich die Auftrittsorte und -zeiten frei wählen, genau wie die Art und Weise, wie man sein Pferd präsentieren wollte. Am Anfang hatte ich aus reiner Gewohnheit noch feste Küraufgaben, die ich vorher mit meinem Pferd trainierte. Die Übergänge in den Gangarten und die Größe des Vierecks musste genau mit der Musik zusammenpassen. Bei einer Gruppenpräsentation wie Pas de Deux, oder einer Quadrille ist das sowieso nicht anders möglich. Man hat ein festes Programm, das, genau wie beim Dressurreiten auf Turnieren, exakt am Punkt abgespult werden muss.

Der Unterschied zum Turnier ist, dass man die Lektionen und deren Kombination frei wählen kann. Dadurch kann man die Stärken seines Pferdes gut hervorheben und, wenn der fliegende Wechsel nach rechts besser klappt als nach links, kann man den nach links einfach weglassen und auf den nächsten Auftritt oder aufs nächste Jahr verschieben.

Natürlich muss man auch in Betracht ziehen, dass, wie Hermann Hesse sagt, „jedem Anfang ein Zauber inne liegt". Das liegt sicher zum Teil auch daran, dass man in der Anfangsphase völlig unbekannt ist, Null Erwartungshaltung hat und wahnsinnig stolz ist, wenn etwas gut klappt und man positives Feedback von anderen bekommt. Mit zunehmender Routine und je erfolgreicher man wird, gerät man immer mehr unter Druck, es perfekt machen zu müssen. Es eilt einem bereits ein Ruf voraus, den man erfüllen muss und, wenn man viele Bewunderer und Anhänger hat, so hat man doch auch immer Kritiker und Neider, die nur auf Fehler und Patzer warten.

Was ich von meinen Turnierjahren gelernt habe, ist, dass man sich immer mit den Besten messen muss. Ich habe auf den großen internationalen Turnieren, an denen die ganze Reiterelite am Start war, am meisten gelernt und bin dort auch am besten geritten.

Und das habe ich mir auch in der Barockreiterei zunutze gemacht. Die erste Messe, auf der ich aktiv geritten bin, war daher die Equitana in Essen im März 2009.

Da das Wetter sehr wechselhaft war und es im Februar noch einmal ordentlich geschneit hatte, schien es mir sicherer, einen professionellen Spediteur mit dem Transport meiner beiden Pferde, Maxim, dem damals zehnjährigen Friesenhengst und Betyar, dem fünfjährigen ungarischen Warmblut, zu beauftragen.

Die Entscheidung war zwar teuer, aber in diesem Fall richtig, da der Schnee eh schon dreißig Zentimeter hoch lag und es in der Nacht vom 12. zum 13. März noch einmal ordentlich schneite. Ich war wirklich froh, die Fahrt nach Essen nicht mit dem Pferdehänger absolvieren zu müssen.

Wir kamen erst nachmittags auf dem Messegelände, der Gruga, an, da wir die ganze Fahrt über hinter dem Pferdetransporteur hergefahren waren.

Als erstes standen wir in einer langen Schlange von Pferdehängern und LKWs. Als wir endlich dran waren, mussten wir die Papiere abgeben und es wurde zunächst kontrolliert, ob die Pferde überhaupt angemeldet waren. Auf dem Parkplatz P1 Messehaus Ost wurden die Pferde abgeladen und amtstierärztlich untersucht. Die Papiere (Ursprungs- und Gesundheitszeugnis – nicht älter als zehn Tage- sowie Equidenpässe) wurden intensiv kontrolliert. Erst nach dem ok des Amtstierarztes durften wir das Messegelände betreten und bekamen vom Stallmeister unsere Boxen zugewiesen.

Wir hatten Glück, denn mittlerweile war es bereits 17.30 Uhr und wir konnten direkt in unser Stallzelt einziehen. Wenn wir vor 17 Uhr fertig gewesen wären, hätten die Pferde auf dem Transporter bleiben müssen. Es gab drei lange Reihen von Stallzelten und ich dachte zuerst, wir hätten extrem viel Glück, da unser Teil des Zeltes abgeteilt war und nur Platz für acht Pferde hatte. Wir waren die Ersten, die eincheckten und wollten uns gerade freuen, als die weiteren Pferde ankamen.

Es waren American Miniatures und auch noch Stuten! Für Maxim, meinen zehnjährigen Friesenhengst war das total schlimm. Er hat sich die ganze Zeit, die wir auf der Messe waren, kein einziges Mal hingelegt und war dauernd am Wiehern und Scharren. Die Box tauschen ging auch nicht, und ich habe ehrlich gesagt bis heute nicht verstanden, warum die Organisatoren auf einer so großen Pferdemesse mit so vielen Zelten nicht zu wissen scheinen, was sie Reitern und Pferden damit antun, wenn Hengste und Stuten im selben Zelt untergebracht werden.

Abgesehen von der Stallsituation war die Equitana aber eine herausragende Erfahrung. Es war unglaublich schön und inspirierend, mit der Weltelite der Reiter in Kontakt kommen zu können und, obwohl wir meistens drei Auftritte pro Tag hatten, konnten wir zwischendurch immer mal wieder über die Messe laufen und uns verschiedene Vorführungen ansehen.

Aber zunächst einmal kam die große Eröffnungsparade, auf der alle Pferde und Kutschen in den großen Show-Ring in Halle vier einzogen, und niemand, der das noch nicht selbst erlebt hat, kann sich vorstellen, was für eine Herausforderung es ist, im Verband mit ein paar hundert Pferden in einer brechend vollen Halle zu reiten.

Es war Samstag, der 9. März 2009. Die Eröffnung begann um 11.20 Uhr. Das heißt, wir begannen bereits um kurz nach 10 Uhr die Pferde auf Hochglanz zu putzen, unsere schönsten barocken Auftrittskostüme herzurichten, das Lederzeug, inklusive Reitstiefel nochmal zu polieren und dann die Pferde fertig zu machen mit Prunkkandare, und Barockschabracke

Danach mussten wir mit den Pferden über die Straße. Dort gab es eigens für Reiter Knöpfe in zwei Meter Höhe angebracht, die wir betätigen mussten um die Ampel für uns auf grün zu schalten. Das wäre schon einmal die erste Gelegenheit gewesen, unsere Pferde in der Piaffe-Arbeit zu trainieren, wenn es nicht in Anbetracht der vorbeifahrenden Autos so gefährlich gewesen wäre.

Aber nun galt es erst einmal, die Halle vier zu finden. Wir hatten das natürlich vorher zu Fuß abgelaufen, allerdings innerhalb der Messehallen, und von außen sah das nun alles ziemlich verwirrend und anders aus. Mittlerweile strömten auch von allen Seiten Pferde, Reiter und Kutschen heran und je näher wir an den Eingang kamen, umso langsamer wurden wir in der Schlange, die sich vor dem Eingang zu bilden begann, und so sortierten uns zwangsweise in eine große bunte Schlange von Pferden und Kutschen ein.

Einige Meter vor der Halle mussten wir anhalten und warten, was nicht so ganz entspannt ablief, da sich die Pferde teilweise extrem aufregten in diesem ungewohnten Umfeld. Das Warten erschien mir endlos, aber schließlich wurden wir in Gruppen hereingelassen. Einige Pferde begannen bereits zu steigen oder zu piaffieren. Die Stimmung war hochexplosiv und Maxim fand es ganz besonders furchterregend, von einer Kutsche verfolgt zu werden. Vor uns ritt eine Gruppe Spanier auf feurigen PRE-Hengsten traditionell in „traje corto", mit wunderschönen Señoritas in Flamencokleidern, die auf der Kruppe der Pferde saßen. Ich erinnere mich noch genau. Es waren sechs Pferde. Die Reiter führten ihre Pferde mit der linken Hand, die rechte Hand in die Hüfte gestützt wie es auf den spanischen Ferias Tradition ist. Die Damen hatten bunte Flamencokleider in verschiedenen leuchtenden Farben reich mit Rüschen verziert und der farblich dazu passenden Blume im Haar. Man sieht, wie stolz die Spanier auf ihre Pferde und ihre Traditionen sind und wie untrennbar das Pferd mit dem Selbstbewusstsein der spanischen Aristokratie verbunden ist.

Einige der Pferde zeigten sich in der Piaffe, ein anderes stieg, Maxim begann an dieser Stelle schon – von mir absolut ungewollt – zu passagieren und plötzlich kam der Vierspänner hinter uns in Wallung, Maxim galoppierte an, vor uns fielen vier von sechs Señoritas vom Pferd und Betyar, den Tati am langen Zügel präsentieren wollte, nahm die Gelegenheit wahr, um sich loszureißen und die Halle im gestreckten Galopp zu verlassen.

Es war ein einziges Chaos, schlimmer als beim Zahnarzt, und ich hatte total gemischte Gefühle: der Stolz, hier überhaupt mitreiten zu können vermischte sich mit der Angst um mein Pferd Betyar, der gerade wie ein Pfeil die Reitbahn verließ, und um meine eigenen Knochen auf einem absolut überdrehten zehnjährigen Friesenhengst. Ich wollte mir gar nicht vorstellen, wie Betyar durch die Essener Innenstadt galoppierte und was dabei alles passieren konnte oder wie er ein paar Messestände umlegte, von denen jeder gut 10.000 Euro kosten konnte und dabei womöglich noch ein paar Besucher verletzte. Und abgesehen von den ganzen irren Gedanken, die mir durch den Kopf schossen, oder vielleicht auch gerade deswegen, wurde es mir auch auf Maxim immer ungemütlicher.

So hatte ich ihn noch nie erlebt. Er mutierte zum wilden Drachen und fühlte sich an wie der Sicomatic Schnellkochtopf kurz vor der Explosion, abgesehen davon, dass er ja auch in entspanntem Zustand nicht gerade leicht zu sitzen war.

Den Rest der Parade erlebte ich wie in Trance. Ich bemühte mich, mich zu entspannen und freundlich ins Publikum zu lächeln. Gegen Ende der Runde hatte ich mich zumindest wieder so weit im Griff, dass ich auf meinem immer noch passagierenden und schäumenden Pferd die Halle lächelnd und ins Publikum winkend verließ. Aber mal ganz ehrlich – ich war gottfroh, als ich Maxim wieder unverletzt in seine Box gebracht hatte und auch ich selbst außer ein paar traumatischen Momenten und einer durchgeschwitzten Bluse keine größeren Schäden davongetragen hatte.

Als erstes machte ich mich nun auf die Suche nach Tati und Betyar. Ich hatte echt schon die schlimmsten Bilder im Kopf, als ich sie zwischen zwei Zeltreihen auf mich zusteuern sah. Tati hatte beide Hände offen, was mal wieder die absolute Pflicht, bei Bodenarbeit Handschuhe zu tragen beweist. Ich verkniff es mir aber, ihr an dieser Stelle Vorwürfe zu machen. Ich war froh und dankbar, dass alles noch so glimpflich abgelaufen war und keinem etwas passiert war.

Wir versorgten die Pferde und hatten dann eine Lagebesprechung mit dem Team von Horsemen United, mit denen wir auf der Messe waren. Der nächste Auftritt war am Nachmittag im Cavallo-Ring vorgesehen und so hatten wir gar nicht so wahnsinnig viel Zeit. Glücklicherweise mussten wir an diesem ersten Messetag nicht am Stand von Horsemen United sein und so nutzten wir die Zeit, einmal quer über die Messe zu laufen und uns einen Überblick zu verschaffen, was es wo gab und welche Auftritte und Vorträge wir gerne anschauen würden.

Obwohl schon relativ viele Besucher da waren, waren wir uns sicher, dass es am Wochenende gar keinen Sinn mehr machen würde, sich durch die Messereihen zu quälen. Ich war hocherfreut, dass mein Lieblingshutmacher für barocke Dreispitze da war und ich schaute natürlich sofort, was es Neues gab. Super war auch ein italienischer Schuhverkäufer, der goldene Jodhpurstiefeletten aus Nappaleder mit passenden Chapsletten hatte. Einfach göttlich. Ich konnte das schon vor meinem geistigen Auge sehen: weiße Reithosen mit weißer Schößchenjacke und Dreispitz und die goldenen Schuhe dazu.

Auf meinem Friesen würde das sicher toll aussehen. Außerdem gab es noch barocke Schabracken mit goldener Borte. Wie es aussah, würde die Messe noch teurer werden als ich gedacht hatte.

Wir genossen das Flanieren durch die Messehallen, aber sehr viel Zeit war nicht. Nach einem kurzen Imbiss und dem Erforschen, wo Halle sechs und der Cavallo-Ring waren, ging es schon wieder ans Satteln und Pferde Vorbereiten.

Das Wetter hatte sich Gott sei Dank gebessert. Obwohl es kalt war, schien die Sonne und der Grugapark war wunderschön mit Stiefmütterchen und Osterglocken bepflanzt. Es muss toll ausgesehen haben, wie wir mit unseren herausgeputzten Pferden in barocken Kostümen am See entlang ritten, und ich habe es bedauert, dass wir keinen Fotografen bestellt hatten, der das einmal für die Nachwelt hätte festhalten können. Umso größer war der Schock, als wir in die Messehalle einritten. Dort hatte sich die Besucherzahl inzwischen deutlich erhöht und es war fast schwierig an den Menschen vorbeizukommen. Ich konnte das nie verstehen, wie Reiter, die ja eigentlich wissen müssten, was ein Pferd ist, so unachtsam sein konnten und teilweise sogar mit Kinderwagen die Gänge blockierten. Unsere Pferde waren sehr nervös, da sie beide noch nie auf einer Messe gewesen waren. Ich fühlte mich nicht besonders wohl auf Maxim, der schon wieder in die Passage ging und schwer zu atmen begann.

Im Ring angekommen, versuchte ich mehrfach, ihn etwas zu entspannen durch vorwärts abwärts dehnen. So ganz gelang das nicht, aber für die Zuschauer waren Piaffe und Passage wahrscheinlich eh spannender als ein lockeres, zufriedenes Pferd.

Wir hatten eine Kombi geplant mit barocken Elementen, klassischer Dressur und Zirzensik. Maxim machte einen sehr schönen spanischen Schritt und das Kompliment, Betyar konnte sich hinlegen und steigen. Da wir den Menschen etwas bieten wollten, wiederholten wir die zirzensischen Übungen im zweiten Schritt auf einer LKW-Plane, die eine Helferin aus unserem Horsemen United Team für uns mitgebracht hatte.

Den spanischen Schritt machte Maxim sehr gut auf der Plane. Auch die Piaffe war vom Feinsten. Das Kompliment wollte er aber nicht machen und ich zwang ihn auch nicht. Dafür legte sich Betyar und stieg sogar auf der Plane. Den Zuschauern gefiel das, aber für Tati und mich war es sehr anstrengend, weil die Pferde total aufgeregt waren.

Ich fühlte mich wie auf dem Feuerdrachen und bei Betyar, dem Durchgänger hatte ich echt Angst, dass er jeden Moment explodieren könnte, was auch am Ende der Vorstellung passierte. Da raste er nämlich plötzlich gegen die Holzumzäunung und versuchte drüber zu springen. Glücklicherweise war ein reaktionsfreudiger Retter zur Stelle, der Betyar beherzt am Zügel nahm und aus dem Ring führte. Sobald wir aus der Halle waren, beruhigten sich die Pferde. Ich dagegen beschloss, dass ich jetzt erst einmal ein Bier, am besten ein doppeltes Radler, brauchte.

So in der Art ging das die ganze Woche weiter. Dazu wohnten wir auch noch gefühltermaßen am Ende der Welt. Thomas hatte uns eine Übernachtungsmöglichkeit in der Nähe von Krefeld organisiert. Das hieß aber, dass wir eine ganze Stunde fahren mussten. Das letzte Stück war auch noch eine abenteuerliche hügelige Panoramaroute durch den Wald und erinnerte mich stark an das hügelige, dschungelartige Innere der hawaiianischen Insel Oahu, wo ich einmal im Urlaub gewesen war.

Da wir keine Helfer für die Pferde hatten, hieß das für uns, jeden Morgen gegen halb sechs aufstehen, um die Pferde zu füttern, zu misten und dann schon wieder für Auftritte, die ab 9 Uhr begannen fertigzumachen. Beim Auftritt sollten wir natürlich wie aus dem Ei gepellt in Samt und Seide, geschminkt, gestylt, entspannt und strahlend aufkreuzen. Auch das erfordert manchmal viel Disziplin, denn nicht immer ist man so begeistert und entspannt wie das nach außen hin wirken soll. Ich denke ja ganz oft in Liedern, meistens Schlagertexten und – heute muss ich schmunzeln, wenn ich daran denke – aber in Essen viel mir ganz oft das Lied „Theater" von Katja Ebstein ein:

> „Sie setzen jeden Abend eine Maske auf und sie spielen, wie
> die Rolle es verlangt …"

Wir hatten durchschnittlich drei Auftritte pro Tag. Die ersten Tage waren schlimm, weil die Pferde das Messegeschehen überhaupt nicht kannten, aber so allmählich bekamen wir alle Routine. Nach einigen Tagen wurden die Ritte auch viel relaxter. Die Pferde wurden allmählich müde. Maxim hatte sich über die ganze Messe kein einziges Mal hingelegt. Das war natürlich zum Putzen für mich super, da ich nicht das ganze Allspan aus dem Schweif und dem Fell kämmen musste, aber kräftemäßig war das schon eine Herausforderung für mein Pferd, zumal er sich ganz furchtbar über die kleinen lustigen Stuten, die seine Boxennachbarn waren, aufregen musste.

Man glaubt nicht, wie anstrengend mehrere Tage Messe für Mensch und Tier sind. Die vielen Menschen und Pferde, der ständige Krach, die Spannung, die in der Luft liegt. Dazu noch die wettermäßigen Herausforderungen. Am schlimmsten ist es bei Regen und Sturm, wo die Pferde dann auch noch in nassen Boxen stehen müssen und man ständig Angst hat, dass das Dach wegfliegt.

Die Zwangsstopps an den roten Ampeln und die langen Wege zu den verschiedenen Hallen, wo man an Caterern, LKWs, Kutschen und Besucherschlangen vorbeireiten musste, habe ich auch nicht gerade geliebt. Und die drei Auftritte pro Tag sind natürlich ebenfalls einigermaßen kräftezehrend.

Aber, wenn die Zuschauer sich freuen und applaudieren oder später an den Stand kommen und begeistert sind, weil wir so schön ausgesehen haben oder besonders gut geritten sind, wenn die Kinder ein Foto von einem machen wollen oder einmal das Pferd streicheln, ist das alles vergessen und man ist nur stolz und dankbar.

„Theater, Theater –
der Vorhang geht auf. Dann wird die Bühne zur Welt.
Theater, Theater –
das ist wie ein Rausch. Und nur der Augenblick zählt …"

Während der Messe hatten wir Auftritte in ganz unterschiedlichen Hallen. Es gab sieben verschiedene Reitringe, die unseren Pferden unterschiedlich sympathisch waren, aber am spannendsten waren natürlich die Auftritte im großen Showring mit der Riesentribüne in Halle vier.

Wir waren sehr stolz, dass wir mit Horsemen United eine eigene Auftrittszeit in der großen Showarena vor über 3000 Zuschauern bekamen. Horsemen United wollte Reitweisen übergreifend Pferde präsentieren und hatte uns daher zur Erweiterung ihres Repertoires, das ursprünglich überwiegend aus Westernreitern bestanden hatte, ins Team eingeladen.

Unsere Vorführung war daher definitiv etwas Besonderes, weil es nicht um eine bestimmte Reitweise ging, sondern um Trainer, die gewaltfrei mit ihren Pferden arbeiteten. Und so konnte man Pferde im vollen Galopp, in sliding Stops und Spins sehen neben piaffierenden und passagierenden Pferden, spanischem Schritt, Kompliment, Liegen und Sitzen. Dann wieder Reiter mit amerikanischen Fahnen und Cowboyhüten, sowie Working Equitation Reiter und klassische Dressur.

Ein besonderes Highlight waren die Curlyhorses. Das sind freundliche Pferde, die ein lockiges Fell haben wie Pudel, das sie dominant weitervererben, genau wie ihre Schlitzaugen. Sie kommen aus Nordamerika und heißen korrekterweise American Bashkir Curly Horses. Sehr beliebt sind sie bei Pferdehaarallergikern, weil dieser Typ Pferd weder riecht wie ein Pferd – eher wie ein Schaf – und daher auch keine allergischen Reaktionen bei den meisten Menschen auslöst, die bei Pferden ein Problem haben. Ich fand das damals alles sehr interessant, da ich noch nie ein Curly Horse aus der Nähe gesehen hatte.

Wir verteilten uns in den unterschiedlichen Gruppen in der Halle und Thomas machte die Choreographie, indem er etwas zu den jeweiligen Reitweisen sagte, und wir uns an dieser Stelle natürlich ganz besonders durch die von uns erwarteten Lektionen präsentieren mussten.

Maxim war wieder ganz groß in der Passage, sprang aber auch brav seine Serienwechsel und Pirouetten und zeigte gegen Ender der Vorführung, als er sich ein bisschen beruhigt hatte, sogar Kompliment und spanischen Schritt. Alles in allem war ich sehr zufrieden mit unserem Auftritt und ich glaube, auch Thomas war stolz, uns als Kooperationspartner zu haben.

Insgesamt war es immer einer meiner Herzenswünsche gewesen, einmal auf der Equitana, der damals weltgrößten Pferdemesse, reiten zu können. Dauerhaft wollte ich das in Anbetracht meiner Pferde nicht. Es ist schon außergewöhnlich viel Einsatz und Verzicht für die Pferde, speziell, wenn sie sensibel sind, sind sie doch für mehrere Tage von ihrer gewohnte Umgebung getrennt, haben keinen Weidegang und müssen in den meisten Fällen auch auf die Gesellschaft ihrer Herde, die es ja in kleiner Form auch in den meisten Ställen gibt, verzichten. Dazu hin sind Futter, Einstreu und das Wasser anders. Ich erinnere mich noch gut, wie schrecklich es war, als ich mich 1975 mit drei Pferden für das CHI in Donaueschingen qualifiziert hatte und meine Stute Alpacca die ganze Zeit über nicht trank.

Ich ritt mit meiner Holsteiner Stute Alpacca und dem Trakehnerwallach Westwind die nationalen M- und S-Springen, Alpacca ging auch im internationalen Amazonen-M und Dimple lief die internationalen M-/ und S-Springen. Die Veranstaltung fand vom 18.–21.September 1975 statt, d.h. wir waren fünf Tage in Donaueschingen. Es war bestes Wetter – zumindest für die Zuschauer. Blauer Himmel, strahlende Sonne, aber ungewöhnlich heiß, und meine Stute Alpacca weigerte sich, das Wasser, das es in Donaueschingen gab, zu trinken. Sie trank während der gesamten fünf Tage nicht und ich machte mir große Sorgen. Es ist Gott sei Dank nichts passiert und sie bekam auch keine Kolik. Ich versuchte es mit Äpfeln und Karotten auszugleichen, bin aber seither nie mehr ohne Wasserkanister auf ein Turnier gefahren.

So sehr ich Turniere und Messen geliebt habe, war ich immer weniger bereit, meinen Pferden diesen Stress anzutun.

Nach der Equitana habe ich deshalb nur noch einmal als Reiterin an einer so großen Messe teilgenommen und zwar im darauffolgenden Jahr 2010 an der Eurocheval in Offenburg.

Die achtzehnte Eurocheval fand vom 21. bis 25. Juli 2010 auf dem gesamten Messegelände in Offenburg statt. Sie war die größte Messe für Pferdezucht, -haltung und Reitsport im süddeutschen Raum und fand nur, genau wie die Equitana, alle zwei Jahre statt.

Die Eurocheval war für mich eine der schönsten Messen. Nicht nur, dass das Ausstellungsprogramm gigantisch war, auch der Anteil an Teilnehmern aus vielen europäischen Nachbarländern faszinierte mich.

Auf der 175 000 qm großen Fläche gab es über vierhundertfünfzig Stände in Hallen und im Freigelände, an denen alles zum Thema Pferd und Reiter angeboten wurde, was man sich denken kann. Nicht nur jede Art von Reitzubehör wie Sättel, Trensen, Sattelunterlagen oder Reitbekleidung aus ganz Europa, sondern auch Kutschen, Stallanlagen und Rassepferde.

Das Besondere an der Eurocheval war der hohe Anteil an Reitern und Händlern aus Frankreich und der Schweiz, die man auf anderen deutschen Reiterevents eher selten sah. Aber auch Reiter aus Österreich, Italien, Holland, Belgien und England waren anwesend und mir gefiel die elegante Atmosphäre und die Ansage aller Vorführungen in drei Sprachen – deutsch, französisch und englisch – ausgezeichnet.

Und natürlich trug das sommerliche Wetter im Juli ebenfalls dazu bei, dass diese Messe einfach Spaß machte und Urlaubsgefühle aufkommen ließ.

Maxim, mein Friesenhengst, präsentierte sich von seiner besten Seite. Ich hatte mir tolle Kostüme von Dr. Susan Hennessy zugelegt, eine schwarze Samtkorsage, ein dazu passender Rock mit silberner Borte, lange, bis zum Ellbogen reichende Handschuhe und ein wunderschönes silberweißes Samtband für meinen Zylinder. Als Erweiterung dazu hatte ich noch eine Militärjacke mit Schößchen und silbernen Epauletten und einen Dreispitz in denselben Farben.

Auch Maxim war sehr stolz auf seine barocke Schabracke in silberweiß und die passenden Überzügel für das Vorderzeug und die Zügel.

Die beiden Monturen erwiesen sich als sehr praktisch, weil es morgens meistens noch relativ kühl war und ich dann mit Reithose und Jackett reiten konnte. Am Nachmittag und Abend war es dagegen sengend heiß auf dem Platz und da war natürlich die Korsage hervorragend, zumal sie in meinen Augen auch super aussah. Außerdem gaben mir die beiden Kostüme die Möglichkeit, eine Reiterfreundin, die auch einen Friesen ritt, zu meinem Auftritt einzuladen und so ritten wir – ohne das je geübt zu haben – ein sehr gelungenes Pas de Deux auf dem großen Platz.

Obwohl mir auch die Messeauftritte großen Spaß gemacht haben, widerstrebte es mir immer mehr, meinen Pferden diese Strapazen anzutun. Speziell die Unterbringung in den Zelten, durch die tonnenweise Besucher spazierten, die dann auch noch oftmals versuchten, die Pferde zu streicheln oder womöglich ein Leckerli mitgebracht hatten, irritierten mich total.

Aber das Leben regelt die Dinge oft von ganz alleine. Je größer die Herausforderungen werden, umso mehr ganz unerwartete Geschenke hält es auch für uns bereit.

Versuche, ein Regenbogen
in den Wolken eines anderen zu
sein.

Maya Anglou

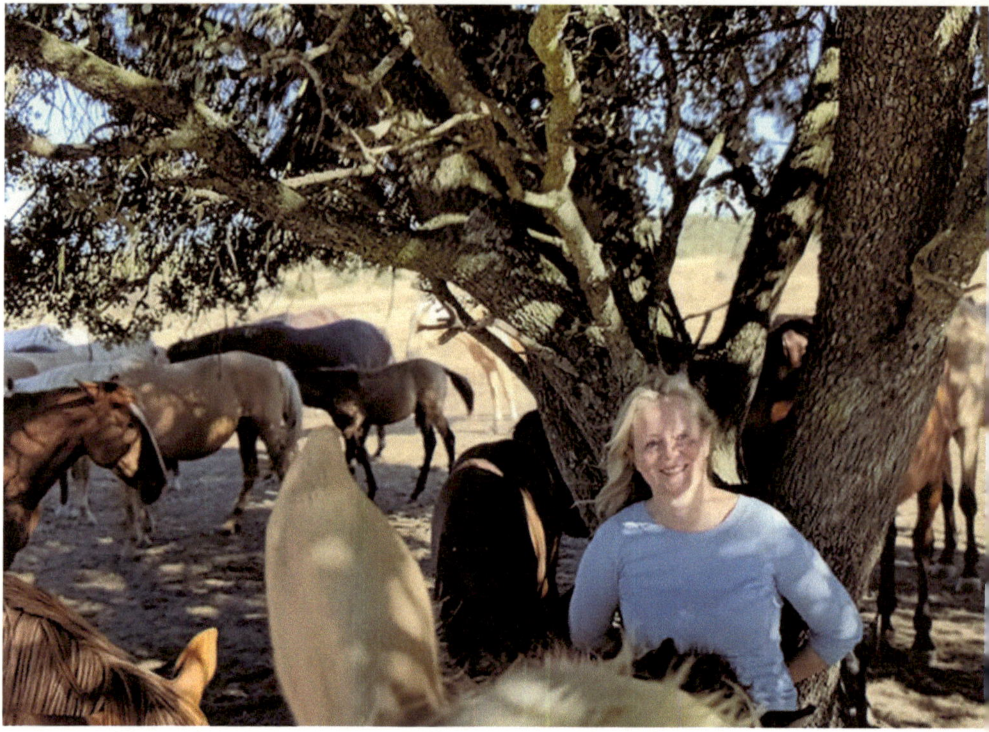

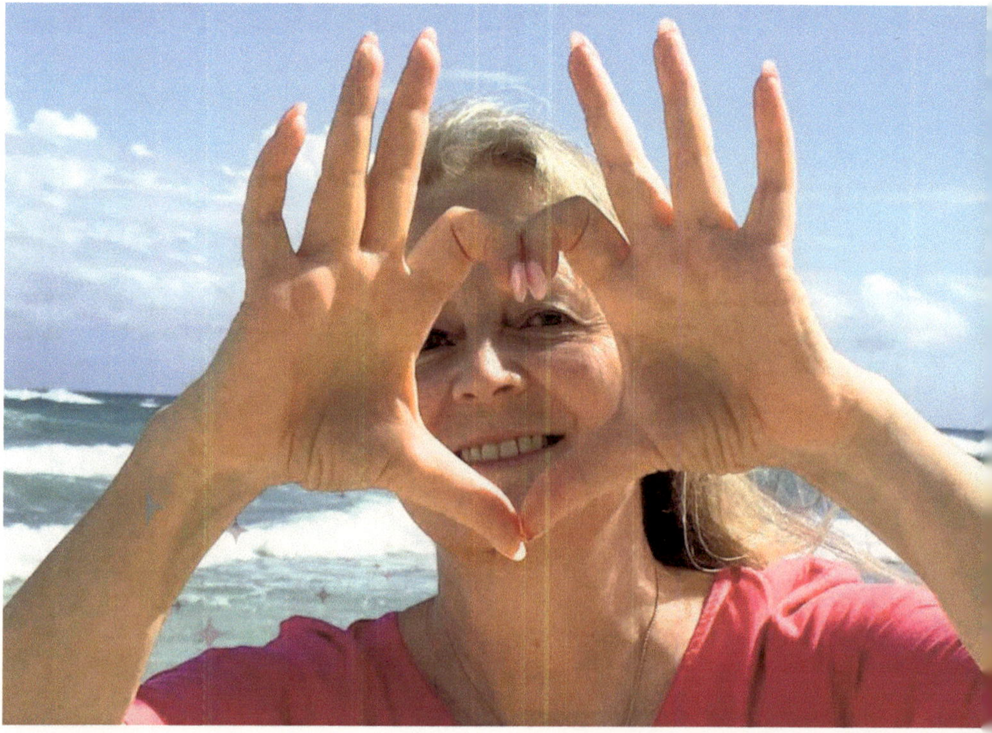

ULRIKE DIETMANN, EPONA UND
DIE ERSTEN THERAPEUTISCHEN
ANSÄTZE

Ich werde nie jenen Nachmittag vergessen, an dem eine blonde, sehr hellhäutige Frau, mit einer auf mich exotisch wirkenden, dunkelhäutigen Freundin im Barockreitzentrum aufschlug und mich ansprach.

Die blonde Frau stellte sich als Ulrike Dietmann vor und fragte mich, ob ich einen Moment Zeit für sie hätte. Ich willigte ein und sie erzählte mir von Linda Kohanov, einer amerikanischen Pferdetrainerin, bei der sie eine ganz neue Methode, genannt Epona, kennengelernt habe.

Ich war sofort interessiert, weil ich lustigerweise im Jahr 2004 bei einem meiner Aufenthalte in Kalifornien bei Monty Roberts in einer Buchhandlung in Solvang das Buch „Riding between the Worlds, expanding our Potential through the Way of the Horse" von Linda Kohanov gekauft hatte und seither den Wunsch gehegt hatte, diese interessante Frau einmal kennenzulernen.

Das Buch, das auf Deutsch „Botschafter zwischen den Welten" heißt, hatte mich fasziniert, aber gerade in der Anfangszeit, als ich mein Reitzentrum aufbaute, sah ich absolut keine Möglichkeit, so eine weite Reise zu machen, einfach nur, um interessante Menschen zu treffen.

Umso unglaublicher fand ich es, dass nun plötzlich eine mir völlig unbekannte Frau vor mir stand und mir erzählte, sie sei Epona-Instruktorin und gäbe Workshops und Einzeltrainings in der Epona-Methode. Gerne würde sie auch mir und meinen Mitarbeiterinnen so ein Training gratis, gewissermaßen um uns einen Einblick zu verschaffen, anbieten.

Sie sehe sich als Übersetzerin und Botschafterin der Epona Arbeit für Deutschland und organisiere auch Workshops für die besten internationalen Epona Instruktorinnen.

„Wenn der Prophet nicht zum Berg kommt, muss der Berg zum Propheten kommen" dachte ich mir und konnte es gar nicht fassen, dass das gerade wirklich passierte.

Bei Epona ging es um Kreativität und das sei für sie das Geheimnis und der Motor alles Lebendigen, ob mit oder ohne Pferde. Als Autorin und Epona Instruktorin und durch die Begegnung mit Linda Kohanov sei sie diesem Geheimnis einen großen Schritt nähergekommen, erklärte Ulrike Dietmann weiter.

Sie habe ein Buch „Auf den Flügeln der Pferde" geschrieben, in dem sie den Leser zu einer intensiven Selbsterforschung an der Seite der Pferde einlade, um das Bewusstsein und die Authentizität zu entdecken, die uns die Pferde so meisterhaft und sanftmütig lehren.

Ich war begeistert und so vereinbarten wir einen Termin, an dem ich mit meinen beiden Mitarbeiterinnen, Tatjana Früh und Ulrike Störzbach einen Einblick in die Arbeit von Linda Kohanov bekommen sollte.

Soweit ich mich erinnere, ging es bei dieser Präsentation vor allem um den sogenannten Bodyscan, in dem man über den eigenen Körper Informationen über Situationen, Menschen oder ganze allgemein Fragen erhält. Dabei geht man geistig den Körper vom Scheitel bis zur Sohle durch und achtet auf ungewöhnliche Gefühle wie Verspannungen, Ungleichgewichte beider Körperhälften, Temperaturempfindungen, Schmerzen, Ohrgeräusche, eine verstopfte Nase, ein heftig schlagendes Herz oder was auch immer.

Die Empfindungen sollen nicht unterdrückt werden, sondern man geht voll in das Gefühl hinein und bittet den Körper um eine Information diesbezüglich. Die Information kann ein Wort, eine Farbe, ein Symbol, ein Lied, wie das ja bei mir selbst oft der Fall ist sein, aber auch eine Erinnerung oder ein ganzer Satz. Je unlogischer und feiner die Information ist, umso wichtiger kann sie sein, da der Körper sich eher wie ein Künstler ausdrückt.

Es war wichtig, nur nach einer Information zu fragen, entweder betreffend der stärksten körperlichen Empfindung oder betreffend der interessantesten.

Wenn man die Information erhalten hat, sollte sich die Spannung im Körper auflösen. Je mehr man lernt, auf die Antworten des eigenen Körpers zu hören, umso bereitwilliger und klarer wird er mit uns kommunizieren.

Dieses System kann nicht nur im Umgang mit Pferden angewendet werden, sondern in vielen Situationen des täglichen Lebens, wie bei Prüfungsangst, Lampenfieber oder Situationen, die uns zu überfordern scheinen, erklärte Ulrike.

Wir übten das einige Male und ich fühlte mich ein bisschen unbeholfen. Ich konnte mir auch absolut nicht vorstellen, etwas Derartiges im Alltag anwenden zu wollen. Trotzdem hatte ich das Gefühl, dass Ulrike etwas Interessantes zu bieten hatte und vereinbarte kurz darauf den ersten Seminartermin mit ihr im Barockreitzentrum, an dem ich selbst zwar nicht teilnahm, aber ich stellte ihr meine Pferde zur Verfügung.

Das ging mindestens ein Jahr so. Ulrike bekam Seminarraum, Round Pen und meine Pferde und ich beobachtete das Ganze aus der Ferne, nahm aber nie direkt selbst an einem der Seminare teil.

Die Seminare wurden größer und internationaler. Ulrike brachte Trainerinnen aus USA ins Barockreitzentrum, was mir natürlich gut gefiel. Was mir aber noch viel besser gefiel, um nicht zu sagen, was mich zu beeindrucken begann, war, wie sehr sich meine Pferde durch die Epona-Arbeit zum Positiven veränderten.

Ich hatte damals Usurero, meinen spanischen Hengst, der extrem wenig gehfreudig war, sich aber, wenn er wollte tierisch aufregen und steigen und durchgehen konnte. Dann gab es Impressioso, einen kleinen Andalusier, der gar nicht reitbar oder longierbar war, weil er sich, wenn er nur den Schimmer einer Gerte sah, sofort auf den Boden warf. Das tat er nicht nur an der Longe, sondern auch unter dem Reiter oder vor der Kutsche. Im Übrigen hatte er auch ziemlich viele Feindbilder und, wenn ein Pferd in der Halle war, das er nicht mochte, griff er es zähnefletschend an.

Dann gab es noch Maxim, mein Showpferd. Maxim war ein Friesenhengst, der eigentlich sehr lieb und nicht besonders hengstig war, aber auch er konnte sich sehr verhalten und dann eher bocken als vorwärts zu gehen. Baron, mein zweiter Friesenhengst war das Gegenteil, ein sehr sensibles Pferd, das aber wie schon gesagt, durchgehen konnte und das ziemlich schnell, wenn er Angst bekam und Mr., ein ungarischer Lipizzanerwallach, der vor sich selbst scheute.

Daneben hatte ich noch eine ganze Herde mit American Miniature Horses und Minishettys. Bei allen Tieren beobachtete ich, wie ihr Blick wacher und freundlicher wurde, wie sie darauf warteten, dass mit ihnen kommuniziert wurde und wie dankbar sie waren, als ich das mehr und mehr verstand, und meine Kommunikation immer weiter über die bekannten reiterlichen Hilfen hinausging.

Bei Shelley Rosenberg, einer Epona Instruktorin aus Arizona, die die Methode unter dem Sattel unterrichtete, lernte ich meine Pferde immer feiner mit Atmung, Gedanken und Visualisierungen zu reiten.

Ich hatte ihr angeboten, morgens mit mir zu reiten und ihr einige meiner Pferde überlassen. So kamen wir ins Gespräch und schlussendlich nahm ich dann doch noch bei ihrem Epona-Reit-Seminar teil. Durch die für mich super langwierigen Bodyscans musste ich lernen, einen Gang herunterzuschalten. Bei mir musste ja immer alles ruckzuck gehen, denn mein Tagesprogramm war immer sehr voll.

Durch das zunächst erzwungene sich Zeit zum Einfühlen nehmen und nicht so sehr auf die Resultate zu achten, sondern erst einmal nur eine Verbindung herzustellen, lernte ich mehr und mehr, mich in die Pferde einzufühlen und das Ziel nicht mehr so verbissen im Vordergrund meiner Vorgehensweise vor Augen zu haben.

Ich wurde geduldiger, machte kleinere Schritte und brauchte nur noch ganz feine Hilfen, die die Pferde immer freudiger befolgten, als ob sie sagen wollten „endlich hast du's kapiert."

Kurz gesagt kam nach einigen Monaten der Moment, an dem ich beschloss, mir das ganze Prinzip richtig anzuschauen. Viel später wurde mir klar, dass ich im Grunde genommen genauso reagierte wie meine Pferde: wenn die Trainingseinheit einen zu großen Schritt in eine neue Richtung bedeutete oder zu schnell kam, blockierte ich. So in etwa wie bei meiner Weigerung, bei den Epona-Seminaren von Ulrike persönlich als „Kundin" teilzunehmen. Das war mir alles zu abgehoben und realitätsfern, was Ulrike mir da erzählte.

Den Zwischenschritt über das Dressurreiten nach den Prinzipien der Epona-Arbeit bei Shelley, die in USA bis zur schweren Klasse Turniere geritten war, schaffte ich, da ich mich bei einer Turnierreiterin sicherer fühlte.

Das Thema Turnierreiten war mir ja hinlänglich bekannt. Es gab also etwas, das nicht vollkommen abgespaced war, das ich verstand. In der dressurlichen Anwendung der neuen Prinzipien begann ich auch deren Sinn zu verstehen und die positiven Effekte schätzen zu lernen. Durch die Kombination beider Ansätze, die Denkanstöße von Ulrike und die praktische Umsetzung mit Shelley bekam ich Lust, Epona eine Chance zu geben und beschloss, dass es nun an der Zeit war, Linda Kohanov persönlich kennen zu lernen, und, was wäre dazu besser geeignet gewesen als bei ihr in Arizona ein Seminar zu besuchen?

Ich lobe den Tanz, der alles
fordert
und fördert,
Gesundheit und klaren Geist
und eine beschwingte Seele.
Tanz ist Verwandlung des Raumes,
der Zeit, des Menschen,
der dauernd in Gefahr ist,
zu zerfallen ganz Hirn, Wille
oder Gefühl zu werden.
Der Tanz dagegen fordert den
befreiten, den schwingenden
Menschen
im Gleichgewicht aller Kräfte.

Augustinus Aurelius (354 – 430)

ZURÜCK IN DIE STAATEN

Rasa Dance mit Linda Kohanov

Es war der 22. März 2011, als ich von Stuttgart über Atlanta nach Tucson/AZ flog und nun endlich Linda Kohanov auf ihrer Ranch in Amado/AZ kennenlernen würde. Shelley Rosenberg hatte mich eingeladen, ein paar Tag vor dem Workshop nach Sonoita zu kommen und sie zu besuchen. Sie wollte mich in Tucson am Flughafen abholen, und ich konnte bei ihr wohnen.

Ich war total aufgeregt, hatte ich doch schon so viel über Linda gehört. Ihr Buch „Riding between the Worlds" hatte ich wie gesagt bereits 2003 in einer Bibliothek in Solvang/CA gekauft während meines ersten Aufenthalts in Monty Roberts' Learning Center.

Das Buch hatte mich fasziniert und, seit ich es gelesen hatte, wollte ich diese Frau unbedingt kennenlernen und mehr über ihren Umgang und ihre Erfahrungen mit Pferden wissen.

Ich hatte damals weder zeitlich noch finanziell die Möglichkeit gehabt, nach Arizona zu fliegen. Außerdem nahmen mich der Aufbau und das Management im Barockreitzentrum so sehr in Anspruch, dass ich an private Interessen kaum mehr dachte.

Durch die Epona Seminare, wie sie damals hießen, die mittlerweile regelmäßig auf meiner Anlage stattfanden, wurde ich aber immer wieder an Linda erinnert. Am meisten aber begeisterte mich die Veränderung, die ich an meinen Pferden und Ponys beobachten konnte, seit sie – im Gegensatz zu mir – regelmäßig an der Epona Arbeit teilnahmen. Und nun war es endlich so weit. Ich saß im Flieger von Stuttgart nach Atlanta und kam nach runden zehn Stunden Flug zunächst einmal im Hartsfield-Jackson

Atlanta International Airport an. Da der Flughafen als Zwischenstopp für viele inneramerikanische Flüge dient, ist er einer der Flughäfen mit dem weltweit höchsten Passagieraufkommen. Der Flughafen ist riesig und durch die Menschenmassen kommt man nicht wirklich schnell durch die Kontrollen.

Ich hatte sechs Stunden Aufenthalt und schaffte daher die Warteschlangen ganz gut. Ich hatte sogar noch Zeit, bei Buckhead Books etwas zu essen. Diese Location war faszinierend. Es sah aus, wie ein Coffeeshop in einer riesigen Buchhandlung. Man konnte dort aber auch richtig essen und gleichzeitig Bücher kaufen und lesen. Ich fand das einfach toll, zumal ich ja eh noch einige Zeit in Atlanta abzusitzen hatte.

Der Flughafen von Atlanta war auch sonst sehr interessant. Ich hatte noch nie so viele US Soldaten in Armeeuniform auf einem Haufen gesehen wie dort, was wohl daran liegt, dass der Sitz des Rekrutierungsbataillons in Atlanta ist.

Die sechs Stunden Aufenthalt in Atlanta waren spannend und verliefen daher besser als gedacht. Allerdings hatte ich immer noch einen viereinhalbstündigen Flug nach Tucson vor mir und danach noch die Fahrt mit Shelley nach Sonoita.

Es war super schön, von ihr am Flughafen abgeholt zu werden und dann endlich nach über vierundzwanzigstündiger Reise in ein gemütliches Bett sinken zu können.

Die Tage bei Shelley waren hochinteressant, und Shelley war immer wieder für eine Überraschung gut. Das begann schon am ersten Morgen.

Shelley schleppte mich zuerst einmal in einen riesigen Baumarkt. Ich war einigermaßen erstaunt. Ich hatte eher gedacht, sie würde mir Sonoita zeigen und vielleicht mit mir frühstücken gehen.

Der Einkauf im Baumarkt schien aber erste Priorität zu haben. Wir suchten nämlich gemeinsam ein großes nierenförmiges schwarzes Polyethylen-Teichbecken aus, das wir dann mit vereinten Kräften zunächst an die Kasse und dann auf ihren Truck hievten.

Zuhause schwang sich Shelley gleich auf ihren kleinen Schlepper und begann, stundenlang ein riesiges Loch in den Boden zu graben. Ich traute meinen Ohren nicht, als ich hörte, dass sie eine Art Vielseitigkeitsparcours für ihre reitenden Seminarteilnehmer bauen wollte. Das Teichbecken sollte der Einsprung ins Wasser von dem darüber liegenden Steilhang werden, der so steil war, dass die Pferde mehr oder weniger auf der Hinterhand herunterrutschen mussten.

Ich war sprachlos und fragte sie, ob sie nicht Angst habe, dass sich die Pferde die Beine brechen würden, da das Becken ja einigermaßen tief war. Shelley ließ sich aber nicht von der Idee abbringen, obwohl sie mein Argument zum Nachdenken gebracht hatte. Am nächsten Tag zeigte sie mir stolz, dass sie das Becken mit großen Steinen befüllt hatte. Jetzt war es weniger tief, aber ich war sprachlos und total froh, dass ich während des Reitseminars nicht mehr anwesend sein würde.

Sehr schön und super interessant war, dass sie mich einigen ihrer Freunde vorstellte, die alle mehr oder weniger in Lindas Arbeit involviert oder sogar Gründungsmitglieder von Epona waren. Wir waren am ersten Abend mit ihrer Freundin Nancy Coyne, einer Psychotherapeutin, die die Arbeit mit Pferden als Brücke zwischen dem Therapeuten und dem Klienten einsetzt, zum Abendessen.

Das Thema Pferde gestützte Therapie war mir damals nicht so geläufig und hatte mich auch ehrlich gesagt nicht sonderlich interessiert, war die Therapie von Zweibeinern doch so ziemlich das Letzte, was ich mir als Lebensinhalt vorstellen konnte.

Es war aber total interessant, zu hören, dass Pferde die Qualität haben, nicht zu urteilen, auch keine guten Ratschläge zu geben oder Regeln auf- zustellen. Auch haben sie endlos Zeit und Geduld. Der Patient kann daher viel schneller und leichter wieder Vertrauen aufbauen und sich auf neue Situationen einlassen. Die Pferde scheinen die idealen Begleiter auf dem Heilungsweg zu sein.

Einen Tag später begegnete ich auf Shelleys Anlage M.L. oder, wie ich später erfuhr, Mary-Louise Gould, die ihr Pferd bei ihr untergestellt hatte. Ich fand es lustig, dass die sehr seriös wirkende Mary-Louise sich in der Ausbildung wurde streng na nannte. Mir fiel da schon wieder sofort J. R. Ewing aus der TV-Serie Dallas ein, und ich hätte mich totlachen können über die verrückten Amerikaner.

M. L. hatte eine Ausbildung in holotropem Atmen. Jahre später kam ich sogar selbst in den Genuss dieser Technik, die zu rauschartigen Zuständen führen kann und auch als Verfahren der transpersonalen Psychologie zur Selbsterfahrung und Therapie eingesetzt wird.

Durch die tiefe Kreisatmung, bei der zwischen Ein- und Ausatmen keine Unterbrechung stattfinden soll, kommt mehr Sauerstoff ins Blut, was zur Folge hat, dass das Blut basischer wird. Das soll zu Bewusstseinsveränderungen führen, bei denen Unbewusstes an die Oberfläche kommt. So können wir anscheinend alle Ebenen unseres Seins erfahren und dadurch auch Heilungsprozesse in Gang setzen.

M. L. kam damals eigens für ein Atem-Seminar ins Barockreitzentrum, und wir atmeten drei Stunden lang wie die Wilden um die Wette.

Ich fand diese für mich neuen Eindrücke total spannend, aber das absolute Highlight war für mich, dass Shelley einen Ausflug auf die Apache Springs Ranch mit mir machte, die ganz in der Nähe von ihrem eigenen Zentrum liegt, und wo Epona vor dem Umzug nach Amado beheimatet gewesen war.

Im Jahr 2005 war das Epona Center nach Apache Springs gezogen, das in einem ehemaligen Indianergebiet liegt. Dort hatte die Epona-Arbeit einst begonnen und das Interesse einer größeren Anzahl von Menschen geweckt. Nach Shelleys Erzählungen war es eine wunderschöne Zeit gewesen.

Die historische Ranch mit eigener Quelle war Mitte des neunzehnten Jahrhunderts von Tom Gardner gegründet worden und liegt in den Santa Rita Bergen in Südarizona. Das Problem sei einerseits die Größe der Ranch gewesen, die natürlich erhebliche Kosten mit sich brachte und dann aber auch die Lage. Oft seien die Zufahrtswege unter Wasser gewesen. Die Ranch war dann für den Publikumsverkehr unzugänglich, was für den Seminarbetrieb nicht sehr vorteilhaft war.

Mich hat die Ranch auch fasziniert. Die Lage ist sehr idyllisch, und es gibt viel Platz für allerlei Aktivitäten. Wie ich gehört habe, wird die Ranch in den letzten Jahren von vielen der bekanntesten Pferdetrainer weltweit für Seminare und Summits genutzt.

Doch inzwischen war Linda nach Amado, das südlich von Tucson, ziemlich nahe an der mexikanischen Grenze liegt, umgezogen. Shelley hatte mir geraten den Workshop „Black Horse Wisdom" zu besuchen. Da der Workshop aber bereits ausverkauft war und ich auf den nächsten etliche Wochen hätte warten müssen, entschloss ich mich, ohne die geringste Ahnung zu haben, was das bedeutete, den Workshop „Rasa Dance" zu besuchen.

Für mich, als ehemaligem Indien-Fan, klang das sehr indisch, bedeutet Rasa doch im Sanskrit Stimmung oder Essenz und wird in der Kunst und ganz speziell im Tanz und in der Musik als der zentrale Begriff der klassischen indischen Ästhetik verwendet. Er soll das Gefühl absoluter Freude und Erfüllung beim Betrachten eines perfekten Kunstwerks bezeichnen.

Mir hatte dieser Seminartitel sehr gut gefallen, allerdings basierte er auf dem Namen von Lindas arabischer Rappstute, Tabula Rasa, lateinisch für „abgeschabte Tafel" in der Bedeutung unbeschriebenes Blatt, Neuanfang.

Wie dem auch sei, damals wusste ich das alles noch gar nicht und fuhr mit Shelley voll Begeisterung nach Amado, das wegen seiner Nähe zur mexikanischen Grenze US Border Checkpoint ist. Für mich, als Nicht-Amerikanerin, bedeutete daher fast jede Fahrt auf der Interstate 19 eine Passkontrolle mit Fragen, was ich hier in der Gegend zu suchen habe. Ich fragte sie, warum es denn hier so strenge Kontrollen gäbe und sie meinte, sie hätten ein großes Drogenproblem. Die Mexikaner würden sogar mit Drogen bepackte Pferde ohne menschliche Begleitung über die Berge treiben, weil die Polizei auf dem Highway sehr präsent sei.

Landschaftlich ist die Gegend um Amado wunderschön. Die Santa Rita Mountains bilden eine atemberaubende Kulisse und obwohl es eine sandige trockene Gegend ist, gibt es Pinienwälder und ein Ökosystem, das besonders Menschen begeistert, die Vögel beobachten wollen.

Shelley fuhr mich in mein Hotel, das Amado Inn, einem wunderschönen kleinen Hotel mit südwestlichem Flair und einem sehr guten Restaurant, in dem wir beide den letzten Abend verbrachten.

An der Rezeption lernte ich bereits die erste Seminarteilnehmerin kennen, Adriana, eine Schauspielerin aus Hollywood.

Teilnehmerin Nummer zwei war die Frau, mit der ich mein Zimmer teilte. Sie hieß Sharon und war aus Albany/N.Y. Sie schlug zu meiner nicht so großen Begeisterung morgens um zwei Uhr bei mir im Zimmer auf um dann auch noch eine halbe Stunde auf ihrem i-Pad rumzuhacken. Am nächsten Morgen lernte ich beim Frühstück die Dritte im Bunde kennen: Dana aus New Mexico.

Wir waren also eine kleine Gruppe. Alle vier waren wir sehr aufgeregt und begeistert, endlich Linda persönlich kennenlernen zu können. Wir teilten uns einen Mietwagen und fuhren dann gemeinsam zu Lindas Ranch am Eagle Way.

Wir wurden von Sue Smades, die wir bereits durch unsere Anmeldungen via Email kannten, begrüßt und bekamen als Erstes, wahrhaftig amerikanisch, sofort Getränke und Süßigkeiten angeboten und zwar die super tollen Ghirardelli chocolates aus San Francisco, die den Slogan „making life a bit better" in meinen Augen völlig zu Recht führen.

Nachdem ich alle chocolates probiert und auch die Fotos von Linda, ihrem Mann und ihren Pferden an den Wänden studiert hatte, kam Linda um uns zu begrüßen und bat uns in ihr Wohnzimmer, wo wir den so genannten Check-in machten.

Check-in bedeutete hier, uns selbst in ein paar Sätzen vorzustellen, etwas über unsere Erwartungen an das Seminar zu sagen und auf der anderen Seite von Linda die Dos and Don'ts zu erfahren, also gewissermaßen die Verhaltensregeln auf der Ranch.

Eine weitere Mitarbeiterin, die Ranchmanagerin, Elysa Ginsburg, wurde uns vorgestellt und wir erfuhren schon ein klein bisschen etwas über die Pferde.

Dann erfolgte der erste Teil unserer Schulung und zwar ging es um die wichtigsten Fähigkeiten, die man braucht, um eine authentische Gemeinschaft zu bilden.

Die authentische Gemeinschaft

In erster Linie bedarf es eines **Raumes der Vertraulichkeit**. Der Teilnehmer muss sich sicher fühlen, was auf Seminarteilnehmer angewendet bedeutet, dass er die Gewissheit haben muss, dass Dinge, über die gesprochen werden, den Raum nicht verlassen und natürlich auch nicht gegen ihn verwendet werden.

Wir alle haben uns schon verletzt gefühlt, wenn wir mitkriegen, dass Menschen negativ über uns reden, uns auslachen oder unehrlich sind. Besonders schlimm ist es, wenn wir jemandem etwas im Vertrauen erzählt haben und es dann überall die Runde macht. Auch, wenn diese Dinge oft unbewusst ablaufen und vom „Täter" gar nicht so böse gemeint sind, wie das dann bei uns ankommt, sollten wir daraus lernen, bewusster mit unseren Äußerungen umzugehen und auf gar keinen Fall die Schwächen anderer auszunutzen, um den anderen klein oder uns selbst interessanter oder vermeintlich größer zu machen.

Ein weiterer wichtiger Punkt für eine authentische Gemeinschaft – und vielleicht der schwierigste – ist, dass wir lernen sollten, **Gefühle nicht zu interpretieren**, sondern ganz neutral als Information zu nutzen und uns dabei bewusst zu sein, dass Gefühle ansteckend sind. Das heißt, wir müssen lernen, Gefühle, besonders, wenn sie uns unangenehm sind, auszuhalten und offen zu bleiben.

Das klingt zunächst einmal ziemlich theoretisch, war aber, zumindest für mich, eine total revolutionäre Erkenntnis.

Anstatt beispielsweise frustriert zu sein, weil irgendetwas nicht so läuft, wie man sich das vorgestellt hat, hat man immer die Wahl, wie man auf seine Gefühle reagiert. Man kann sich deprimiert in die Ecke hocken und sich selbst unheimlich leidtun oder man gibt sich einen Ruck und versucht, **aus der Situation zu lernen.**

Wie oft habe ich das auch schon von anderen und speziell im Reitunterricht gehört, wenn etwas nichts so läuft, wie man sich das vorgestellt hat, „bin ja bloß ich", „war ja sonnenklar", „das werde ich nie lernen". Andere werden wütend und vielleicht sogar aggressiv oder bestrafen im schlimmsten Fall ihr Pferd. Ich hätte aber auch die Möglichkeit, mich einfach mal zu fragen, warum das jetzt alles gerade schiefläuft, was ich daraus lernen und wie ich das in Zukunft vermeiden kann.

Wir alle wissen – und wir Reiter am allerbesten-, wenn wir wütend oder frustriert sind, stecken wir fest und können nichts Positives zuwege bringen. Wir wissen auch, dass aggressives Verhalten unsererseits bei unserem Pferd kaum zufriedenes Schnauben und Kooperationsbereitschaft auslösen wird. Wir haben schon erlebt, wie ein Einzelner mit seiner schlechten Laune alle anderen anstecken kann. Das ist besonders in Seminaren sehr schade, wenn ein unzufriedener Teilnehmer die gute und fürs Lernen so wichtige offene Haltung der anderen mit einer einzigen Bemerkung zerstört.

Solange wir unser „Selbstmanagement" oder wenigstens die Selbstreflexion noch nicht beherrschen, ist es deshalb viel besser und den anderen gegenüber anständiger, eine Pause zu machen, nicht mit dem Kopf durch die Wand zu wollen und erst einmal abzuwarten.

Was Pferde angeht, habe ich das schon früh verstanden. Aber ich erinnere mich noch gut, wie frustriert ich mit Ende zwanzig war mit dem einzigen Pferd, das ich von Geburt an hatte, als er als Vierjähriger wie ein Verrückter gegen die Hand ging und ich Runde um Runde auf dem Zirkel drehen musste, weil ich ihn nicht mehr durchparieren konnte. Damals habe ich nicht gewusst, wie sehr ich selbst Ursache des Problems war, wie ich durch meine Frustration immer wütender wurde, und mein Pferd dadurch total unter Druck setzte. Ich war einfach noch nicht reif genug und ich hatte meine Emotionen nicht unter Kontrolle, weil ich mir ja auch ihrer gar nicht bewusst war und auch keine Ahnung hatte, welchen Einfluss ich mit dem, was ich ausstrahle, auf meine Umwelt habe.

Man könnte auch sagen, ich verstand die Sprache der Pferde noch nicht. Pferde kommunizieren sehr viel über ihren Körper und die Energie, die sie ausstrahlen. Und ein bewusster Umgang mit sich selbst, ein Kennenlernen der eigenen Person, ein Beobachten, wie ich auf andere wirke, ist logischerweise nicht nur im Umgang mit Pferden sinnvoll.

Sobald wir an diesem Punkt sind, werden wir immer mehr verstehen, dass wir in einem nicht zu unterschätzenden Ausmaß selbst die Schöpfer unserer Realität sind.

Klar gibt es immer wieder Situationen, in denen wir uns als Opfer empfinden, weil die anderen oder einfach die äußeren Umstände so sind, wie sie sind und uns belasten. Aber auch hier können wir es uns viel leichter machen, wenn wir verstehen, dass **wir nicht die Aufgabe haben, Menschen, Pferde oder Situationen zu reparieren**. Es geht im Grunde genommen immer nur um Persönlichkeitsentwicklung und Kommunikation.

Wir sollten **Respekt vor dem persönlichen Raum und den Grenzen des anderen** entwickeln und unsere Aufmerksamkeit auf den gegenwärtigen Moment richten und auf die Dynamik von empathischen Gefühlen und emotionaler Resonanz achten.

Bei Linda wollten wir vor allem daran arbeiten, unsere wahren inneren Gefühle, die durchaus hilfreich für andere sein können, von konditioniertem Gewohnheitsverhalten zu unterscheiden. Wir wollten herausfinden, was wirklich unsere tiefsten eigenen Gefühle sind und gleichzeitig alle Möglichkeiten für den anderen offenhalten, so zu sein, wie er oder sie eben ist. Wir wollten uns bewusst bemühen, wirklich **authentisch zu sein** und offen und ehrlich zu werden.

Wow, das war ziemlich viel für die erste Viertelstunde und ehrlich gesagt habe ich in diesem Moment gar nicht so wirklich verstanden, was das alles sollte. Die Erkenntnisse kamen mir dann auch erst im Lauf der Jahre durch die vielen Seminare, die ich besucht und selbst gegeben habe. Das war übrigens eine weitere Erkenntnis, dass ich durch das Unterrichten sehr viel mehr gelernt und verinnerlicht habe als durch den doch eher passiven und theoretischen Lernprozess als Seminarteilnehmerin.

Wie genial diese Anregungen sind und dass sie die Basis jeglichen vertrauensvollen Umgangs miteinander sind, habe ich damals im Seminar noch gar nicht verstanden. Und je länger ich mich so intensiv mit Pferden befasse, umso mehr verstehe ich, dass diese Erkenntnisse nicht nur für die im Amerikanischen „interspecies relationships" genannten Prozesse wie beispielsweise zwischen Reiter und Pferd gelten, sondern ganz genauso auch im zwischenmenschlichen Bereich.

Aber zurück zu unserem Seminar. In Amerika ist auch die **Wichtigkeit der Pausen** viel mehr als bei uns bekannt, und so hatten wir nach diesem anstrengenden Einführungskapitel glücklicherweise wieder eine Kaffeepause mit meinen Lieblingschocolates von Ghirardelli, die ich damals kiloweise verspeisen konnte, und der Möglichkeit, mich mit den drei anderen Mädels auszutauschen. Wir hatten von Anfang an ein sehr gutes Verhältnis und halfen uns auch gegenseitig, wenn die Dinge für eine oder alle von uns schwierig waren. Bislang lief also alles bestens.

Trotzdem hatten wir eigentlich alle erwartet, den ganzen Tag mit Lindas Pferden zu arbeiten und wir waren erstaunt, dass bisher noch nicht einmal das Wort „Pferd" gefallen war. Immerhin dachten wir, wir hätten einen Pferde-Workshop gebucht. Da wir ja alle schon einige von Lindas Büchern gelesen hatten und uns zumindest die Namen verschiedener Pferde geläufig waren, konnten wir es kaum erwarten, die Hauptdarsteller endlich selbst kennenzulernen.

Und dann war es endlich so weit, und wir durften mit Linda hinaus zu den Corrals gehen und die berühmten Pferde mit eigenen Augen sehen und kennenlernen.

Meet the Herd

Da waren El Dia, ein altes Ranchhorse, den ich anfangs mit Noche, einem seiner Vorgänger verwechselt habe, den Linda so oft in ihren Büchern beschreibt. Total schön war es, die schwarzen Pferde in Natura zu sehen. Da gab es Comet, eine von Merlins „Verlobten", eine Araberstute und die Mutter von Orion.

Und dann die absolute Hauptperson nicht nur für dieses Seminar, Rasa, über die ich schon so viel gelesen hatte und die mich daher am meisten interessierte und ihre Söhne Spirit und Indigo Moon, zwei Vollbrüder, die beide Merlin zum Vater hatten. Merlin, der sensible Araberhengst, über den Linda so viel geschrieben hat, lebte zur Zeit unseres Workshops nicht mehr.

Spirit hatte auch schon wieder eine eigene Familie gegründet mit Panther, einer schwarzen Mustangstute. Ihre Tochter, Artemis, durften wir zwar auch kennenlernen, allerdings war sie noch zu jung, um mit uns am Workshop teilnehmen zu können.

Und da waren auch noch die Spice Girls: Brandy, eine Isabellstute oder Buckskin, wie das im Amerikanischen heißt, Layla, eine Paint Stute, also ein Schecke und Savannah, der Dritten im Bunde.

Dann gab es noch Shadowfax, ein Leopard Appaloosa mit sehr „barocker" Figur und sehr blassen und wenigen hellbraunen Punkten und sein Sohn Sage, ein hübscher, runder Red Appaloosa mit kräftigerer Farbe.

Es ist super, wenn man für eine Ausbildung die Möglichkeit hat, mit so vielen verschiedenen Pferden zu arbeiten und sein Repertoire im Umgang mit den unterschiedlichsten Charakteren zu erweitern.

Das war ja auch schon im Reitinstitut in Karlsruhe ein großer Vorteil gewesen. Herr von Neindorff hatte damals über achtzig Pferde, heute undenkbar, aber für uns Schüler war das ein ganz großes Plus. Er hatte vorwiegend deutsche Warmblüter und Barockpferderassen wie Spanier, Lusitanos, Lipizzaner und Kladruber, die für mich damals auch alle total neu waren, da ich davor fast nur deutsche Warmblüter, Trakehner und meine beiden skandinavischen Pferde geritten hatte. Hier bei Linda dagegen lernte ich viel über die amerikanischen Pferderassen wie Quarterhorses und Appaloosas und durch Lindas Araberzucht natürlich auch so einiges über arabische Pferde.

Was auch zum ersten Mal in meinem Leben anders war, war, dass die Pferde die sogenannten facilitators waren, was gar nicht so leicht zu übersetzen ist. Im Wörterbuch steht da Moderator, aber das trifft es natürlich nicht wirklich. Die Pferde sollen einem den Zugang zu unserem Lernstoff – um es einmal neutral auszudrücken – erleichtern. Sie treten daher als Helfer und Vermittler auf, nicht, wie ich das bisher kannte, als Trage- und Zugmaschine oder Sportgerät.

Während die Pferde in der Landwirtschaft und im Sport sozusagen die passive Rolle eines Instruments haben, werden sie beim pferdegestützten Erfahrungslernen zum Lehrer und Unterstützer und wandern von der Opferrolle in die Täterrolle, wobei das Wort Täter jetzt nicht negativ gemeint ist, sondern den aktiven und kreativen Teil beschreiben soll. Sie wachsen damit weit über das gleichberechtigte Reiter-/Pferd-Verhältnis hinaus, das ich damals bereits zu praktizieren glaubte und auf das ich auch stolz war. Das hier war noch einmal ein großer Schritt nach vorne und ging weit darüber hinaus und, je mehr Erfahrungen wir mit diesen Fähigkeiten der Pferde machen, umso demütiger und respektvoller werden wir ihnen gegenüber und umso mehr können wir ihnen vertrauen und mit ihnen in den Dialog treten.

Die wenigsten Pferde haben einen Kontrollzwang oder versuchen, ihr Gegenüber einzuschüchtern, zu bedrohen oder sogar anzugreifen. Obwohl es natürlich im Ausnahmefall auch den Typ gibt. Das sind dann aber meistens Tiere, die schlechte Erfahrungen gemacht haben und sich aus Angst vor Kontakten mit Menschen scheuen. Sie laufen dann Gefahr, sich den Standpunkt „Ich bin ok, du bist nicht ok" anzugewöhnen.

Das Opfer wird dann oft in eine andere, in vielen Fällen unbewusste Rolle gedrängt und bekommt das Gefühl: „Ich bin nicht ok, du bist ok." Damit verstärken beide Seiten natürlich ihre Position.

Das Ziel, das wir im Umgang mit anderen haben, ist eine Begegnung auf Augenhöhe mit der Erkenntnis „Ich bin ok, du bist ok". Wenn wir das schaffen, fühlen sich beide Partner wohl und wir können voneinander lernen und wachsen.

Für mich waren das ganz neue Erkenntnisse, obwohl ich diese Entwicklungsschritte im Nachhinein betrachtet eigentlich bereits durchlaufen hatte und, wenn es gut lief, oft sogar anwendete. Wirklich bewusst wurden sie mir durch die Begegnung mit Linda.

Als Jugendliche waren die Pferde meine besten Freunde und Spielkameraden, eigentlich hatte ich bereits das Ziel erreicht, dem ich später viele Jahre lang hinterhergeeilt bin. Damals stellte ich keine Anforderungen an die Pferde und alles war gut.

Je ehrgeiziger und vermeintlich besser und routinierter ich wurde, umso mehr stiegen die Momente, in denen ich zum Täter wurde, wenn die Pferde nicht so funktionierten, wie ich mir das vorstellte. Die Täterrolle funktionierte bei den meisten Pferden gut. Sie gaben klein bei und ich erreichte mein Ziel. Warum also sollte ich diese Methode hinterfragen?

Irgendwann traf ich aber auf ein Pferd, das mit dieser Rollenverteilung nicht einverstanden war. Ich erinnere an mein Pferd Ostwind, den neunjährigen Trakehner der mich wirklich das Fürchten gelehrt hatte. Es war schon eine Mutprobe, seine Box zu betreten, geschweige denn, ihn zu reiten. Er hat mir beigebracht, nie mehr so unbedarft und vertrauensselig an fremde Pferde heranzugehen. Bei ihm war ich zum Opfer geworden und in den folgenden Jahren strebte ich definitiv immer mehr eine Beziehung auf Augenhöhe an.

Hier, bei Linda, so fühlte ich, hatte ich die Möglichkeit, diesem Ziel noch einmal entscheidend näher zu kommen. Vielleicht war genau das, das entscheidende Puzzlestück, was mir in meiner Ausbildung noch fehlte. Psychologen und Psychotherapeuten hatten für mich immer eine eher abschreckende Wirkung gehabt. Ich sah da Heilsgestalten und Retter vor meinem inneren Auge, die sagten „Ich bin ok, du bist es nicht". Leute, die einen durch ihre bohrenden Fragen unglücklich machten und einen dann allein im Regen stehen und in der eigenen Dramasuppe schwimmen ließen.

Was ich auf jeden Fall bei Linda lernte, war der Vorteil der kleinen Schritte wie schon bei Monty Roberts. Das Revolutionäre und absolut Neue war, zu verstehen, dass ich aufhören musste, ständig Werturteile über die Pferde, andere Menschen oder äußere Umstände abzugeben und das, was ich nicht verstand einfach einmal stehen zu lassen, locker und offen zu bleiben und dem Prozess zu vertrauen.

Geduld ist für mich immer ein besonders schwieriges Kapitel. Ich bin sehr schnell in allem und neige dazu, immer zwei bis drei Schritte gleichzeitig machen zu wollen. Das amerikanische Tempo – wenn das Wort „Tempo" in diesem Zusammenhang überhaupt zutreffend ist – machte mich schlechthin wahnsinnig.

Besonders irritierend empfand ich daher auch ein weiteres wichtiges Basiselement von Lindas Ausbildungsprogramm, den Body Scan.

Der Bodyscan

Den Bodyscan hatte ich ja bereits durch Ulrike Dietmann kennengelernt und ich wusste, dass wir dabei unseren eigenen Körper scannen indem wir uns vom Scheitel bis zur Sohle auf jeden noch so kleinen Abschnitt unseres Körpers konzentrieren, einfühlen und wahrnehmen, was es da wahrzunehmen gibt – oder auch nicht. Nach für mich zunächst endlosem Scannen betrachten wir, die körperliche Empfindung, die am prägnantesten war oder die uns am meisten interessiert.

Dann fragen wir unseren Körper, was er uns damit sagen will, und hoffen auf irgendein Gefühl, eine Botschaft in Form eines Bildes, einer Melodie oder was auch immer.

Dieses ganz feine Signal unseres Körpers, das etwas uns ganz sinnlos Erscheinendes sein kann wie z.B. „ich habe ein rotes Dreieck gesehen" oder „ich habe einen Ton gehört" oder was auch immer, befragen wir dann erneut. Was will uns denn der Körper mit dem Roten Dreieck sagen?

Ich kam mir vor wie eine Idiotin, weil das alles für mich gar keinen Sinn machte. Aber nach und nach konnte ich mich mehr für diesen Ansatz öffnen und feiner auf ganz minimale Zeichen achten und, da Linda nicht lockerließ und so lange weiter nachfragte, bis ich dann eine Antwort gab, die mich selbst am meisten erstaunte, verstand ich zumindest, dass auch dieses Instrument des Bodyscans, wie eine neue Fremdsprache oder jede andere neue Aktivität geübt und verinnerlicht werden muss, bevor man sich ein Urteil darüber erlauben konnte. Letzten Endes ging es darum, an tiefere Schichten seiner selbst zu kommen und die eigene Intuition zu fördern.

Wenn wir die Botschaft unseres Körpers empfangen und verstanden haben, sollte sich, so erklärte uns Linda, die körperliche Empfindung, die wir zuvor hatten, wie beispielsweise Kopfschmerzen, Herzklopfen, Schweißausbruch, eine juckende Stelle am Körper oder was auch immer verändern oder auflösen.

Der Bodyscan kann in allen kommunikativen Situationen nicht nur mit Pferden genutzt werden, um Zugang zu unserem nonverbalen Bereich zu haben und authentisch kommunizieren zu können. Der Körper soll dabei als Empfänger, Regler und Verstärker von Informationen aus unserer Umwelt dienen und, da er ein direktes, intuitives Messgerät ist, Vorurteile und angelernte Verhaltensweisen weitestgehend ausschließen.

Ich fand das alles höchst interessant, konnte mir aber beim besten Willen nicht vorstellen, wie so ein Messgerät im Umgang mit Pferden einsetzbar sein sollte, sind Pferde uns doch, was die Geschwindigkeit angeht, um Lichtjahre überlegen. Wenn ich mir vorstellte, ich sollte bei jeder Entscheidung, die ich für und mit meinem Pferd traf, einen Bodyscan machen, fand ich dieses Instrument einfach total unbrauchbar.

Glücklicherweise war ich durch meine Seminararbeit als Eponaquest-Instruktorin in den folgenden Jahren gezwungen, den Bodyscan zu unterrichten und dadurch auch anzuwenden. Ehrlich gesagt, hätte ich sonst ganz sicher auf dieses wertvolle Instrument verzichtet.

Ich muss sagen, der Bodyscan, den ich inzwischen für mich mache, hat absolut an Geschwindigkeit zugenommen. Ich kann heute einfach durch eine Sekunde bewusster Konzentration auf meinen Körper eine bessere Einschätzung auf eine Situation bekommen und mir Lösungsmöglichkeiten bewusst machen. Meine Intuition hat sich enorm entwickelt, und ich bin geduldig genug gewesen, mir selbst die Zeit zu lassen, schneller im Umsetzen dieses Instruments zu werden, um es heute rein intuitiv zu nutzen.

Das heißt ich stelle mich im Alltag überhaupt nicht mehr hin und beschließe, jetzt einen Bodyscan zu machen. Es ist mittlerweile genau umgekehrt. Mein Körper reagiert sowieso immer auf alles, was ich erlebe. Der Unterschied ist, dass ich mir das heute klarmache und die Reaktionen bemerke. Früher war mir das weitestgehend unbewusst, während ich heute die Aussage „dein Körper kommuniziert mit dir" annehmen und als große Bereicherung sehen kann.

Energetische Felder und Grenzen

Wenn wir noch nicht so viel Erfahrung mit Pferden haben, denken wir, wir müssten unsere Pferde richtig festhalten, an einem möglichst kurzen Strick. Das setzt sich natürlich auch beim Reiten fort, speziell, wenn wir ein aktives Pferd haben, das schneller läuft, als wir uns das wünschen. Es gibt kaum einen Reiter, der da nicht in den Zügeln hängt.

Ich habe die Westernreiter immer sehr bewundert, weil sie ihre Pferde ganz anders trainieren. Sie haben erkannt, dass Pferde, solange sie nicht durch den Menschen gestört werden, oft stundenlang ohne einen Huf zu bewegen stillstehen und dösen. Das ist das Normalste und Erholsamste auf der Welt, und jedes Pferd beherrscht das. Dann kommt der Störfaktor Mensch und alles ist anders. Die Pferde tippeln auf der Stelle herum, zerren am Strick und drängeln.

Bei den Amerikanern – und ich nehme mal an, dass das durch die Arbeit der Cowboys kam – ist das Stillstehen der Pferde Basisarbeit. Es wird einfach so lange geübt, bis das im Schlaf funktioniert. Besonders beeindruckt hat mich damals das „Ground Tying". Das heißt, dass die Pferde gar nicht angebunden werden. Die Cowboys brachten ihren Pferden bei, auch wenn sie nicht angebunden waren, stehen zu bleiben. Das war wichtig, weil sie ja bei der Rinderarbeit im freien Gelände gar keine Möglichkeit zum Anbinden hatten. Da die Zügel der Westernreiter nicht wie die englischen Zügel mit einer Schnalle geschlossen sind, sondern einfach aus zwei langen, nicht miteinander verbundenen Lederriemen bestehen, brachten die Cowboys ihren Pferden bei, dass auf den Boden hängende Zügel stillstehen bedeutet.

Bei uns wurde auf das Stillstehen offensichtlich nie so großen Wert gelegt, und wir schlossen daraus, dass Pferde fest angebunden und mit starker Hand geführt werden müssen. Wenn man sich einmal überlegt, wieviel uns die Pferde an körperlicher Kraft überlegen sind mit ihren durchschnittlich sechshundert Kilo Eigengewicht, müsste schnell klar sein, dass wir Pferde nicht mit körperlicher Kraft reiten oder halten können und auch ein Anbindestrick im Grunde genommen keine Sicherheit bietet.

Es geht also darum, Pferden keine Angst zu machen, sie nicht zu erschrecken und uns ihnen als sympathische und vertrauenswürdige Partner zu präsentieren. Wenn das Zusammensein mit uns schön und interessant ist, werden wir schnell ein kooperatives Pferd haben, einen richtigen Partner, der gerne unsere Vorschläge ausprobiert, weil er sich in unserer Nähe wohlfühlt.

Eine Grundvoraussetzung dafür ist, den persönlichen Raum des Pferdes zu respektieren. Da Pferde sehr unterschiedliche **energetische Grenzen** haben, geht das am besten durch beobachten und ausprobieren. Im Allgemeinen sind unsere Hauspferde total an die Nähe des Menschen gewöhnt, ganz im Gegensatz zu den Wildpferden oder ganz allgemein, den wild lebenden Pferden, denen man sich manchmal nicht einmal auf einige hundert Meter nähern kann.

Man kann, so wurde uns gesagt, was den persönlichen Raum der Pferde betrifft, drei verschiedene Linien der Wahrnehmung unterscheiden:

* Die **Wahrnehmungs- oder Umgebungslinie**, an der das Pferd **merkt**, da ist jemand oder etwas.
  Das Pferd schaut und beobachtet. Wenn das Objekt als nicht gefährlich eingeschätzt wird, senkt es vermutlich den Kopf und grast weiter.

* Wenn ich mich dem Pferd nun nähere, passiert zunächst nichts, weil es eine **neutrale Zone**, die keine Reflexe beim Pferd auslöst, zwischen den drei Linien gibt. Diese Linien und Zonen sind von Pferd zu Pferd verschieden und man kann sie nur durch genaues Beobachten herausfinden.

* Immer dann, wenn das Pferd reagiert, beispielsweise, wenn es den Kopf hebt oder auch nur ein Ohr in unsere Richtung dreht, haben wir die Wahrnehmungslinie erreicht. Sie wird Verbindungslinie oder **Entscheidungslinie** genannt. D.h. das Pferd denkt über Flucht oder Annäherung nach.

✳ Nach einer weiteren neutralen Zone kommt die Linie des **persönlichen Raums**, den das Pferd braucht, um sich **wohl** und bei sich selbst zu fühlen.

Wenn es sich hier bedroht fühlt und nicht flüchten kann, ist die Gefahr eines Angriffs seitens des Pferdes gegeben. Es kann aber auch bei sensiblen Tieren der Raum, den der Geist braucht um im Körper präsent zu bleiben, sein. Das bedeutet, wenn die äußere Bedrohung zu massiv wird, können Pferde, wie auch Menschen, erstarren oder sogar mit dem Bewusstsein ihren Körper verlassen.

Im Amerikanischen sagt man, was das Pferd betrifft „the horse is freezing". Beim Menschen spricht man von „out of body experiences".

Das ist dann beispielsweise der Moment, in dem Monty Roberts zum Erstaunen der Zuschauer ein völlig rohes Pferd satteln kann. Es bleibt stehen und läuft nicht weg, weil der Feind zu nah ist und es instinktiv weiß, dass es sich, wenn es von einer Katze oder einem Wolf angegriffen wird und deren Krallen bereits im Fell hat, durch Weglaufen verletzten würde.

Wenn wir mit Pferden arbeiten, ist daher die Entscheidungszone die Zone, in der wir sehr fein auf äußere Kommunikation wie Wegdrehen, Ohren anlegen, Rückwärtsweichen und so weiter achten müssen, wenn wir in Kommunikation treten wollen.

Diese körperlichen Reaktionen sind nämlich die nonverbale Sprache der Pferde, mit der sie mit uns kommunizieren und uns mitteilen, ob es ok ist, dass wir uns nähern oder ob es ihnen nicht angenehm ist oder sogar eine Bedrohung darstellt. Übersehen wir diese Signale, unterbrechen wir dadurch die Kommunikation, und das Pferd wird vor uns fliehen.

Wenn uns das Pferd näherkommen lässt, müssen wir sein Verhalten ganz genau beobachten und uns sehr vorsichtig nähern. Linda nannte das „rock back and sigh". Das heißt, wir sollten Wiegeschritte nach vorne und, falls der Druck zu hoch wird, wieder zurück machen und dabei hörbar ausatmen. Das Pferd beruhigt sich dadurch. Es merkt, dass wir seine Kommunikation verstehen. Würde man einfach ungerührt weiterlaufen und die Signale ignorieren, würde der Druck zu hoch und das Pferd würde weglaufen. Dasselbe passiert, wenn wir die Luft anhalten. Uns ist das, wenn wir ängstlich oder aufgeregt sind, meistens unbewusst, aber ein Pferd empfindet jemanden, der die Luft anhält, als Stressfaktor.

Prinzipiell gilt immer die **Regel**:

* Wir bleiben stehen, wenn sich das Pferd bewegt.
* Wir bewegen uns nur, wenn das Pferd steht.

Authentisches Selbst versus Falsches Selbst

In Lindas Ausbildungskonzept geht es sehr viel um Authentizität und das war wieder ein ganz erstaunliches Kapitel für mich, das ich bei einem Workshop über Horse Dancing nicht erwartet hätte.

Eigentlich ist das ja auch keine erstaunliche neue Sache, da wir von unserem Gegenüber immer Ehrlichkeit erwarten. Sonst bräuchten wir gar nicht zu kommunizieren. Authentizität geht aber hier viel tiefer. Pferde sind nicht nur viel schneller und stärker als wir, sondern auch viel aufmerksamer und sensibler. Die Eigenschaften, die einen erfolgreichen Marketing-Manager ausmachen, die ich mir bei meinem BWL-Studium angeeignet hatte, und die soziale Kompetenz, die sich vor allem in Redegewandtheit äußerte, reichen für Pferde einfach nicht. Pferde lassen sich nämlich nicht anschmieren.

Vieles, was wir Menschen ganz unbewusst tun, sind **Automatismen**, die wir durch unsere Erziehung, das Zeitalter, in dem wir leben, unsere Bildung und Religion und unser soziales Umfeld verinnerlicht haben. Wir können diese Verhaltens- und Denkweisen gar nicht ändern, weil sie uns nicht bewusst sind und wir sie nicht als anerzogen empfinden.

Linda ist es daher sehr wichtig, uns bewusst zu machen, was oder wer wir wirklich selbst sind und was uns von außen übergestülpt wurde, und mit unserem authentischen Selbst und unserer Person eigentlich gar nichts zu tun hat.

Sie unterscheidet deshalb zwischen authentischem Selbst und falschem oder konditioniertem.

Um mehr darüber herauszufinden, gibt es bestimmte Erkennungsmerkmale wie zum Beispiel die soziale **Konditionierung** durch unser persönliches Umfeld, das ganz stark von Gewohnheiten und Sitten, der Nationalität und der familiären Situation geprägt ist.

Ein weiteres Zeichen sind Urteile und Vermutungen, da sie uns abhalten, offen zu sein und unsere eigenen Erfahrungen zu machen.

Alles persönlich zu nehmen nach dem Motto „es ist alles mein Fehler" oder „du hast mir das angetan" ist ein weiterer Hinweis auf das falsche Selbst.

Auch das uns allen bekannte Suchen nach Bestätigung im Außen ist etwas, was uns von uns selbst entfernen kann.

Dazu gibt es bestimmte „Key Words", also **Schlüsselworte**, die auf ein falsches Selbst hinweisen. Das sind Worte wie „immer", „nie", „was, wenn", „du musst", „ich kann nicht", „sollte", „ich weiß" und noch einige mehr.

Besonders auffällig sind die **mentalen Schleifen**, wenn Menschen sich um sich selbst drehen und immer wieder die gleichen Geschichten erzählen, ohne zu einer Lösung zu kommen. Es gibt keine Entwicklung und das Ganze ist eigentlich nur Zeitverschwendung und hat absolut keinen Sinn. Im Gegenteil. Es führt zur inneren Versklavung.

Dazu gegenläufig gibt es das Sicherheitsbedürfnis etablierter Gewohnheiten. Mit anderen Worten „**die Komfortzone**". Das bedeutet, dass man nicht mehr fähig oder gewillt ist, etwas Neues zu lernen.

Interessant fand ich auch, dass das falsche Selbst eine geheime Identität haben kann, eine sogenannte „**endgültige Besonderheit**". Man verdreht die Würdigung des authentischen Selbst in eine selbst aufgebaute Einzigartigkeit der eigenen Person, die es einem unmöglich macht, befriedigende Beziehungen zu führen. Solche Menschen umgeben sich dann oft bewusst mit Partnern und Freunden, die ihnen in jeder Hinsicht unterlegen sind. So können sie sich als „mehr besonders" als irgendwer sonst fühlen.

Umgekehrt gibt es aber auch die **ewigen Opfer**, die einen Bösewicht brauchen wie den Chef, den Partner, die Regierung. Diese Menschen geben die Verantwortung für befriedigende Beziehungen ab, denn ein anderer ist für die Negativität verantwortlich, die das falsche Selbst mit Energie versorgt.

Dagegen erkennt **das authentische Selbst** alles als **neutrale Information** und wertet nicht. Dazu gehören äußere Einflüsse wie „es sieht nach Regen aus", „ich habe Kopfweh", „sie hat mich nicht zurückgerufen", „ich bin traurig".

Es haftet auch nicht an Gewohnheiten und ist bekannt, Neues zu probieren und Risiken einzugehen. „Mein Job macht mir keinen Spaß mehr", „Meine

Partnerschaft macht mich krank", „diese Situation ist total unbefriedigend" und so weiter.

Es kann visualisieren und sich Neues vorstellen wie „Ich frage mich, wie es wäre, wenn ich in einem anderen Land leben würde".

Es ist in diesem Augenblick und hängt nicht in Endlosschleifen von Vergangenem fest oder quält sich mit Zukunftsängsten.

Es vertraut der inneren Stimme und der eigenen Intuition.

Es ist offen für den kreativen Prozess, weil es verstanden hat, dass das Leben keinen Stillstand kennt, sondern sich ständig wandelt und weiterentwickelt und Stillstand Rückschritt bedeutet.

Die neuen Erkenntnisse über die Wichtigkeit, authentisch miteinander umzugehen sind mehr und mehr zu meiner Lebensdevise geworden, und ich habe gemerkt, dass mein Leben einfacher und geradliniger geworden ist durch mein Bemühen ehrlich mit meinem Umfeld umzugehen.

Eine ganz neue Herausforderung war und ist – vermutlich, solange ich lebe – das nächste Kapitel, das Linda uns präsentierte, nämlich der Umgang mit Gefühlen.

Emotional Message Chart

Wir haben bereits gelernt, dass das authentische Selbst, das wir immer mehr stärken wollen, alles, was wir erleben, als neutrale Information betrachtet. Das ist besonders schwierig, wenn es sich um Gefühle handelt.

Der Mensch besteht aus Verstand und Emotion, und wir sind der Auffassung, dass das ein Widerspruch ist und dass es rationale Menschen gibt und emotionale.

Nun ist aber das Gegenteil von rational nicht emotional, sondern irrational und das von emotional nicht rational, sondern emotionslos. Das heißt Verstand und Gefühl existieren nebeneinander und schließen sich nicht aus.

Linda hat sich nun damit beschäftigt, das von Karla McLaren entwickelte Konzept der Gefühlsbotschaften weiterzuentwickeln. Sie zeigt uns, wie wir unsere Gefühle bewusst wahrnehmen, die Emotion genau betrachten und identifizieren und dann die Botschaft, die dahinter steckt herausfinden lernen.

In diesem Zusammenhang werden Gefühle als das verbindende Element von Körper, Verstand und Seele gesehen. Wissenschaftlich wurden Moleküle, die emotionale Informationen transportieren in Hirn, Herz und Darm gefunden. Das würde erklären, warum Menschen Kopfentscheidungen treffen oder ihrem Herzen folgen oder ein Bauchgefühl haben können.

Im Gegensatz zum Menschen werten Pferde Emotionen nicht. Der Mensch versucht oft, Gefühle zu unterdrücken. Nur zu gut kenne ich Reiter, die beginnen beim Satteln zu pfeifen und dem Pferd und sich selbst vorzugaukeln, keine Angst zu haben. Das Dumme ist nur, dass das Unterdrücken von Gefühlen genau das Gegenteil bewirkt: die Emotion verstärkt sich.

Pferde als perfekte Leser von Energien, merken das sofort. Besser wäre es, zuzugeben, dass man Angst hat und die Schritte, mit denen man sich dem Pferd nähert, kleiner zu machen. Damit meine ich, dass man sich mehr Zeit lassen sollte und die Anforderungen auf das Maß reduzieren sollte bei dem man sich noch einigermaßen wohlfühlt. Wenn ich beispielsweise Angst vor dem Galopp habe, sollte ich zunächst einmal nur Schritt und Trab üben.

Wenn ich Angst vor dem Reiten habe, reicht vielleicht zunächst das Putzen des Pferdes oder das Führen.

Pferde kennen vier Etappen im Umgang mit Emotionen:

1. Das Fühlen der Emotion in ihrer reinsten Form

2. Die Botschaft hinter der Emotion suchen

3. Auf Grund der Botschaft etwas verändern

4. Sich entspannen und wieder weitergrasen oder „back to grazing" wie Linda sich auszudrücken pflegte.

Das klingt jetzt alles sehr theoretisch, aber im Falle des Pferdes könnte der Ablauf so sein:

✳ Das Pferd hört ein Geräusch und sieht etwas Großes, Undefinierbares auf sich zu rennen. Es empfindet ein Gefühl von Angst, weil es sich körperlich bedroht fühlt
  Schritt 1 Erschrecken führt zu Angstgefühl
  Schritt 2 Die Botschaft heißt „es droht Gefahr"
  Schritt 3 Ich laufe weg

✳ Erst, wenn es sich nicht mehr bedroht fühlt, weil der vermeintliche Angreifer nur das Postauto war, weiß es, dass seine Angst unbegründet war, und es kommt zu
  Schritt 4 Das Pferd entspannt sich und grast weiter.

Was nun unser Seminar und den Umgang mit Emotionen angeht, lernten wir eine ganze Skala von Gefühlen sehr detailliert kennen und unterscheiden.
 Im Zusammenhang mit Pferden und Reiten waren natürlich die Gefühle von **Angst, Verletzbarkeit, Ärger, Frustration, Wut** und **Gereiztheit** wichtige

Emotionen, aber wir schauten uns auch **Neid, Eifersucht, Schuld** und **Scham** an, sowie **Traurigkeit, Trauer, Depression** und sogar **Selbstmordneigung.**

Was wir anstrebten, war totale Ehrlichkeit mit uns selbst, keine Angst vor Gefühlen zu haben, emotional beweglich zu werden und den natürlichen Fluss der Gefühle zuzulassen.

Ich empfand die Emotional Message Chart als sehr anstrengend, da sie irgendwie ans Eingemachte geht, aber das war ja genau das, was wir ändern wollten. Wir wollten nicht länger wegschauen und uns selbst belügen und wir wollten vor allem eines: bewusster und offener sein.

Eine andere interessante Entdeckung, die ich in diesem Zusammenhang machte, war, mir die **Ansteckungsfähigkeit von Gefühlen** klarzumachen. Nicht zu Unrecht sagen wir „deine gute Laune ist ansteckend". Was man daraus für den Umgang mit Pferden lernen kann, ist, dass die Arbeit an sich selbst essenziell und unabdingbar ist, wenn man ein guter Pferdetrainer oder Reiter werden will.

Wenn ich mit Angst oder Wut an ein Pferd herangehe, habe ich schon verloren. Meine Aufgabe ist es, als Herdenchefin Gelassenheit, Mut und gute Laune zu verbreiten. Das heißt, es ist meine Verpflichtung, erst bei mir selbst aufzuräumen, bevor ich mich einem anderen Lebewesen nähere und womöglich noch erwarte, dass der andere in meinem Sinne „funktioniert".

Durch die Entdeckung der Spiegelnervenzellen können wir auf einmal verstehen, warum wir uns auf den körperlichen und emotionalen Zustand eines anderen einschwingen können, warum wir die Trauer, Freude, Angst oder Wut eines anderen, speziell eines nahestehenden Menschen fühlen können. Stimmungen, Gefühle und sogar Gedanken können ansteckend sein und sind die Basis der Intuition.

Wer denkt, das sei alles esoterischer Bockmist, hat nicht verstanden, dass wir uns mit unseren Mitmenschen in einem gemeinsamen Bedeutungsraum befinden, der von der anderen Person intuitiv erfasst werden kann. Wenn der andere in Resonanz geht, wird eine Verbindung geschaffen, die uns eine nonverbale Kommunikation ermöglicht, wie wir sie ja ganz besonders im Umgang mit Pferden anstreben.

Wir alle wissen, dass ein Blick manchmal mehr sagt als tausend Worte und genau da sollten wir bei unseren Pferden ansetzen.

Die Tage mit Linda waren anstrengend und für mich zunächst in vielerlei Hinsicht irritierend und unverständlich. Sie haben aber meinen Umgang mit Pferden und Menschen tiefgreifend verändert. Mein Ansatz ist viel leichter und harmonischer geworden. Ich habe aufgehört zu kämpfen und etwas erzwingen zu wollen. Ich habe gelernt, mich selbst immer wieder bewusst wahrzunehmen Und ich habe mehr und mehr Verbindungen gefunden, die ich früher gar nicht gesehen habe.

Das Allerwichtigste war für mich, zu erkennen, dass Menschen und Pferde im Grunde genommen gar nicht so verschieden sind und dass sich vieles, was ich durch die Pferde und die Reiterei gelernt habe, auch auf den Menschen übertragen lässt, wobei der ganz große Unterschied zwischen Mensch und Pferd in meinen Augen der ist, dass der Mensch es einfach nicht schafft, wie das Pferd im Moment zu leben und die Dinge stehen zu lassen und sein zu lassen, was sie sind.

Ich habe interessante Verbindungen zu meinen früheren Studien der Geisteswissenschaften und speziell der Germanistik gesehen. Das Panta rhei Heraklits, demzufolge alles fließt und sich verändert und die Zeit als etwas bereits Vergangenes oder etwas Zukünftiges erscheint, nicht aber als etwas Gegenwärtiges. Die Zeit betrügt den Menschen immer dann, wenn er erkennt, dass, wenn er sich einen Augenblick bewusst betrachtet, dieser bereits vergangen ist. Genauso ist es mit der Zukunft. Sie ist nicht greifbar, ein Rätsel, auf das auch Goethe in seinem Gedicht „Dauer im Wechsel" anspielt:

„Gleich, mit jedem Regengusse
ändert sich dein holdes Tal.
Ach, und in demselben Flusse
Schwimmst du nicht zum zweiten Mal."

Kurz gesagt hatte dieser Workshop total unerwartete Effekte auf meine Sicht der Dinge, da viele dieser mentalen und emotionalen Aspekte, die wir bei Linda ganz detailliert behandelt hatten, im Zusammenhang mit

Pferde- und Reitertraining absolut neu und ungewohnt für mich waren. Sie faszinierten mich so, dass die technische Seite, deretwegen ich ja im Grunde genommen nach USA gereist war, total in den Hintergrund trat, da ich das nun wirklich jahrelang exerziert hatte. Aber, wenn einem die Technik bereits in Fleisch und Blut übergegangen ist, ist die Entwicklung von Intuition und das Achten auf die feinstofflichen Aspekte der Zuckerguss auf der Torte, der einen vom Handwerker zum Künstler werden lässt.

Man darf als Ausbilder nie vergessen, dass der Schüler eben diese Basis gar nicht besitzt. Und auch hier gilt wieder das Prinzip der kleinen Schritte. Ich hatte ja, was Round Pen Techniken betrifft, den entscheidenden Vorteil, dass ich eine komplette Ausbildung bei Monty Roberts hinter mir hatte und daher ganz genau wusste, wo ich im Round Pen stehen musste, um den von mir gewünschten Effekt zu erzielen.

Während es bei Monty mehr auf die grundlegenden Dinge, wie Gangart, Tempo und Verbindung zum Pferd ankam, ging es beim Horse Dancing auch noch um Leichtigkeit und Eleganz.

Das Beglückendste, was ich im Roundpen erlebt habe, war mein Tanz mit Rasa, Lindas schwarzer Araberstute. Rasa war damals schon gesundheitlich beeinträchtigt, aber ich hatte Glück. Sie lief in der Woche, als wir dort waren, sehr gut und Linda vertraute sie mir für meinen „Rasa Dance" – so hieß ja unser Workshop – an.

Was die nonverbale, physische Kommunikation mit Pferden in der Freiheitsdressur betraf, so beherrschte ich das ja aus dem Effeff. Ich wusste ganz genau, wo man stehen muss, um das Pferd vorwärtszutreiben und wo, um es abzubremsen oder die Richtung zu wechseln.

Die Basis war also schon da. Der Unterschied war, dass das Ganze bei Linda nun einen tänzerischen, kreativen Touch hatte.

Wir durften uns ein Musikstück ihres Ehemannes, des Berufsmusikers Steve Roach, aussuchen und ich habe eins aus seinem Album Rasa Dance – the Music of Connection ausgesucht. Ich weiß nicht mehr, welches Stück das war, ich meine, es war die Nummer sechs „Hearts Core", aber die Begegnung mit Rasa war für mich auf jeden Fall magisch.

Obwohl sie ihr eigenes Köpfchen zu haben schien, wie das bei Araberstuten nicht ungewöhnlich ist, verstanden wir zwei uns auf Anhieb. Sie lief wunderschön und reagierte auf kleinste Bewegungen, trabte an, folgte mir auf meine Einladungen, ins Bahninnere zu kommen und die Hand zu wechseln, wechselte das Tempo nur durch meine Atmung. Für mich war es eins der schönsten Erlebnisse, die ich je mit Pferden hatte, weil ich ein paar Momente lang gar nicht mehr den Eindruck hatte, eine Seminarteilnehmerin zu sein, die ein Pferd bewegt, sondern ganz allein auf der Welt war nur mit ihr in einem Flow zweier Lebewesen, die durch den Tanz zu einer Einheit wurden.

Das Erlebnis mit Rasa hat mich dazu angeregt, Horse Dancing als Workshop anzubieten, bietet es doch eine harmonische und leichte Möglichkeit, eine enge Verbindung zu bekommen und ganz viel Freude und Spaß mit dem Pferd zu haben.

Ich bin der Meinung, dass diese Workshops vielen einen Kick in Richtung Leichtigkeit und Begeisterung für das Pferd geben können. Nur das, was wir persönlich erlebt und erfühlt haben, verstehen wir, können uns darum bemühen und in unser Repertoire integrieren. Das heißt auch, dass man dieses Gefühl der absoluten Verbundenheit, die ich beim Horse Dancing mit Rasa empfunden habe, bei jeder Form von Bodenarbeit mit dem Pferd, aber ebenso beim Reiten erreichen kann.

Man kann den Reitern für ihre oft unsensiblen und übergriffigen Hilfen im Grunde genommen gar keinen Vorwurf machen. Sie haben nie etwas anderes kennengelernt, kennen deshalb den Unterschied auch überhaupt nicht und haben höchstwahrscheinlich auch noch nie ein Gefühl der Glückseligkeit in der Verbindung mit ihrem Pferd empfunden.

Die EponaQuest Arbeit, wie Lindas Ausbildungsweg heute heißt, hat mein Leben, nicht nur als Pferdebesitzerin und Ausbilderin total bereichert um neue, nochmals viel sanftere Wege und meinen Umgang mit Pferden und nicht zuletzt auch mit Menschen erheblich vereinfacht, verfeinert und schöner gemacht.

Hindernisse und Schwierigkeiten
sind Stufen,
auf denen wir
in die Höhe steigen.

Friedrich Nietzsche

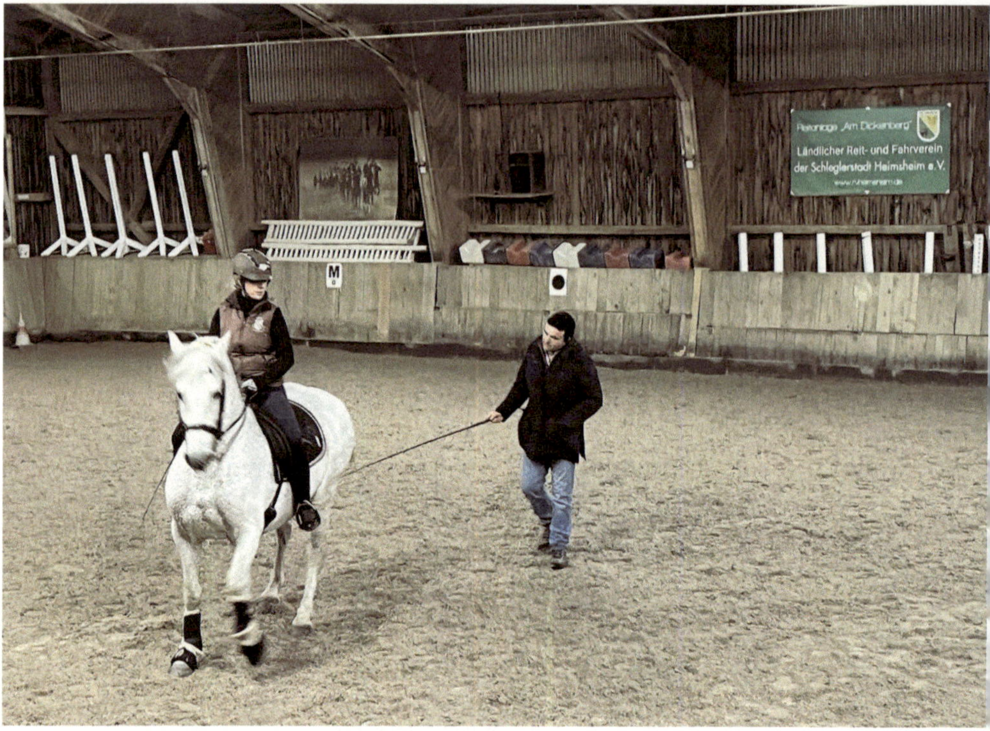

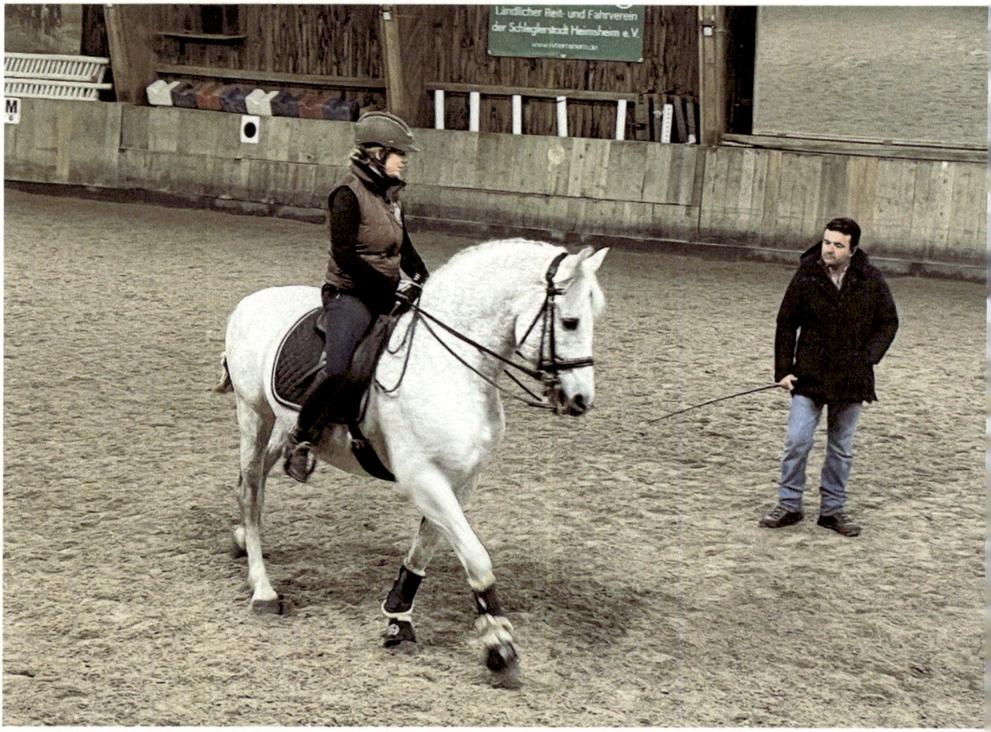

Nuno Avelar und Working Equitation

Noch einmal eine ganz neue Reitweise, die mich schon lange interessiert hatte, lernte ich im persönlichen Training erst sehr spät kennen: die Working Equitation.

Für die meisten ist Westernreiten kein Fremdwort und man hat Bilder von Cowboys, die Rinder treiben oder Sliding Stops und Spins reiten, vor seinem inneren Auge. Dass sich das Westernreiten aber aus den viel älteren europäischen Arbeitsreitweisen, die es in Portugal, Spanien, Italien und Frankreich schon lange davor gab, entwickelt hat, wissen die wenigsten.

Als Arbeitsreitweise wird Working Equitation in Europa heute kaum mehr ausgeübt und sie war auch nur regional von Bedeutung. Um die früheren Arbeitsreitweisen für uns und die Nachwelt zu erhalten wurde deshalb ein internationaler Verband gegründet, der dieses Kulturgut für die Nachwelt erhält. Dazu gibt es Schulungen und Wettbewerbe, bei denen in den höheren Klassen einhändig auf blanker Kandare geritten wird, da die andere Hand bei der Rinderarbeit zum Abwehren der Stiere oder auch zum Öffnen oder Reparieren von Gattern und Zäunen gebraucht wurde.

Auf den heutigen Turnieren bestehen die Prüfungen aus mindestens drei bis vier verschiedenen Aufgaben: dem Dressurreiten, dem Dressurtrail, bei dem es um die Rittigkeit der Pferde geht und dem Speedtrail, bei dem es allein auf die Schnelligkeit ankommt. Der Rinderwettbewerb, bei dem das Treiben von Rindern geprüft wird, muss nicht bei jedem Turnier Teil der Prüfung sein.

Wir hatten nun das Glück, Nuno Avelar, der als Reiter der portugiesischen Nationalmannschaft 2013 Europameister und 2014 in Österreich Weltmeister im Working Equitation wurde, bei uns zu Gast zu haben und uns einen Einblick in seine Art, mit Pferden zu arbeiten, zu geben.

Als dreifacher Portugiesischer-/Europa- und Weltmeister ist er in der Working Equitation europaweit tätig und bekannt für seine unglaubliche Erfahrung, Pferde und Reiter zu lesen und zwischen ihnen vermitteln zu können. Sein Unterrichtsstil ist total ungewöhnlich.

Mit seiner humorvollen Art und seinem Charme erreicht er durch die Fragen, die er in den Trainingseinheiten stellt, anstatt wie Reitschüler das gewohnt sind, Kommandos zu geben und auf Fehler hinzuweisen, dass der Reiter selbst erkennen kann, was nicht optimal läuft.

Ihm sind das Gesamtbild und die Richtung wichtig. Dabei zeigt er immer großen Respekt vor Reiter und Pferd. Er fordert nichts, was beide nicht leisten können.

Über sich selbst sagt er: „Meine Aufgabe ist nicht, Fehlersuche zu machen. Ich verstehe mich als Mentor, der ermutigt und die guten Augenblicke für Reiter und Pferd herausarbeitet."

Sieben Reiterinnen nahmen an der Veranstaltung teil und bekamen im Einzelunterricht Tipps, wie sie sich im Umgang mit ihren Pferden verbessern können. Es war beeindruckend, wie schnell Nuno die unterschiedlichen Pferde las und Anregungen gab, die sofort eine deutliche Veränderung des Pferd-/Reiterpaars zur Folge hatten, und vor allem die Rittigkeit und Harmonie verbesserten. Selbst total unmotivierte Pferde begannen, sich loszulassen, zufrieden zu schnauben und motiviert und „frisch", wie Nuno das nannte, ans Werk zu gehen.

Ich muss zugeben, ich hatte ziemliche Bedenken, ob ich überhaupt eine Reiteinheit mitmachen sollte, da mein Pferd in letzter Zeit totale Probleme machte. Er war nicht nur faul, sondern verweigerte total die Kooperation. Monatelang hatte ich ihn nicht mehr antraben, geschweige denn angaloppieren können und, wenn ich insistierte, begann er wie ein Rodeopferd mit allen vier Beinen kerzengerade in die Luft zu springen.

Amanecer, mein mittlerweile elfjähriger Hispano-Lusitano, den ich 2018 in El Real de la Jara in der Nähe von Sevilla gekauft habe, ist kein einfaches Pferd. Man könnte sagen, er ist ein totales Energiesparpferd oder, noch einfacher formuliert, total faul. Gleichzeitig verfügt er aber auch über ein phosphorisches Temperament und kann, wenn er sich aufregt, von einem

Moment zum anderen zu einem echten Künstler in Schulen über der Erde werden. Leider nicht in Form von klassischen Lektionen wie Levade, Pesade oder Kapriole, sondern – und das scheint ihn mit der Working Equitation zu verbinden – eher wie ein amerikanischer oder kanadischer Mustang.

Er beherrscht nämlich das Talent, richtig hohe Rodeosprünge hinzulegen und, wenn er in Stimmung ist, gibt er sich mit zwei bis dreimal bocken nicht zufrieden, sondern kann das einige Minuten durchhalten. Bisher hat er es noch nicht geschafft, mich abzusetzen, aber für meinen Rücken ist das jedes Mal eine totale Herausforderung und jünger werde ich schließlich auch nicht.

Er ist eigentlich ein sehr liebes und rücksichtsvolles Pferd, aber wenn er erschrickt, wie ab und zu im Gelände, wenn er beispielsweise von einer Bremse gestochen wird oder, wenn ein Reh ganz unvermutet unseren Weg im Galopp kreuzt, aber auch, wenn er sich ärgert, weil ich irgendetwas von ihm abverlange, was er partout nicht einsieht oder, wenn ich schlechte Stimmung verbreite und zu grob mit ihm bin, weil er nicht so reagiert, wie ich das möchte, dann haben wir ein echtes Problem.

Ich muss deshalb Korrekturen sehr einfühlsam dosieren, da er einen zu heftigen Tick mit der Gerte oder einen Sporenstich sehr übelnimmt und sofort zum Rodeopferd mutiert.

Was besonders schade ist, ist dass er absolut keinen Ehrgeiz hat, seine Talente vor Publikum zu zeigen, obwohl er mittlerweile viel gelernt hat und wunderschöne Seitengänge geht, Serienwechsel, Pirouetten und ansatzweise Piaffe und Passage. Das alles zeigt er am allerbesten, wenn wir allein in der Halle oder auf dem Platz sind und keiner zuschaut. Einige wenige Zuschauer sind schon erlaubt, aber für die Show eignet er sich bislang überhaupt nicht. Sobald die Tribüne voll ist, steht er dermaßen unter Strom, dass mir das echt zu gefährlich ist.

Da ich aus Erfahrung weiß, dass viele Ausbilder versucht hätten, das Problem mit „Pack ihn doch endlich mal an", oder „Wozu hast du denn Sporen und Peitsche?" oder „Unmöglich!!! Ein typisches Damenpferd. Zeig ihm endlich, wer hier der Chef ist" zu lösen, und ich ganz genau weiß, dass mein Pferd an der Stelle sehr enttäuscht von mir wäre und komplett austicken kann, war ich mir gar nicht sicher, ob es eine gute Entscheidung war, mich der Working Equitation Stunde auszusetzen. Ich kannte ja Nuno nicht und hatte Angst, dass er meinem Pferd mal zeigen würde, wo es lang geht. Auf gar keinen Fall wollte ich unser vertrauensvolles Miteinander gefährden, weil ich Amanecer so einschätze, dass er komplett dicht machen würde, wenn ich versuchen würde, ihn mit Peitsche und Sporen zu etwas zu zwingen.

Eigentlich wollte ich der Gefahr ausweichen, aufgefordert zu werden, mit meinem Pferd grob und unfair zu werden und daher lieber gar nicht reiten, sondern mich auf Bodenarbeit beschränken. Ich sprach aber kurz vor der Reiteinheit mit Nuno über die Probleme, die ich aktuell mit meinem Pferd hatte, und sagte ihm auch dass ich mir nicht sicher sei, ob er nicht doch ein körperliches Problem hat, das ich gerne mit dem Tierarzt abklären würde. Nuno meinte nur „Hol den Sattel."

Das war genau das, was ich auf gar keinen Fall wollte. Ich hatte noch nicht einmal eine Reithose an und hatte nur eine Touchierpeitsche dabei und ein Pferd mit Trense ohne Sattel.

Einigermaßen unentspannt ging ich den Sattel holen. Wenn ich das gewusst hätte, hätte ich mein Pferd nun schon eine Viertelstunde auf dem Sandplatz oder im Gelände Schritt geritten. In den letzten vier Wochen hatte ich nämlich mindestens so lange gebraucht, bevor ich ihn, wenn überhaupt, zu einem lustlosen Trab überreden konnte. Das machte echt auch mir keinen Spaß.

Abgesehen davon ging er dann auch oft taktunrein, weswegen ich nicht ausschließen konnte, dass ihm etwas wehtat.

Die Stunde mit Nuno begann gleich mit der totalen Herausforderung. Ich saß kaum auf dem Pferd, da sollte ich schon antraben. Ich wusste, was passieren würde und hatte schon ein flaues Gefühl im Magen. Wie erwartet schüttelte Amanecer wütend sein bockiges Lusitano-Köpfchen. Nuno meinte „give him a tic". Ich touchierte ihn leicht mit der Gerte und mein Pferd hob zwei Meter vom Boden ab und begann mit seiner Rodeo Nummer. Nuno rief, ich solle die Hände hochnehmen und seinen Kopf nach oben bringen. Pferde können nur bocken, wenn sie den Kopf tief nehmen. Das schien alles logisch und eigentlich ganz einfach, allerdings hat mein Pferd schon ganz schön viel Kraft, und Hilfen wirklich gezielt einzusetzen ist auf einem derart bockenden Pferd gar nicht so einfach. Schließlich war mein primäres Ziel, erst einmal oben zu bleiben.

Es gelang mir schließlich doch, seinen Kopf hoch zu bekommen und siehe da, das Bocken hörte auf. Das Nächste, was ich tun sollte, war ihn vorwärts zu bekommen. Die ersten zwei Runden in der Halle waren ein echter Kampf, da das ja genau sein Abwehrmechanismus war: bocken und keinen Millimeter vorwärts gehen.

Interessanterweise wehrte er sich aber nur wenige Minuten, schüttelte unwillig sein Köpfchen und siehe da, auf einmal ging ein Ruck durch mein Pferd und er lief wie geschmiert und ohne zu ticken, wie man das leichte Lahmen in der Reitersprache nennt.

Ich wollte mich gerade freuen, da rief Nuno „canter". Ich sollte jetzt, wo er gerade schnaubte und wunderschön und fleißig trabte, angaloppieren. Ich hielt das jetzt für völlig falsch, traute mich aber nicht, Widerworte zu geben und gab stattdessen die Galopphilfe. Amanecer sprang wie eine Rakete nach oben, Nuno brüllte „Kopf hoch, vorwärts". Wir kämpften ein bisschen und boten wieder eine halbe lange Seite die Cowboy-Nummer. Danach schnaubte mein Pferd und begann zu galoppieren.

Amanecer stand an den Hilfen und befolgte alle weiteren Kommandos willig. Er war fleißig und motiviert, sah wunderschön aus und schien genauso glücklich zu sein wie ich.

Es war eine unheimlich anstrengende Stunde für mich gewesen, physisch und psychisch. Wir waren beide klatschnass geschwitzt, aber ich verließ die Halle total begeistert, weil ich niemals gedacht hätte, dass mein Pferd so einfach zu korrigieren war. Nuno hatte mir ein Patentrezept gegeben, wie ich ihn aus seinen Wutanfällen kriegen konnte und er hatte mir nicht nur die Sorge genommen, dass ich vielleicht doch das falsche Pferd gekauft hatte, sondern auch jede Menge Tierarztkosten erspart. Niemals hätte ich gedacht, dass mein Pferd so schlau ist, dass er einfach zu ticken anfängt, wenn er keine Lust hat.

Ich bin immer noch total fasziniert, vor allem, weil ich monatelang mit diesen Problemen gekämpft hatte und im Grunde genommen nur erreicht hatte, dass mein Pferd mich dazu erzog, ihn mit absoluten Samthandschuhen anzufassen. Dann kam Nuno, gab zwei Kommandos und das Problem war behoben. Das Geniale ist, dass die Veränderung im Wesen meines Pferdes bis heute, Monate später, anhält und eins ist sicher: bei den nächsten Kursen sind wir beiden auf jeden Fall wieder mit dabei.

Ich reite nun seit weit über fünfzig Jahren auf täglicher Basis und bilde mir ein, in dieser Zeit einiges an Erfahrung gesammelt und ziemlich viel kennengelernt und gesehen zu haben. Es kommt daher nicht oft vor, dass ich noch an Seminaren und Reitkursen aktiv teilnehme, außer vielleicht, wenn es besonders leckeren Kuchen gibt oder gute Freunde und alte Reiterkameraden da sind.

Aber Nuno Avelar erstaunt mich immer wieder. Ich habe nun schon einige Kurse bei ihm mit meinem nicht ganz einfachen Pferd, Amanecer, mitgemacht und jedes Mal bin ich völlig überwältigt, welch große Verbesserungen ganz kleine Hinweise und Korrekturen bewirken können.

Das größte Problem mit meinem Hispano-Lusitano war ja, dass er, wenn er überfordert war, sich geärgert hat oder sich erschrocken hatte, absolut blockierte und keinen Millimeter mehr vorwärts ging. Wenn man den Druck erhöhte, begann das Bocken.

Nuno zeigte mir bereits in der ersten Reitstunde, wie ich diese unangenehme Angewohnheit verhindern konnte und das in wenigen Minuten. Ich hatte das drei Jahre lang nicht in den Griff bekommen. Ein Pferd, das dermaßen hochspringen und dabei sein Köpfchen und die Kruppe ganz tief herunterdrücken kann, ist ziemlich gefährlich, und die meisten Reiter würden schon bei den ersten paar Sprüngen herunterfallen. Ich bin viele Jahre Springen geritten und auch eine ganze Zeit lang Military, aber trotz meines ziemlich guten Knieschlusses ist das eine üble Angelegenheit und man weiß nie genau, wann einen das Pferd doch einmal absetzt.

Da ich diese Unart schon nach der ersten Reiteinheit bei Nuno im Griff hatte und mein Pferd mittlerweile wirklich super ging, hegte ich keine allzu großen Erwartungen an die folgenden Reitstunden.

Als Erstes verblüffte mich Nuno aber schon wieder und zwar dadurch, dass er Schenkelweichen von uns forderte, eine Lektion, die ich mit meinen

Pferden jahrelang nicht mehr geritten bin, da es sich um die erste Form des Seitwärtstretens handelt, die man mit jungen Pferden und jungen Reitern zum Lösen übt, und bei der das Pferd geradegerichtet ist. Das Pferd wird dadurch für die seitwärtstreibenden Hilfen sensibilisiert, aber, obwohl das Pferd vorwärts-seitwärts tritt, gehört Schenkelweichen nicht zu den Seitengängen.

Ich hatte mich in der letzten Zeit extrem den viel schwierigeren Seitengängen wie Travers und Renvers gewidmet, bei denen die Pferde in Bewegungsrichtung gestellt und gebogen geritten werden. Ganz schnell habe ich aber den Zweck der Übung erkannt: mein Pferd hat ja sein eigenes Köpfchen und man muss schon sehr einfühlsam sein, um sein Interesse zu wecken und seine Kooperationsbereitschaft sicher zu stellen.

Das Schenkelweichen ist eine super Lektion, um die Durchlässigkeit zu erhöhen, war also ein wohlüberlegter Zwischenschritt, um mein Pferd auf die Seitengänge vorzubereiten. – Hätte ich eigentlich wissen müssen, aber den Fehler, zu viel zu schnell zu wollen, habe ich oft genug gemacht. Gut, dass es Nuno gibt! Jedenfalls gelangen die anschließenden Traversalen bestens, ohne, dass er verärgert mit dem Köpfchen schüttelte, sich verwarf oder sonst in irgendeiner Form gegen meine Hilfen protestierte.

Am Beeindruckendsten war aber für mich die Arbeit an der Passage. Mit nur ein paar ganz kleinen Handkorrekturen konnte ich fühlen, wie mein Pferd von hinten nach vorne weich an die Hand herantrat und dadurch viel flüssiger, aktiver und taktreiner wurde.

Das ist im Übrigen eine Erkenntnis, die ich schon ganz früh hatte. Wirklich verstehen kann man eine Lektion erst, wenn man sie auf einem gut gerittenen Pferd durch eigenes Reiten persönlich erlebt und erfühlt hat. Das ist auch der Sinn und Zweck eines Schulpferdes, das seinen Namen wirklich verdient und das dem Reiter beibringt, wie er zu sitzen und die Hilfen zu dosieren hat.

Wenn man also ein ungehorsames, unwilliges Pferd hat, sollte man sich zuallererst einmal überlegen, was der oder die Fehler sein könnten, die man selbst macht. Ein zufriedenes Pferd wird, einmal abgesehen von krankheitsbedingten Problemen, niemals verhaltensauffällig sein.

Und so hatten auch die folgenden Reiteinheiten einfach wieder großen Spaß gemacht, und wir beide haben in dreißig Minuten mehr Fortschritte gemacht, als im ganzen letzten Jahr.

Ich liebe dich nicht nur
für das, was du bist,
sondern auch für das,
was ich bin,
wenn ich bei dir bin.
Ich liebe dich nicht nur
für das, was du aus dir gemacht
hast,
sondern auch für das,
was du aus mir machst.
Ich liebe dich, weil du die Seiten,
zum Vorschein bringst, die in mir
sind.

Roy Croft

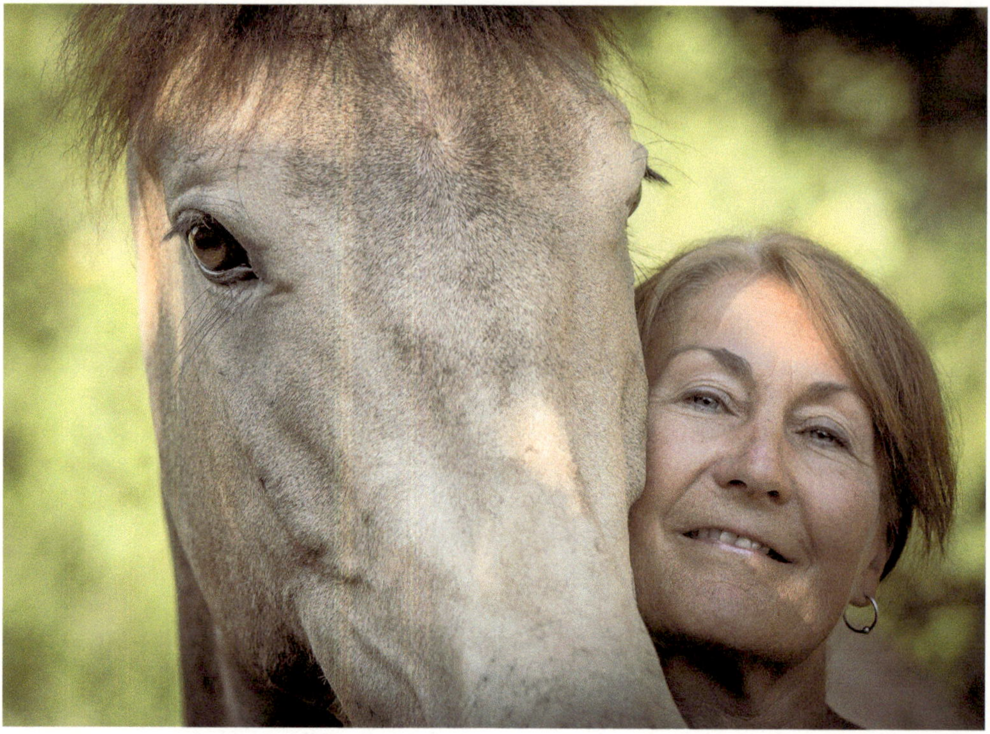

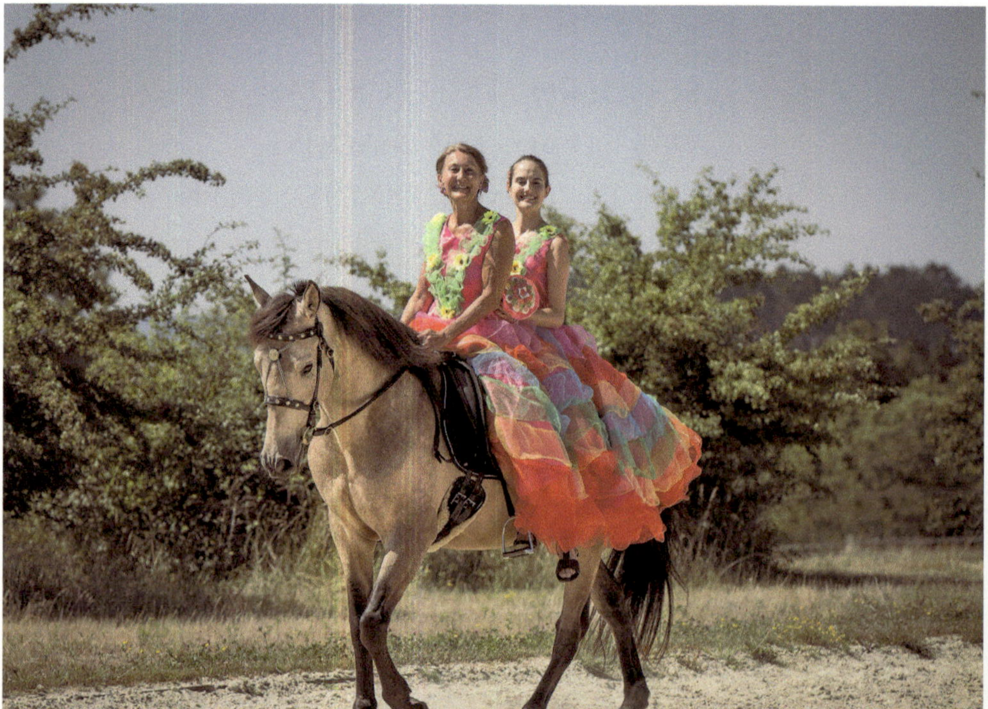

Amanecer

Ich habe viele Pferde gehabt. Alle waren sie unterschiedlich, von allen habe ich viel gelernt und trotzdem war Amanecer eine meiner größten Herausforderungen, weshalb ich denke, er hat ein eigenes Kapitel verdient.

Ich hatte ihn im Internet entdeckt, ein wunderschöner spanischer Falbe – um präzise zu sein, ein in Spanien lebender Hispano-Lusitano – mit schwarzen Beinen und sehr viel Ausdruck. Es gab auch Fotos auf Ferias von ihm und ich dachte, er wäre genau das, was ich mir immer gewünscht hatte, ein super tolles Showpferd.

Ich hatte erst vor Kurzem meinen wunderschönen spanischen PRE Habanero verloren. Er war ein bereits hoch ausgebildeter Hengst, der sich immer stolz und zuverlässig auf öffentlichen Auftritten präsentiert hat und den ich sehr geliebt habe. Ich hatte ihn nur fünf Jahre lang. Mit nur vierzehn Jahren musste er wegen einer Kolik, die die Tierklinik nicht in den Griff bekommen konnte, eingeschläfert werden. Ich war sehr traurig und schwor mir, nie wieder ein neues Pferd haben zu wollen.

Trotzdem fing ich irgendwann wieder an, spanische Pferde im Internet anzuschauen und ich blieb immer an dem schönen Falben mit der schwarzen Mähne hängen. Ich glaube, es hat sechs Wochen gedauert, bis ich mich entschieden habe, ihn Probe reiten zu wollen.

Da ich, wenn ich von etwas überzeugt bin, immer gleich Nägel mit Köpfen mache, rief ich sofort die spanische Nummer an, die im Internet bei den Kontaktinformationen hinterlegt war. Zu meiner großen Freude war die Frau am Telefon eine Deutsche, was die Kommunikation erleichterte, da mein Spanisch nicht besonders gut ist.

Leider teilte sie mir mit, dass das Pferd verkauft sei. Letzte Woche sei eine Dame dagewesen, die ihn schon mehrfach Probe geritten habe und die ihn nun kaufen wollte.

Ich war natürlich enttäuscht, tröstete mich aber damit, dass das sowieso eine Schnapsidee gewesen war mit einem neuen, dazu noch jungen Pferd, und dass ich ja im Grunde genommen eh keinen Nachfolger für Habanero haben wollte und es den auch gar nicht geben würde.

Es war also beschlossene Sache. Kein neues Pferd, und ich untersagte es mir auch, weitere Pferde im Internet anzuschauen.

Knapp zwei Wochen später bekam ich einen Anruf aus Spanien. Vera, die Verkäuferin, sagte mir, die Interessentin für Amanecer sei abgesprungen. Ich war völlig platt und fragte sie, wann ich ihn Probe reiten könne. Sie meinte sie sei die nächsten zwei Tage unterwegs, aber danach, wann immer.

Ich rief sie eine halbe Stunde später zurück und teilte ihr mit, dass ich für in drei Tagen einen Flug nach Sevilla gebucht hatte und fragte sie, ob sie mir ein Zimmer in der Nähe reservieren könne. Ich hatte vor, drei Tage zu bleiben.

Vera holte mich vom Flughafen ab und wir fuhren nach El Real de la Jara, wo Amanecer, was auf Deutsch „die Geburt des Morgens", also so etwas wie „Sonnenaufgang" heißt, stand.

Wir gingen zu seiner Box und mein erster Eindruck war" Sein Kopf ist riesig und er ist klapperdürr und kantig und braucht mindestens mal fünfzig Kilo mehr auf die Rippen. Die Halsmuskulatur ist auch nicht besonders. Also schön ist was Anderes."

Trotzdem war er freundlich und kam gleich her. Außerdem hatte er wunderschöne bernsteinfarbene Augen. Von der Mähne konnte ich nicht viel sehen, denn er war turniermäßig korrekt eingeflochten, was ich etwas befremdlich fand, da es für einen Spanier eher ungewöhnlich ist.

Das Pferd wurde gesattelt, alle vier Beine wurden bandagiert und die Bereiterin brachte ihn auf den Platz. Zuerst ließ sie ihn an der – für meine Begriffe viel zu kurzen Longe – einige Runden in Trab und Galopp drehen. Danach präsentierte sie ihn unter dem Sattel und mein erster Eindruck bestätigte sich: das Pferd war eckig, kantig und schlecht bemuskelt.

Die Bereiterin hatte in meinen Augen auch viel zu kurze Zügel, und ich hatte den Eindruck, dass sie das Pferd nicht mochte und sich irgendwie unwohl auf ihm fühlte. Beim ersten fliegenden Galoppwechsel hob er dann auch noch die Kruppe, und es war mir klar, dass das Pferd bocken konnte.

Um das Ganze abzukürzen, bat ich sie, mich doch das Pferd lieber selbst reiten zu lassen. Ich hatte ja auch genug gesehen. Ich ließ ihm viel längere Zügel und ich hatte den Eindruck, dass er sofort ein paar Klassen besser und entspannter ging.

Wir trabten und galoppierten ein bisschen, Amanecer ging willig, aber ich merkte sofort, dass das ein weiter Weg werden würde, wenn ich ein exzellentes Showpferd haben wollte. Andererseits mochte ich ihn auf Anhieb total und ich habe wirklich keine Ahnung, was ich in ihm gesehen habe. Trotz allem: ich wollte dieses Pferd.

Keine drei Wochen später wurde Amanecer von einer holländischen Spedition im Barockreitzentrum abgeliefert und er schien sich sofort in seiner neuen Umgebung wohlzufühlen. Seine Paddockbox war natürlich im Vergleich zu seiner spanischen riesig und, was er gar nicht kannte, war Koppelgang. Es dauerte einige Tage, bis er begriff, dass man auf der Koppel saftiges Gras fressen und mit den anderen Pferden spielen konnte und nicht nur wie ein Irrer herumrasen musste.

Schnell freundete er sich auch mit meinen beiden anderen Spaniern Chocolate und Impressioso an und lernte, sich mit beiden gegenseitig am Widerrist zu kraulen und Fellpflege zu betreiben.

In der Reithalle ließ ich mir sehr viel Zeit mit ihm und ritt ihn, wie ich es im Reitinstitut gelernt hatte, wie eine Remonte, also ein junges Pferd. Das heißt, er ging fast ausschließlich ganze Bahn und Zirkel und wurde auch nur jeden zweiten Tag geritten. Die anderen Tage longierte ich ihn oder ließ ihn frei laufen. Ich wollte vor allem eines: dass er sich entspannte, sein Köpfchen fallen ließ und etwas Muskulatur aufbauen konnte. Die ersten Monate waren daher mehr Gymnastizierung als Lektionen Reiten.

Probleme gab es erst danach, als ich dachte, er ist so weit, und ich kann mit der Versammlung anfangen, der Voraussetzung für höhere Lektionen. In der Versammlung kommt es immer mehr auf die Hankenbeugung an. Das bedeutet, dass sich der Schwerpunkt des Pferdes nach hinten verlagert. Die Hinterbeine nehmen mehr Gewicht auf, das Pferd wird vorne höher und eleganter und die Voraussetzung für höhere Lektionen ist damit gegeben. Amanecer ist aber ein halbes Wildpferd und hat durchaus sein eigenes

Köpfchen. Wie ich schon erzählt habe, kann er exzellent bocken. Ich bekomme ihn dann nicht mehr nach vorne geritten, sondern er springt mit allen vier Beinen senkrecht in die Luft mit gesenktem Kopf und gesenkter Kruppe. Als Reiter sitzt man dann am höchsten Punkt, wie auf der Abschussrampe und das ist höchst gefährlich, besonders bei einem phosphorischen Typ wie ihm, der dann auch nicht mehr aufhört und ohne mit der Wimper zu zucken fünf bis sechs solcher Bocksprünge hintereinanderweg hinlegen kann.

Fakt war, dass er sich weigerte, in Versammlung zu gehen. Ich verstehe heute, dass das einfach nur anstrengend ist und er darauf absolut keine Lust hatte. Außerdem war es etwas ganz Neues in seinem Freizeitpferdeleben, und auch damit konnte er nicht umgehen. Damals war ich aber ziemlich verzweifelt. Mein Pferd blockierte total. Ich konnte ihn monatelang nicht einmal mehr antraben. Schritt ging zumindest in der Halle immer, aber an Trab oder Galopp war überhaupt nicht zu denken, nicht einmal im Gelände.

Ich habe in meinem Leben viele Pferde gehabt und noch viel mehr ganz unterschiedliche Typen geritten, seien es jetzt Schulpferde gewesen oder meine eigenen oder aber auch später die ganzen Kundenpferde, die ich zur Ausbildung und Korrektur betreut habe.

Einen Fall wie Amanecer habe ich aber noch nie gehabt, und ich wusste einfach irgendwann nicht mehr, was ich mit ihm machen sollte. Amanecer hat mich wirklich an meine Grenzen gebracht, und das Einzige, was ich mir noch vorstellen konnte, war, dass er ein anatomisches Problem haben musste, obwohl die Tierärzte bisher nichts gefunden hatten. Ich sprach auch mit Vera über das Problem und sie bot mir an, ihn gegen ein anderes Pferd umzutauschen und ihn zurückzunehmen. Das kam aber für mich absolut nicht in Frage. Ich habe dieses Pferd vom ersten Moment an geliebt und es wäre völlig undenkbar für mich gewesen, mich von ihm zu trennen.

Nuno Avelar, war der Erste und Einzige, der mir mit Amanecer wirklich weitergeholfen hat. Ich hatte definitiv Angst, ihn bei ihm im Reitkurs zu reiten, weil ich genau weiß, dass man meinem Pferd nicht mit Gewalt kommen kann. Keine Ahnung, was er tun würde, wenn ich ihn zu etwas zwingen würde oder, wenn ich ihn beim Bocken bestrafen wollte, einmal ganz abgesehen von dem Vertrauensverlust, den ich auf gar keinen Fall anstrebte.

Es war wirklich ein Glücksfall, dass Nuno nicht der befürchtete iberische Macho war, der von mir erwartete, klare Ansagen zu machen und ihn zu bestrafen. Er zeigte mir zuerst einmal das Allerwichtigste, nämlich wie ich das Bocken abstellen konnte.

Von da an, ging es aufwärts mit uns beiden. Ich war die ganze Zeit über unsicher gewesen, weil ich nicht wusste, ob er ein anatomisches Problem oder nur einen Dickkopf hat. Ich hatte auch nie wirklich verstanden, was ihn zum Blockieren bringt. War er nur faul und hatte keine Lust, konnte er manche Dinge einfach nicht leisten oder blockierte er, wenn er unsicher war.

Heute weiß ich, dass er ein extrem vorsichtiges Pferd ist und unbekannte Situationen und Risiken eher meidet. Während andere Pferde, wenn es irgendwie bedrohlich wird, durchgehen und flüchten, rammt er alle vier Beine in den Boden und bleibt stehen. Das ist in vielen Fällen gut, beispielsweise, wenn er irgendwo hängen geblieben ist. Anstatt einfach durchzustarten und sich eventuell zu verletzten, wartet er, bis ich ihn befreit habe.

Auch auf den Waldwegen hat es lange gedauert, bis ich verstanden habe, dass ihn irgendetwas beunruhigt, wenn er plötzlich stehen bleibt. Insgesamt hatte ich zwar mit meinen spanischen Pferden schon die Erfahrung gemacht, dass sie den Wald als eher bedrohlich empfinden, ich nehme an, weil sie unsere Art von Wäldern in Südspanien nicht haben, und weil man die Säbelzahntiger und Flugsaurier im Wald eben nicht früh genug sehen kann.

Heute unternehme ich gar nichts mehr dagegen, wenn er stehen bleibt, vertraue ihm und warte einfach mal ab. Oft kommt dann ein Reh oder ein Hase über den Weg geschossen oder ein Fahrradfahrer biegt um die Ecke oder ein Spaziergänger mit Hunden kommt uns entgegen. Sobald er die Situation gecheckt hat, geht es weiter.

Insgesamt bin ich sehr stolz auf mein Pferd und darauf, dass wir in den letzten fünf Jahren eine sehr enge, vertrauensvolle Beziehung aufgebaut haben. Er ist wunderschön geworden und wir haben beide viel voneinander gelernt. Trotzdem überrascht er mich immer wieder. Erst vor ein paar Tagen hatte ich, da es morgens kalt war, eine dünne Übergangsjacke zum Reiten angezogen und, als ich ihn am Putzplatz hatte, biss er plötzlich hinein und zog daran, ohne mich dabei zu verletzen.

Ich war zuerst erstaunt, weil er das noch nie gemacht hatte. Dann habe ich aber gemerkt, dass in der Jacke ein Pferdeleckerli war, dass er sofort entdeckt hatte. Ich habe mir abgewöhnt, meinen Pferden Leckerlis zu füttern, weil ich nicht möchte, dass sie dauernd am Betteln sind oder vielleicht sogar das Schnappen und Beißen lernen, und Amanecer hat daher nie welche von mir gekriegt. Das Leckerli muss also steinalt gewesen sein. Trotzdem wusste er sofort, was das ist und wies mich freundlich darauf hin, dass er es haben wollte.

Ich habe Amanecer von Anfang an geliebt und, obwohl unser Weg eher schwierig war, ist er mein absolutes Nummer 1 Pferd, mein absoluter Schatz und das weiß er auch.

Ich besuche ihn ganz oft auch noch spätabends, wenn die Reitschüler gegangen sind, in seiner Box und erzähle ihm die Ereignisse des Tages, speziell, wenn mich etwas belastet, aber auch, wenn ich etwas sehr Schönes erlebt habe.

Er hört immer genau zu, wartet ab, wie es seine Art ist, und kuschelt dann mit mir oder fährt mir mit seiner feuchten Zunge tröstend übers Gesicht, wenn er meint, dass das erforderlich ist.

Was die Dressurausbildung betrifft, hat er sehr viel gelernt. Er geht eine sehr schöne Passage, Anfang Piaffe und Pirouette. Seine fliegenden Wechsel sind besser geworden, und im Moment üben wir Serienwechsel, also fliegende Galoppwechsel wie Vierer- und Dreierwechsel auf der Diagonalen.

Mit großen Menschenansammlungen, wie wir sie auf den Sommerfesten und Weihnachtsfeiern oder auf öffentlichen Auftritten hatten, kann er immer noch nicht umgehen. Ich nehme an, dass der Auftritt als ganz junges Pferd auf der spanischen Feria traumatisch für ihn war, aber auch hier habe ich die Hoffnung, dass er das irgendwann, wenn er soweit ist, packen wird.

Und, wenn nicht, ist das für mich auch kein Problem. Ich liebe es, ihn morgens in aller Frühe, wenn noch niemand auf der Anlage ist, in der Halle zu reiten. Das sind die Momente, die nur uns gehören, in denen er wirklich alles gibt, in denen wir total zu einer Einheit verschmelzen und das Reiten zum Tanz wird.

Spare deine guten Lehren
Für den eigenen Genuss.
Kaum auch wirst du wen bekehren,
Zeigst du, wie man's machen muss.
Lass ihn im Galoppe tollen,
Reite ruhig deinen Trab.
Ein zu ungestümes Wollen
Wirft von selbst den Reiter ab.

Wilhelm Busch

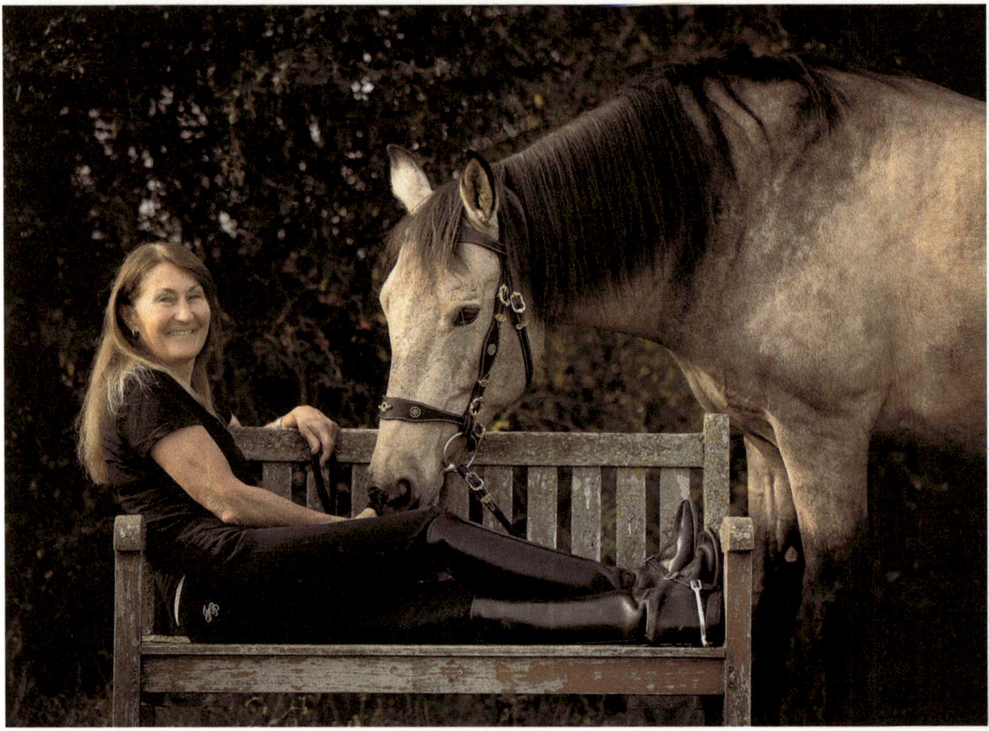

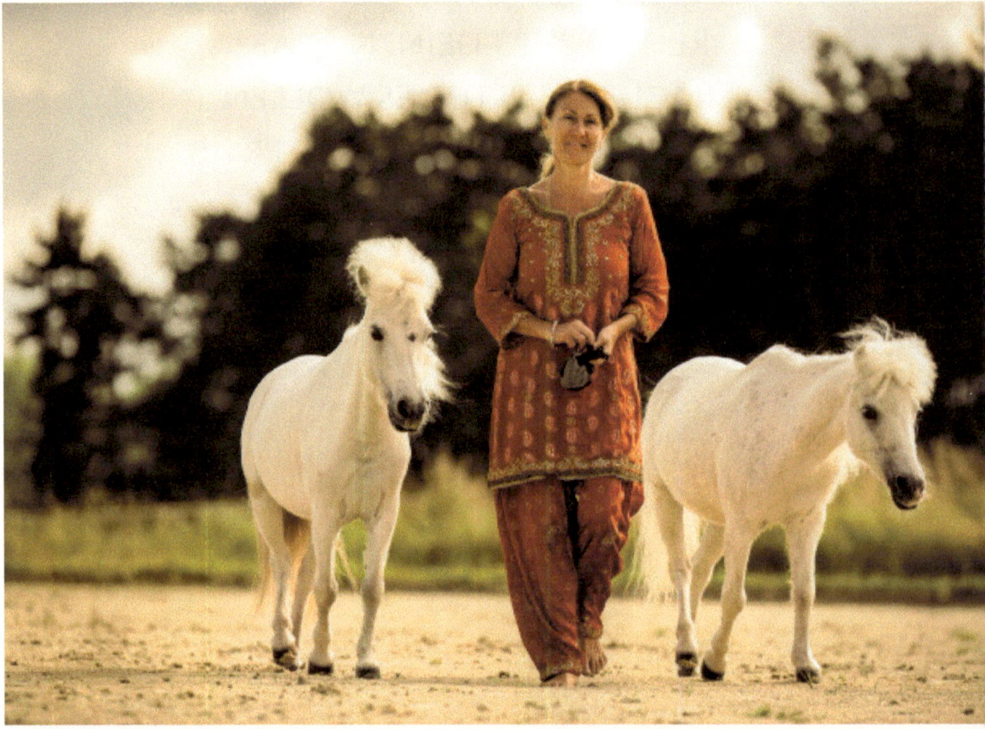

Schlussbetrachtungen

Ich habe in meinem über fünfzigjährigen Reiterleben sehr viel gesehen, erlebt und gelernt, aber auch viele Fehler gemacht und ich glaube, das Lernen hört niemals auf.

Ich habe viel Technik gelernt, die man natürlich zunächst braucht, wenn man korrekt reiten lernen will. Das ist die Basis. Aber, was Reitsport von Reitkunst unterscheidet, sind die Nuancen, die Dosierung und Kombination der Hilfen und die Fähigkeit, sich ins Pferd einzufühlen, beinahe selbst zum Pferd zu werden und auf diese Weise die feineren Ebenen kennenzulernen.

Früh habe ich erkannt, dass man mit schlechter Laune oder, wenn man unter Zeitdruck steht, nicht aufs Pferd steigen sollte. Wenn man gestresst ist, kann man sich nicht in sein Pferd einfühlen und es ist ungerecht, das Pferd zu bestrafen, weil man es selbst nicht schafft, wohlwollend und ausgeglichen zu sein.

Sehr schwer habe ich es als junger Mensch empfunden, vor Publikum zu reiten, sei es auf den großen Reitturnieren, im Showring oder auch nur vor dem kritischen Auge eines meiner Ausbilder. Es ist vermutlich ein Privileg des Alters oder der Erfahrung, das Publikum vollständig ausblenden zu können und einhundert Prozent bei seinem Pferd zu sein.

Reiten hat daher auch eine ethische Seite und das macht es nicht einfach. Reiten, wie ich es verstehe, ist Persönlichkeitsentwicklung. Ein Reiter, der nicht selbst ganz im Gleichgewicht ist, und das gilt für alle drei Ebenen: Körper, Seele und Geist, der sich noch zu sehr an seinem eigenen Erfolg orientiert und dadurch Gefahr läuft, Defizite im Bereich von Gelassenheit und Geduld zu haben, und der noch zu sehr in seinen eigenen Problemen gefangen ist, kann sich unmöglich auf sein Pferd einlassen und dessen volles Potenzial zur Entfaltung bringen.

Ich persönlich musste sehr an meiner Geduld und den kleinen Schritten arbeiten, war ich doch immer sehr ehrgeizig und wollte schnell erfolgreich sein und zehn Schritte auf einmal machen. Auch der Zeitfaktor war schwer für mich zu bewältigen, gab es doch Zeiten, in denen ich zwölf Pferde hatte, die alle täglich bewegt werden wollten. An dieser Stelle läuft man Gefahr, die Pferde nur noch wie Nummern abzuarbeiten. Dabei gehen Freude, Begeisterung und Kreativität verloren. Pferde merken es, wenn man geistig und emotional gar nicht anwesend ist. Sie merken auch, wenn es einem keine Freude macht und sie nur wie eine Ware abgefertigt werden.

Weniger ist deshalb meistens mehr. Herrn von Neindorffs Worte! Das gilt sowohl für den Schwierigkeitsgrad der Lektionen als auch für die Anzahl der Pferde, die man bewegt und ausbildet. „Lieber gar nicht reiten als halbherzig" ist eine weitere Erkenntnis, die sich daraus ableitet.

Das Allerwichtigste aber ist – und das gilt unabhängig von der Reitweise oder dem Ausbildungslevel – sich bewusst zu machen, dass Pferde spüren, ob man sie liebt, sie einem gleichgültig sind oder man sie nicht leiden mag.

Ich liebe meine Pferde total. Sie sind meine Lehrmeister, meine Schüler, meine Kinder und meine Therapeuten. Sie wissen wie es mir geht und sie spüren, dass sie mir wichtig sind und dass ich sie liebe.

Das ist vielleicht genau der Unterschied zwischen ethischem Reiten mit dem Pferd als gleichberechtigtem Partner und dem rein technischen Bewegen oder „Vorführen" der Pferde.

Wenn eine Verschmelzung zweier Lebewesen stattfindet, merkt das jeder, auch Menschen, die sich nicht für Pferde interessieren und keine Ahnung vom Reiten haben. Ich glaube, dass die perfekte und schönste Reitvorführung im Grunde genommen die Erlaubnis ist, die wir dem Zuschauer geben, an einer Liebesgeschichte teil zu haben.

Wenn ich mir meinen Weg mit Pferden anschaue, zeigt auch dieser meine eigene Entwicklung.

In den Anfängen ging es nur darum, auf einem gerittenen Pferd in der Abteilung nicht unangenehm aufzufallen und in der Reihe zu bleiben. Irgendwann kam dann die Fähigkeit zum selbstständigen Reiten als Tetenreiterin oder aber auch gegen die Abteilung oder unabhängig von anderen Pferden im Gelände.

Es kam die Zeit der massivsten Technikreiterei mit immer schwierigeren Lektionen, die ich regelrecht gebüffelt und sowohl theoretisch als auch praktisch einstudiert oder, um es mit Neindorff auszudrücken, exerziert habe. Oft gingen in dieser Zeit die Leichtigkeit und die Freude an der Arbeit verloren und meine Pferde brauchten schon ein großes Herz und viel Geduld, um mir so einige Ausrutscher zu verzeihen.

Mit der Umstellung auf die barocke Reiterei konnte ich diesen Missstand teilweise wieder ausgleichen. Ich lernte im Reitinstitut mit klassischer Musikuntermalung zu reiten und stellte fest, wie sehr die Pferde Mozart, Haydn und Strauß liebten und wieviel einfacher doch viele Lektionen mit Musik gingen.

Durch die Showreiterei lernte ich, mich vom klassischen 20 × 40 Meter oder 20 × 60 Meter Viereck freizumachen, da wir oft viel kleinere oder auch größere Plätze für unsere Auftritte hatten. Auch die klassischen Dressuren, die ich in zwanzig Jahren Turnierreiterei in- und auswendig kannte, konnte ich nun hinter mir lassen, und es machte mir großen Spaß, nicht im klassischen Sinn existierende neue Figuren für Quadrille und Show zu erfinden, die einfach nur gut aussahen und interessant für das Publikum waren. Spielerische und kreative Elemente wurden immer wichtiger Das machte mir totalen Spaß und ich glaube, die Zuschauer merkten das auch.

Durch die Einflüsse, denen ich durch meine Zusatzausbildungen in Amerika ausgesetzt war, erweiterte sich mein Repertoire nicht nur in der Basisausbildung noch einmal entscheidend. Dort lernte ich, wie wichtig Geduld ist, der Weg der kleinen Schritte und das beste Ausbildungsprinzip in meinen Augen, das von Monty Roberts kam, nämlich den Pferden immer eine Wahlmöglichkeit zu lassen, sie niemals in die Enge zu treiben oder mit Gewalt etwas zu erzwingen.

Bei Linda Kohanov habe ich zum ersten Mal etwas über Horse Dancing gehört, eine Möglichkeit der Arbeit mit Pferden, die mir wahnsinnig viel Spaß gemacht hat, die ich oft in Seminarform an andere Pferdemenschen weitergegeben habe oder in öffentlichen Shows gezeigt habe und die ich auch heute noch sehr gerne mit meinen Pferden mache. Durch unterschiedliche Musik kann man da ganz unterschiedliche Dinge erreichen. Ich als alter

Schlagerfan habe natürlich Rock und Pop in meine Horse Dancing Vorführungen miteingebaut und, zumindest bei öffentlichen Shows, manchmal aber auch in meinen Seminaren, habe ich es mir nicht nehmen lassen im passenden Kostüm eine richtige kleine Show aufzubauen wie z.b. Dirty Dancing im weißen Minikleid mit meinem Friesenhengst Baron, die Annenpolka im langen Sissikleid mit dem Lipizzanerhengst, Moreno, den ich als Ausbildungspferd auf der Anlage hatte oder Simply the Best im roten Abendkleid mit Maxim.

Die Leichtigkeit, das Spielerische und das kreative Element gewannen immer mehr die Oberhand.

Wenn man es einmal ganz genau anschaut, waren die EponaQuest-Seminare eine Psychotherapie mit Pferden. Natürlich darf man das nur so nennen, wenn man mit einem Psychotherapeuten zusammenarbeitet. Auch das kam ab und zu vor, aber sonst liefen die Seminare unter der Überschrift „Pferde gestütztes Erfahrungslernen". Unabhängig von irgendeiner Seminarüberschrift oder Interpretation habe ich, was mentale,seelische und emotionale Themen betrifft, von Linda Kohanov am Allermeisten gelernt.

Heute liebe ich es, mit meinen Miniponys an den Grötzinger Baggersee zu fahren und ein bisschen zu plantschen oder, wenn sie mutig sind, sogar zu schwimmen, und auch für meine Ponymädels ist das immer ein tolles Erlebnis.

Reiten mit Musik, sei es nun klassische Musik oder auch taktmäßig passende Schlager, sowie auch Horse Dancing oder Free Lunging liebe ich immer noch ganz besonders.

Auch das Reiten mit Halsring, gebissloses Reiten oder Reiten auf dem Siba Sattelpad ohne Bügel und auf einem Luftkissen balancierend sind tolle Bewegungsmöglichkeiten und eine Abwechslung für die Pferde, wenn man einmal keine so große Lust auf das ewige Trainieren im Dressurviereck hat.

Anders formuliert mache ich heute das, was mir spontan einfällt und worauf ich Lust habe. Das Pferd spürt es, wenn man etwas mit Begeisterung macht und freut sich umso mehr auf die gemeinsame Zeit, und das ist eigentlich das Wichtigste, dass die Pferde die Zeit mit uns, so würde es Monty Roberts ausdrücken, als „quality time" empfinden, täglich mit Ungeduld auf uns warten und in uns ihren besten Freund und ihre Vertrauensperson gefunden haben.

Danksagung

No man is an island heißt ein Gedicht von John Donne und deshalb sind unsere Errungenschaften auch immer nur in Zusammenarbeit mit anderen möglich. Wenn wir das verstanden haben, ist das ein Anlass, Danke zu sagen all denen, die uns auf unserem Weg begleitet, inspiriert und unterstützt haben.

An allererster Stelle möchte ich mich bei meinem Vater, Herbert Förster, bedanken, der mich nach anfänglich zögerlichem Verhalten sein ganzes Leben lang in allen meinen Aktivitäten mit Pferden und Immobilien unterstützt hat, obwohl das ganze Projekt unter finanziellen Gesichtspunkten natürlich totaler Schwachsinn war. Mein Vater war einfühlsam und tolerant genug, zu verstehen, dass ich einem fast zwanghaften Ruf gefolgt bin und dass Geld allein nicht alles ist. Ohne ihn hätte ich niemals so erfolgreich Turniere reiten können oder so ein Mammutprojekt, wie das Barockreitzentrum planen und bauen.

Er hat immer an mich geglaubt, und ich freue mich, dass ich ihn mit meiner Passion für Pferde und meinem Entschluss, meinen früheren, finanziell ziemlich erfolgreichen Beruf als Hausverwalterin und Immobilienmaklerin aufzugeben, nicht enttäuscht habe.

Neben ihm gilt mein Dank den vielen unterschiedlichen Pferden, die ich in meinem Leben reiten durfte oder selbst besessen habe. Sie haben meine Ansichten über das, was wichtig ist im Leben, sehr verändert.

Ich habe alle meine Pferde geliebt, aber ganz besonders eng verbunden habe ich mich mit meinem ersten Pferd, Flingo, gefühlt, von dem ich die ersten Grundlagen gelernt habe, mit Fiesta, der Stute, die mich zur erfolgreichen Turnierreiterin gemacht hat, mit Dimple und Alpacca, die beide außergewöhnliche Springpferde waren, sowie Ginger, mit dem ich so viele Vielseitigkeitsprüfungen und Militarys geritten bin.

Bei den Dressurpferden waren Elegant, Harlekin und Mentor meine besten Lehrer und in der Zeit des Barockreitzentrums sind meine beiden Friesenhengste Maxim und Baron unvergessen. Aber auch Impressioso, der kleine braune Andalusier, der eigentlich dressurlich völlig uninteressant ist, hat einen besonderen Platz in meinem Herzen. Er war immer ein Clown und hat Zirkuslektionen und andere Späße sehr geliebt und vor allem sind wir nach wie vor ganz eng verbunden.

Unvergessen wird auch immer Habanero bleiben, mein bis zur schweren Klasse ausgebildeter wunderschöner PRE-Hengst, der leider nur 14 Jahre alt wurde

Und natürlich Amanecer, mein Hispano-Lusitano, der so sanft und so überschäumend sein kann und der so gut zuhören kann und trotzdem sein eigenes, manchmal ziemlich stures Köpfchen hat. Ich liebe ihn von ganzem Herzen, trotz oder vielleicht gerade wegen all seiner Macken.

Durch ihn habe ich gelernt, durchzuhalten und niemals aufzugeben, egal, wie schwierig es sein kann. Und ich muss sagen, es hat sich gelohnt. Die schwierigen Pferde sind oft die intelligentesten und man braucht einfach sehr viel Geduld und Zeit, bis sie einem vertrauen können. Wenn das geschieht, hat man einen Freund fürs Leben.

Was die Entstehung dieses Buches angeht, möchte ich meiner Verlegerin und sehr guten Freundin Ulrike Dietmann ganz, ganz herzlich danken. Ohne sie hätte ich niemals die Idee gehabt, ein Buch zu schreiben. Sie hat mich, nicht nur, was Bücher betrifft, inspiriert, sondern schafft das, seit ich sie kenne, in jeder Hinsicht. Ich freue mich immer sehr, wenn sie von ihren großen Reisen ab und zu nach Stuttgart zurückkommt und wir zusammen Schnitzel essen gehen und die halbe Nacht Erfahrungen austauschen und über das Leben, die Pferde, die Liebe – oder, was auch immer das Thema sein mag – philosophieren. Liebe Ulrike, bald ist es wieder soweit und ich bin jetzt schon gespannt, was es an neuen Erkenntnissen und Entwicklungen gibt.

Ulrike hat mich auch mit Gabi Schmid von der BÜCHERMACHEREI bekanntgemacht. Ich habe und hatte natürlich überhaupt keine Ahnung von Buchprojekten, und es war eine Freude, mit ihr zusammenzuarbeiten, mir ein bisschen Basiswissen anzueignen und Schriften und Fotos auszusuchen.

Doch das war noch nicht alles. Zu einem Buch gehören auch das Cover und die Buchrückseite und auch dafür gibt es eine Spezialistin. Und so möchte ich auch meiner Coverdesignerin Corina Witte-Pflanz ganz herzlich danken. Ich habe ihr nur ein paar Fotos und ein paar Seiten meines Manuskripts geschickt und ihr ein bisschen etwas über meine Vorstellungen erzählt, und sie hat das perfekte Cover zusammengestellt. Ich war und bin wirklich beeindruckt und begeistert.

Auf alle Fälle möchte ich es nicht versäumen, auch meine Ausbilder zu erwähnen, die mich zusammen mit den Pferden zu der gemacht haben, die ich heute bin.

Ein Reitzentrum in der Größe des Barockreitzentrums lässt sich natürlich nur mit einem guten Mitarbeiterteam betreiben und so gilt mein Dank neben den Herren und Damen, die sich um Stall und Grünlandbewirtschaftung gekümmert haben, meinen früheren Mitarbeiterinnen Melissa Simms, Tatjana Früh und Ulrike Störzbach, die das Barockreitzentrum seit 2019 leitet und mittlerweile zusammen mit ihrem Mann übernommen hat.

Aber auch meinen Reitschülern und ganz speziell meinen Ponymädels, die so viele Jahre treu zu mir und den Ponys gehalten haben, bin ich sehr verbunden. Sie haben mir gezeigt, dass das Geben ein großes Geschenk ist, das zurückkommt, und ich glaube, ich habe ganz viele Erkenntnisse erst durch das Unterrichten und den Umgang mit den Kindern, den Jugendlichen und jungen Erwachsenen gehabt und unsere zahlreichen öffentlichen Auftritte auf Sommerfesten, Messen, Privatveranstaltungen und Turnieren haben mich immer mit großem Stolz erfüllt. Danke allen meinen Ponymädels, die sich täglich zuverlässig um ihre Ponys kümmern und repräsentativ für euch alle ganz herzlichen Dank an Leonie Koch, Stefanie Clauß und Linda Knechtel, den Mädels der ersten Stunde, die sich von Anfang an bis heute immer noch um die Ponys und die jüngeren Ponymädels kümmern.

Und so danke ich euch allen von Herzen auch all denen, die ich nicht persönlich genannt habe, aber die mich mit ihrer Freundschaft und Liebe unterstützt haben und für mich da waren, und ich wünsche mir, ganz im Sinne des Gedichts von John Donne, dass ihr wie ich erkennt, dass wir uns alle gegenseitig brauchen und der Schlüssel zum Erfolg von wirklich großen

Projekten in der vertrauensvollen Zusammenarbeit mit vielen Helfern und Beratern liegt.

Elke Wedig, Dezember 2023

ABBILDUNGSVERZEICHNIS

www.spiritbooks.de

Bücher, die authentisch sind und Spirit haben.

*Die Bücher des Verlags erhalten Sie in allen Buchhandlungen und bei zahlreichen Online-Anbietern wie amazon.de. Sie können die Bücher auch beim Verlag direkt bestellen: **www.spiritbooks.de***

Wenn Sie direkt beim Verlag bestellen, unterstützen Sie den Verlag und die Autoren.

Die Vision des Verlags

Vertrauen in das Gespür von Leserinnen und Lesern

Bedingungslos authentische Bücher

Autorinnen und Autoren als Persönlichkeiten, die etwas Unverwechselbares zu erzählen haben.